MIRANDA J. FOX

Hunting the Prince

Band 1

Deutsche Erstausgabe Mai 2020

Lektorat: Lilian R. Franke

Impressum:
Thomas Wiens, Rinchnacher Weg 20, 10318 Berlin
mirandajfox@outlook.com
Instagram: Miranda J. Fox - Lolaca
www.mirandajfox.com

ISBN: 9798647020024

Imprint: Independently published

Hunting the Prince

Kapitel 1

Eiserne Fesseln schnitten in meine Handgelenke, und mein Schädel fühlte sich an, als würde eine Horde Elefanten darüber trampeln. Sie hatten uns irgendetwas gespritzt. Eine Droge, die uns schläfrig und willenlos machte – wobei ich noch relativ klar denken konnte. So machten sie das immer mit den Frauen, die sie bevorzugt aus Nachtclubs entführten, um sie dann an den meistbietenden Mafioso zu verkaufen. Im Laderaum herrschte muffige Luft. Ein Fenster gab es nicht, nur eine verglaste Luke zum Fahrerbereich, durch die schwaches Licht zu uns drang. Wir waren seit Stunden unterwegs. Inzwischen wohl auf einer Landstraße, weit weg von *Reggio Calabria*, der größten Küstenstadt Kalabriens, aus der sie uns entführt hatten.

Ein Film aus Staub, Dreck, Zigarettenstummeln und Kaugummiresten hatte sich auf dem Boden abgesetzt, an den Innenwänden klebten getrocknete Farbkleckse und überall waren rostige, kantige Stellen, an denen man sich stieß. Offensichtlich hatten sie das Fahrzeug von einem Transportunternehmen geklaut und würden es danach ausbrennen oder im Mittelmeer versenken, um die Spuren zu verwischen.

Wenn mein vernebeltes Hirn mir keine Streiche spielte und ich nicht alles doppelt sah, dann waren wir acht Frauen. Wie Rinder auf dem Weg zum Schlachthaus wurden wir, aneinander gekettet, in diesem Lieferwagen zu einer illegalen Auktion gefahren. Manche Frauen weinten, andere schienen eingeschlafen oder bewusstlos zu sein, nicht ahnend, dass ich die Einzige war, die freiwillig hier drinnen hockte.

Ich hatte mich unter diese armen Seelen gemischt, gab mich als eine von ihnen aus, dabei war mein Aufenthalt hier sorgfältig geplant. Mein Auftrag lautete, den sogenannten Nachtprinzen zu töten. Den Mann, der, wenn er unseren Köder schluckte, bald hier aufschlagen würde, um uns Frauen zu befreien und auf sein Anwesen zu bringen. Gut, er würde wohl kaum selbst herkommen, der Nachtprinz war nicht umsonst ein lebender Mythos. Nur wenige hatten ihn je gesehen, und noch weniger hatten diese Begegnung überlebt. Umgeben von meterhohem Stacheldrahtzaun residierte er auf einem abgelegenen Anwesen und ließ seine berüchtigten Schergen für ihn arbeiten.

Meine Gedanken wurden von einem lauten Rumpeln unterbrochen. Etwas hatte den Transporter gerammt, der jetzt gefährlich schlingerte. Die Frauen kreischten, als wir durcheinandergeworfen wurden, und ich schrie mit ihnen. Vergoss heiße Tränen und Rotz, um glaubwürdig auszusehen. Ich durfte mir keinen Fehler erlauben. Meine Showeinlage musste überzeugend sein.

Wieder schlenkerte der Wagen, und die Männer vorne brüllten wütend. Offenbar versuchte man, uns von der Straße zu drängen. Als wir erneut herumgeworfen wurden, stieß ich mir die Rippen an einer scharfen Kante und stöhnte auf. Schüsse erklangen, und jetzt bekam ich es *wirklich* mit der Angst zu tun. Die beiden Beifahrer schienen auf unsere vermeintlichen Retter zu schießen, während der Fahrer nun im scharfen Zickzack fuhr, um sie abzuschütteln. Verbissen drückte ich meinen Rücken an die Wand, während die Männer vorne aus allen Rohren feuerten. Ich konnte nicht sagen, was ohrenbetäubender war: ihre Schüsse, die quietschenden Reifen des Transporters oder mein wild pochendes Herz.

Auf einmal ging ein heftiger Ruck durch den Wagen, und die Welt neigte sich zur Seite. Alles ging so schnell, dass ich nur raten konnte, wie oft wir uns überschlugen und wie viele blaue Flecken und Prellungen ich mir dabei zuzog.

Sicher war nur, dass die Straße an einer tiefen Böschung entlanggeführt haben musste, und die stürzten wir gerade hinunter.

Abrupt kam der Wagen zum Liegen, und damit verstummten auch unsere Schreie. Gespenstische Stille legte sich über mich, aber sie hielt nicht lange an und wich leisem Wimmern und Schmerzenslauten. Langsam regte ich mich, zusammen mit den anderen Frauen, die wohl genauso benommen waren, als mich ein Schuss zusammenzucken ließ. Gedämpfte Stimmen drangen jetzt durch die dünnen Fahrzeugwände, aber ich war mir sicher, dass sie nicht unseren Kidnappern gehörten. Hatten sie sie getötet? Waren wir in Sicherheit?

Stöhnend rappelte ich mich auf – mein Körper fühlte sich an, als hätte er sich um einen Baum gewickelt –, dabei rieselte Staub aus meinen Haaren, und an meiner Schläfe fühlte ich etwas Feuchtes. Ich musste beide Hände heben, um danach zu tasten, da sie aneinander gekettet waren, und als ich sie senkte, waren meine Finger rot. Ich blutete am Kopf, aber es schien nichts Ernstes zu sein.

Hätte mir nicht der Knebel im Mund gesteckt, hätte ich die anderen Frauen gefragt, ob bei ihnen alles in Ordnung war.

So blieb mir nur ein verschwommener, nicht sehr aussagekräftiger Blick durch den schummerigen Laderaum. Er blieb an der Frau in der Ecke hängen, die seltsam verkrümmt dalag und sich nicht regte.

Ein eiskalter Schauer bahnte sich einen Weg durch meinen benebelten Verstand, doch bevor ich begreifen konnte, was ich da sah, erklang ein lauter Knall und die hintere Tür wurde aufgerissen.

Geblendet vom grellen Schein mehrerer Taschenlampen riss ich die Hände vors Gesicht. Die schweren Ketten an meinen Handgelenken klimperten und schnitten in meine Haut. Dann, nachdem man sich wohl davon überzeugt hatte, dass keine Entführer bei uns waren, erlosch das Licht und die Waffen, die auf uns gerichtet waren, wurden weggesteckt.

Mehrere Personen kamen herein, alle schwarz vermummt. Sie trugen Sturmhauben, die nur ihre Augen und Lippen erkennen ließen, schwarze Lederhandschuhe, und ihrem Körperbau nach zu urteilen waren sie alle männlich. Vielleicht war es dem heftigen Crash geschuldet, aber es fiel mir immer schwerer, die Augen offen zu halten. Bleierne Müdigkeit nahm von meinen Gliedern Besitz und damit die Panik zu, dass ich mir den Kopf heftiger angeschlagen haben könnte als gedacht. Vielleicht hatte ich eine Gehirnerschütterung und merkte nur nichts wegen der Drogen.

Jemand mit Augen so schwarz wie seine Kleidung hockte sich vor mich, in seinen behandschuhten Händen blitzten zwei Metallstäbe auf. Geschickt öffnete er damit meine Handschellen und fragte, ob ich verletzt wäre, doch ich war von seinem Parfüm abgelenkt, das mir jetzt in die Nase stieg. Diesem vertrauten, himmlischen Duft. Armani. Mein Lieblingsparfüm bei Männern. Scheppernd landeten meine Ketten auf dem Boden, dann wurde ich auf die Beine gezogen und vom Knebel in meinem Mund befreit. Meine Lippen fühlten sich rissig an, als ich darüber leckte, meine Zunge war staubtrocken.

„Hey. Kannst du mich verstehen? Bist du Italienerin?“, fragte er mich, weil ich noch damit beschäftigt war, seinen Duft einzusaugen. Nach Stunden in diesem muffigen Laderaum roch der Mann wie ein Engel für mich. Nur mit Mühe konzentrierte ich mich auf seine Worte.

„Ja, ich … d… die Frau da“, stammelte ich und zeigte mit zitternden Fingern hinter mich. Mein Gestotter war nicht gespielt. Mir ging es elend, aber ich durfte jetzt nicht schlapp machen, sondern musste wach und aufmerksam bleiben. Unser Plan ging nur bis hierher. Ich hatte keine Ahnung, was mich hinter den berüchtigten Mauern des Nachtprinzen erwartete, und ich brauchte einen sicheren Fluchtweg für später, wenn mein Auftrag ausgeführt war und ich von dort abhauen musste.

Armani, wie ich ihn kurzerhand taufte, befahl einem der Männer nach der Frau zu sehen. Er ging zu ihr, tastete nach ihrem Puls und schüttelte dann den Kopf. Mein Herz setzte einen Schlag lang aus. Ich spürte es durch die Betäubung. „Wa… was ist mit ihr?", stammelte ich.

„Lassen wir sie hier. Wir können nichts für sie tun", sagte Armani und zog mich aus dem ramponierten Lieferwagen.

Über die Schulter hinweg starrte ich die Frau an. „Wartet! Wollt ihr sie etwa hierlassen?"

Er zog mich einfach weiter, und auch die anderen griffen sich jeder eine Gefangene und brachten sie nach draußen. „Sie ist tot. Wir müssen hier weg, bevor noch mehr von denen kommen."

Mit *denen* meinte er die *Corvi*. Meinen Clan. Aber ich wusste, dass heute niemand mehr von uns auftauchen würde, denn *ich* war ja hier – die Wölfin im Schafspelz. Einen letzten Blick auf die tote Frau werfend stolperte ich hinter dem scheinbaren Anführer hinterher. Ich hatte nicht einmal ihren Namen gekannt.

Neben dem kaputten Fahrzeug lagen zwei tote Männer, den dritten vermutete ich hinter dem Steuer. Der Himmel war noch dunkel, aber da ich um 23 Uhr herum verschleppt worden war und wir eine ganze Weile gefahren waren, dürfte das nicht mehr lange so bleiben. Wir hatten Anfang April.

Die Temperaturen stiegen jetzt von Tag zu Tag mehr an, aber nachts war es immer noch arschkalt. Dem schleichend heller werdenden Himmel nach zu urteilen war es früher Morgen, vielleicht drei oder vier Uhr.

„Lasst alles hier. Wir haben keine Zeit, aufzuräumen. Sie werden sowieso wissen, dass wir es waren.“ Ich starrte Armani an, der neben mir aufragte, aber das Betäubungsmittel zeigte mir das wenige, was ich von seinem Gesicht erkennen konnte, nur verschwommen. Sie hatten ihren eigenen Transporter mitgebracht. Einen schwarzlackierten Van, der vom Angriffsmanöver ein paar hässliche Kratzer davongetragen hatte. Schnell verfrachteten sie uns weinende, traumatisierte Frauen ins Wageninnere, dann verriegelten sie die Tür hinter uns, und meine Entschlossenheit sank.

Wieder kein Fenster.

Zum zweiten Mal an diesem Tag wurde ich in einen blickdichten Transporter gesperrt, womit meine Absicht, bis zum Anwesen des Nachtprinzen wach zu bleiben, ihren Sinn verlor. In dem Moment, in dem mein Sehfeld von Dunkelheit verschluckt wurde und der Wagen sich ruckelnd in Bewegung setzte, erlag ich der Müdigkeit und driftete in einen traumlosen Schlaf.

Kaum jemand hatte das Anwesen des Nachtprinzen je mit eigenen Augen gesehen. Ich selbst kannte es nur aus Erzählungen, so versteckt lag es. Von drei Kleinstädten umgegeben und den Nationalpark mit seinen schroffen Bergen im Rücken war es quasi unmöglich, einen offenen Angriff auf das Anwesen zu starten.

Die *Neros*, so hieß der Clan des Nachtprinzen, kontrollierten jeden Ein- und Ausgang der Städte. Sie hatten dort Überwachungskameras platziert, die sie vom Anwesen aus steuerten, patrouillierten durch die Straßen und hielten jedes Auto an, das verdächtig aussah oder sich dem Anwesen nähern wollte. Ein Großangriff auf das Anwesen war damit unmöglich, deshalb kam ich nun ins Spiel.

Im Nachhinein fragte ich mich, warum mein Boss nicht schon früher darauf gekommen war, eine vermeintlich gerettete Frau auf das Grundstück zu schleusen. Uns verdächtigte man doch am wenigsten, für den rivalisierenden Clan zu arbeiten. Vielleicht, überlegte ich, hatte niemand damit gerechnet, dass der Nachtprinz innerhalb weniger Jahre so einflussreich und gefürchtet werden würde.

Ich war schon seit einer Weile wach, ließ die Augen aber geschlossen, da ich in der vollkommenen Dunkelheit sowieso nichts sehen konnte. Der Boden unter den Rädern war jetzt holpriger und wir wurden kräftig durchgeschüttelt. Hoffentlich waren wir bald da. Ich wusste nicht, wie lange ich geschlafen hatte, aber meinem brennenden Durst nach zu urteilen könnten es Tage sein.

Wenige Minuten später hielt der Wagen an, und ich atmete erleichtert auf.

Zumindest so lange, bis einige der Frauen zu wimmern anfingen. Richtig. Sie konnten nicht wissen, dass wir gerettet waren. Wahrscheinlich dachten sie, dass wir vom Regen in die Traufe geraten waren. Dabei waren die *Neros* nicht wie übliche italienische Clans. Sie handelten mit Waffen, schmierten die Polizei und töteten Menschen, so wie alle mafiösen Organisationen, aber sie hatten einige Prinzipien, die durchaus ehrenhaft waren. So sprachen sie sich zum Beispiel strikt gegen Menschenhandel und Kinderarbeit aus, was sie gewissermaßen zu den Guten machte.

Aber das konnte ich nicht wissen. Ich war nur eine ahnungslose Frau, die aus einer Disco entführt worden war. Mühsam presste ich ein paar Tränen hervor und wimmerte mit den anderen mit. Gedämpfte Stimmen und das Quietschen eines massiven Tores waren jetzt zu hören.

Mein Herz schlug schneller – die Wirkung der Droge ließ offenbar nach –, und auch meine Gedanken flossen nicht mehr so träge dahin. Langsam rollte der Wagen weiter, passierte wohl die Pforte, und hielt nach wenigen Metern wieder an.

Abermals wurde die Tür geöffnet und man half uns beim Aussteigen. Meine Beine waren noch wackeliger als vorher, was es mir schwer machte, mich trotz des stützenden Armes aufrecht zu halten. Grelles Tageslicht raubte mir die Sicht, als wir wie eine Kindergartengruppe in Zweierreinen aufgestellt wurden, dann gingen wir los, angeführt von Armani und flankiert von den anderen maskierten Männern.

Das Anwesen war gigantisch, und dort wo es endete, war es von meterhohen, mit Stacheldraht versehenen Mauern umschlossen. Männer patrouillierten auf dem Gelände, spähten von Wachtürmen aus in den umliegenden Wald, und ein Detektor wurde unter den Van gehalten, um nach Sprengstoff zu suchen. Unauffällig ließ ich den Blick umherschweifen, aber die vielen Bäume um uns herum machten eine Orientierung unmöglich.

Bevor ich hierhergeschickt worden war, hatte ich die Landkarte studiert. Meine Leute wussten, dass das Anwesen irgendwo am Rande des *Nationalpark Aspromonte* lag, aber der genaue Standort war uns unbekannt.

Dichter Wald umschloss sichelförmig das Grundstück, dahinter ragten die schroffen Felsgebilde auf, für die der Nationalpark bekannt war. Damit hatte das Anwesen nicht nur die perfekte Lage, um einen Hinterhalt auszuschließen, es erschwerte auch die Lagebestimmung für mögliche Eindringlinge.

Wir könnten auf jeder Seite des Nationalparks sein. Südlich, östlich, nördlich, westlich. Ich wusste es nicht. Dafür zählte ich allein hier draußen 15 Männer, und das waren nur die, die ich sehen konnte. Ich verwettete meine kläglichen Ersparnisse darauf, dass sich noch mal genauso viele irgendwo versteckten. Vielleicht in den Baumkronen über uns oder in den Büschen, verborgen unter Tarnnetzen. Den *Neros* war alles zuzutrauen. In meinen Kreisen vermutete man schon lange, dass der Nachtprinz Ex-Militärs engagiert hatte, so begnadet wie seine Leute ausgebildet waren.

Mein linker Fuß knickte weg, und ich landete, da meine volle Motorik noch nicht wieder hergestellt war, schmerzhaft auf den Knien. Offensichtlich waren High Heels, kiesiger Untergrund und Drogen keine gute Kombination. Sofort war einer der Männer bei mir, zog mich wieder auf die Füße und hakte sich bei mir unter, um mich zu stützen. Normalerweise hätte ich mir das nicht gefallen lassen. Wenn man in Mafiakreisen überleben wollte, durfte man keine Schwäche zeigen, aber da ich eine Rolle zu spielen hatte, kamen mir die wackeligen Beine gelegen.

Alle Männer, denen wir begegneten, waren vermummt und trugen Waffen. Manche halbautomatische Gewehre, andere Pistolen in Holstern, und wiederum andere führten Dobermänner und Rottweiler an der Leine, die man durchaus als Waffen dazuzählen konnte.

Besonders wenn man, wie ich, Panik vor großen Hunden hatte.

Alles, was mir bis zu den Knien ging, war in Ordnung, danach wurde es kritisch.

Das Grundstück war stärker bewacht als Alcatraz. Ich fragte mich, wie ich nach Erledigung meines Auftrags von hier fliehen sollte. Doch ich vergaß meine Gedanken, als wir uns dem Domizil näherten.

Der Nachtprinz wohnte in einem Schloss.

Einem richtigen Schloss mit Rundtürmen, mehreren Gebäudeflügeln, Zinndächern und mehr Fenstern als man zählen konnte. Unglaublich, wie groß und verwinkelt das Bauwerk war. Dagegen konnte das *Museo Archeologico Nazionale* einpacken.

Die Fassade wirkte verwittert und wurde hier und da von grünem Efeu berankt, was dem Schloss eine geheimnisvolle Aura verlieh.

Wäre ich nicht hier, um den Gutsherrn in seinen eigenen vier Wänden zu ermorden, wäre ich begeistert von dem alten Herrenhaus gewesen – so wirkte es bedrohlich auf mich. Als wollte es mich ausdrücklich davor warnen, diesen Mord zu begehen.

Da sprechen die Drogen aus dir, dachte ich und senkte den Blick, um auf meine Schritte zu achten. Ich hätte nicht gedacht, dass die Gerüchte über das Schloss stimmen würden.

Eine Villa, ja, aber ein richtiges Schloss?

Andererseits, wer so exzentrisch war und sich selbst als Prinz bezeichnete, von dem durfte man wohl nichts anderes erwarten.

Zwei Männer öffneten die massive Eingangstür, die sich nur träge bewegen ließ, dann betraten wir Kalabriens bestgehütetes Geheimnis.

Mir blieb kaum Zeit, all die Details um mich herum aufzunehmen, so zügig bogen wir in den linken Gang ein, aber das, was ich sah, machte mich sprachlos. Gegenüber dem Eingang führte eine breite Treppe in die erste Etage, so massiv und steinern wie die Mauern, aus denen das Schloss gebaut war. Ein beeindruckender Kronleuchter erhellte die Eingangshalle, von der etliche Gänge abgingen, und die ansonsten nackten Wände waren mit rostfarbenen Leuchten geschmückt. Ein schwacher Geruch nach Brot und Suppe hing in der Luft und erinnerte mich daran, dass ich seit Stunden nichts gegessen hatte.

Unsere Schritte hallten auf dem grauen Steinboden wider, und obwohl die Gänge breit und die

Decken hoch waren, herrschten angenehme Temperaturen im Schloss. Die nächste Biegung führte in einen langen, schummerigen Gang, dann landeten wir in einem kleinen Saal.

Nur eine einzige Person befand sich darin und zog sofort meine Aufmerksamkeit auf sich.

Dort, am Ende des Raumes, auf einem zweistufigen Podest auf einem gepolsterten Thron saß der Nachtprinz. Ich wusste nicht, ob ich lachen oder vor Ehrfurcht in die Knie gehen sollte. Ein Thron? Ernsthaft? Für wen hielt sich dieser Mann? Wir Frauen wurden bis auf wenige Meter an den Herrschersitz herangeführt, dann erwartete mich die nächste Überraschung.

Der Nachtprinz war maskiert.

Vom Hals aufwärts bedeckte eine schwarze Maske sein Gesicht und ließ nur kühl aufblitzende Augen und dunkle Haare erkennen. An seinen langen, überschlagenen Beinen konnte ich erahnen, dass er groß war. Was seinen Körperbau betraf, so wirkte er weder besonders schlank noch dick.

Alles, was ich über den Nachtprinzen, mein Mordziel, damit sagen konnte, war, dass er dunkelhaarig und ein offenkundiger Liebhaber von Schwarz war. Mehr ließen seine Maskerade und die dunklen Klamotten nicht durchblicken. Beinahe war ich enttäuscht, dass er statt einer Königsrobe nur einen maßgeschneiderten Anzug trug.

Wenn er schon einen auf Herrscher machen musste, hätte er sich ruhig richtig verkleiden können.

Zumindest wusste ich jetzt, warum sich so viele Gerüchte um seine Identität rankten. Unter der Maske könnte jeder stecken.

Ein schrumpeliger, alter Sack, ein vitaler, junger Mann ... Ich konnte es nicht erkennen, und das war vermutlich der Sinn dahinter.

Die Männer, die uns befreit hatten, bezogen seitlich von uns Stellung, ihre vermummten Gesichter wandten sie uns zu. Nur Armani ging jetzt auf den Nachtprinzen zu, neigte leicht den Kopf und stellte sich dann schräg hinter den Thronsessel.

Damit war seine Position *bei Hofe* wohl geklärt. Armani war hier offenbar so etwas wie der Seneschall. Derjenige, der nach dem Prinzen die oberste Befehlsgewalt hatte.

Ein Blick auf seine hochgewachsene Gestalt, und ich wusste, dass es nicht leicht werden würde, an ihm vorbeizukommen. Es war seine vor Kraft strotzende, unerschütterliche Haltung und sein präziser Blick, der einer Rasierklinge gleich über unsere Gesichter glitt, um nach möglichen Gefahren für seinen Prinzen Ausschau zu halten, der mir das sagte.

Armani und seine Männer mochten uns gerettet haben, aber das bedeutete nicht, dass sie uns vertrauten – wie ihre nach wie vor maskierten Gesichter bewiesen.

„Ihr müsst erschöpft und vollkommen verängstigt sein.“ Nicht der Prinz hatte das Wort erhoben, sondern sein Berater. Die Hände vor dem Schritt verschränkt stand er breitbeinig da und starrte uns Frauen an. „Aber das müsst ihr nicht.

Wir vom *Nero* Clan haben euch aus den Fängen der *Corvi* befreit, um euch ein einmaliges Angebot zu unterbreiten. Es ist kein Geheimnis, dass man in Kalabrien kaum noch gutbezahlte Arbeit findet. Knapp 60 Prozent der unter 25-Jährigen sind arbeitslos, und genau deshalb seid ihr hier. Wir suchen immer neue Mitglieder, nicht nur männliche, auch weibliche. Wenn ihr wollt, könnt ihr unserem Clan beitreten. Hier leben, arbeiten und gutes Geld verdienen.“

Er ließ die Worte im Raum schweben, gab uns Zeit, darüber nachzudenken.

Zögerlich tauschten die Frauen Blicke untereinander, und da keine von ihnen den Mut dazu aufbrachte, war ich diejenige, die schließlich fragte: „Und wenn nicht?“

Meine Stimme klang unterwürfig und ängstlich, wie man es von einer eingeschüchterten Gefangenen erwarten würde.

Hinter seiner Sturmhaube glaubte ich ein zynisches Lächeln zu erkennen. „Dann steht es euch frei, zu gehen. Wir haben euch hierhergebracht, um euch zu zeigen, wie ihr hier leben würdet.

Aus Sicherheitsgründen würden wir euch im Falle einer Einstellung nicht sofort wieder nach Hause schicken, sondern hierbehalten und in eure jeweiligen Aufgaben einarbeiten.

Wie in einem Trainingscamp gewissermaßen. Wenn wir dann entschieden haben, dass ihr vertrauenswürdig seid, könnt ihr in eure Heimatstädte zurückkehren und von dort aus agieren.

Die umliegenden Städte und Dörfer unterstehen unserer Kontrolle, dort gibt es genug zu tun. Oder ihr bleibt hier in der Zentrale.

Wie ihr wollt."

„Was springt für uns dabei heraus?", traute sich jetzt eine Frau zwei Reihen vor mir zu fragen. Ihre kringeligen, braunen Haare und ihre schokoladenbraune Haut waren mir schon im Transporter aufgefallen. Sie sprach akzentfreies Italienisch, aber ihrem Aussehen nach zu urteilen stammte mindestens eines ihrer Elternteile aus dem Ausland.

„Ihr bekommt ein mehr als angemessenes Gehalt von uns, je nach Schweregrad eurer Aufgabe." Wieder sprach Armani, während der Prinz, die behandschuhten Hände auf den Stuhllehnen ruhend und die Beine elegant übereinandergeschlagen, regungslos dasaß. *Wie eine lauernde Horrorpuppe.* Das wurde langsam unheimlich.

„Was für Aufgaben sind das?“, warf eine andere ein.

„Das ist unterschiedlich. Wir haben Wachleute hier, IT-Spezialisten, Handwerker, Köche, Putzleute, aber auch Ärzte und Gärtner. Niemand wird etwas von euch verlangen, dass ihr nicht tun wollt. Prostitution und Kinderarbeit gibt es hier nicht.“

„Und wenn wir nicht wollen, können wir einfach gehen?“ Die skeptische Frage kam von der schwarzhaarigen Frau neben mir. Sie dürfte nicht älter sein als ich und wischte sich beim Reden die verheulten Augen trocken.

„Ihr habt mein Wort“, sagte der Seneschall. Daraufhin erklangen mehrere zaghafte Rufe.

„Ich möchte nach Hause.“

„Ich auch.“

Kurz herrschte Stille, und ich befürchtete schon, dass er uns nur Lügenmärchen aufgetischt hatte und keine von uns gehen lassen würde, aber dann breitete Armani wohlwollend die Arme aus und sagte: „Ihr habt unser Angebot gehört. Wer für gutes Geld für uns arbeiten will, kann hierbleiben.

Die anderen können gehen und werden sicher nach Hause gefahren.“

Einer der Vermummten löste sich jetzt aus der Reihe. „Enzo bringt euch zum Wagen. Wer ihm folgen möchte, tut das jetzt bitte.“

Fünf der Frauen fackelten nicht lange und setzten sich sofort in Bewegung.

Eine zögerte kurz, folgte ihnen dann aber, den Blick gesenkt, als befürchtete sie, Armani könnte es sich anders überlegen und sie zurückrufen. Damit blieben nur die Dunkelhäutige und ich zurück. Eine magere Ausbeute für den Prinzen. Andererseits wusste ich ja nicht, wie oft sie so eine *Ladung* Frauen hierherholten und anwarben. Armani wartete, bis die Frauen hinausgebracht und die Türen hinter ihnen geschlossen waren, dann fragte er: „Wie sind eure Namen?"

„Maria Greco."

„Allegra Filice", sagte ich und stellte mich neben sie.

Langsam kam er die Stufen herunter, und ich musste dem Drang widerstehen, vor seiner imposanten Erscheinung zurückzuweichen. Wobei er das vermutlich nicht mal verdächtig gefunden hätte, wir waren schließlich gekidnappte Frauen, umzingelt von fremden, bewaffneten Männern. Seine Bewegungen waren kraftvoll elegant. Jeder Schritt eine Zurschaustellung seiner Überlegenheit, wie der einer pirschenden Raubkatze. Nur, dass er es nicht nötig hatte, sich anzupirschen. Dieser Mann, das sah ich sofort, war absolut tödlich – ob er offen oder aus dem Hinterhalt angriff.

„Wo arbeitest du, Allegra?" Mein Name aus seinem Mund bescherte mir eine verstörende

Gänsehaut. Seine Stimme hatte einen tiefen, markanten Klang, und er rollte das R eine Spur zu sinnlich für meinen Geschmack.

„In einem Supermarkt in Reggio Calabria."

„Name?", hakte er nach. Ich nannte ihn ihm und bemerkte aus dem Augenwinkel, wie einer der Vermummten etwas in sein Handy tippte. Googelte er etwa danach? „Seit wann arbeitest du dort und was hast du davor gemacht?"

Ich war auf ein Verhör vorbereitet und gab ihm die einstudierten Informationen. „Seit einem halben Jahr. Davor habe ich im Blumenladen gegenüber gearbeitet und davor vier Jahre lang im Zirkus." Sollten seine Männer meine Angaben überprüfen, was sie mit Sicherheit tun würden, würden ihnen die Angestellten dort alles bestätigen. Mein Clan hatte sie längst geschmiert.

Armanis Blick verriet Erstaunen. „Du hast in einem Zirkus gearbeitet?" Und das war nicht mal gelogen. „Als was?"

„Als Messerwerferin und Entfesselungskünstlerin."

Zum ersten Mal glomm Interesse in seinen Augen auf. „Du kannst also gut zielen."

„Und Schlösser knacken." Ich musste mich zusammenreißen, um nicht zu stolz zu klingen. Diese Fähigkeiten waren der Grund, weshalb ich für meinen Clan so interessant war. Es gab kein

Schloss und keinen Knoten, den ich nicht sprengen konnte.

Armanis Blick huschte zu jemandem hinter mir, dann sah er mich wieder an und fragte: „Warum hast du dort aufgehört?“

„Weil der Zirkus pleiteging. Wir sind von einer Stadt Kalabriens zur nächsten gezogen, aber in Zeiten von Netflix und Co. lassen die Leute sich lieber vom Sofa aus unterhalten, anstatt viel Geld für eine Liveshow auszugeben.“ Auch das war nicht gelogen. Ich hatte meine Arbeit im Zirkus geliebt. Sie hatte mir unheimlich Spaß gemacht und mir genügend Geld eingebracht, um meine Mutter und meinen kleinen Bruder zu ernähren. Vor drei Jahren hatte der Zirkus seine Vorhänge dann für immer geschlossen und ich Idiotin hatte mich aus Geldgründen mit der Mafia eingelassen. Ich wollte die Schuld nicht der schlechten Wirtschaft geben, auch nicht meinem Exfreund, der mich in die Mafiakreise eingeführt hatte. Wenn ich es wirklich gewollt hätte, hätte ich meine Familie auch legal durchfüttern können, aber mein Herz war jung und die Gier nach schnellem Geld groß gewesen.

Ich war selbst schuld an meiner Misere.

„Wie alt bist du?“ Jetzt umkreiste er mich, und studierte mich dabei aus dunkel schimmernden Augen. Die gefährlichen Schwingungen, die von ihm ausgingen, brachten mein Blut zum Kochen.

Dieser Mann hatte etwas an sich, das ich nicht in Worte fassen konnte. Er übte eine magische Anziehung auf mich aus, dabei kannte ich nicht einmal sein Gesicht, und brachte gleichzeitig meine Alarmglocken zum Schrillen.

„29."

„Hast du Geschwister?"

„Nein, nur meine Mutter, aber wir verstehen uns nicht so gut." Ersteres war gelogen, letzteres leider nicht. Zu meiner Mutter hatte ich schon seit Jahren nur noch sporadisch Kontakt, und das auch nur, weil mein minderjähriger Bruder bei ihr lebte und ich ihn oft besuchen ging. Aber das behielt ich für mich. Hier bevorzugte man Einzelkinder und Leute mit speziellen Fähigkeiten.

„Was ist mit deinem Vater?"

„Er ist … gestorben."

„Wie?"

Ich hob den Blick. Konnte er es nicht dabei bewenden lassen? Mein Vater war von der Mafia ermordet worden, lange, bevor ich mich ihnen angeschlossen hatte. Lange, bevor ich gewusst hatte, was das Wort Mafia überhaupt bedeutete. Deshalb war mein Verhältnis zu meiner Mutter auch so angespannt. Sie verstand nicht, wie ich so dumm sein konnte, denselben Weg wie er einzuschlagen. Mich jeden Tag in Lebensgefahr zu begeben, nur für Geld.

Die Scheine, die ich ihr monatlich zusteckte, nahm sie trotzdem. Aber sie tat es um Ninos Willen, um ihm ein Dach über dem Kopf und ein annehmbares Leben bieten zu können. Dabei scheute sie sich nicht, bei jeder Gelegenheit ihre Abneigung gegen das besudelte Geld kundzutun.

„Es war eine Krankheit", log ich. „Herzversagen." Da er das unmöglich überprüfen konnte, musste er meine Antwort hinnehmen. Ich war erleichtert, als er nicht weiter nachhakte, dafür wanderte sein Blick jetzt über mein freizügiges Outfit. Die High Heels streckten meine ohnehin schon langen Beine noch mehr und betonten meine schlanke, athletische Figur. Meine schwarzen, glatten Haare fielen über meine Schultern und umrahmten mein geschminktes Gesicht, das nach der Nacht im Van vermutlich total verschmiert und verheult aussah. Meine kleinen Brüste waren in dem Silber funkelnden Top auf das doppelte Ausmaß gepuscht, und mein schwarzer Rock war anstößig kurz.

Ich sah aus wie ein billiger Männer-Köder. Aber auch ohne das Schlampenoutfit, in das ich mich absichtlich gezwängt hatte, zog ich üblicherweise die Blicke auf mich. Nicht, weil ich außergewöhnlich schön war, aber die Jahre als Zirkusartistin hatten meinen Körper gestählt, und vor allem meine Beine taten es den Männern scheinbar an. Auch heute noch, Jahre nach meinem Artistendasein, hielt ich mich mit Ausdauersport und Krafttraining fit. Zudem übte ich mich regelmäßig im Messerwerfen und Entfesseln, um meine Fähigkeiten nicht zu verlernen.

Sein Blick verharrte etwas länger als nötig an meinen nackten Beinen, dann hob er ihn wieder und durchbohrte mich förmlich damit. Es war schwer zu sagen, was er über mich dachte, aber sein Blick bescherte mir eine prickelnde Gänsehaut. „Wie sieht es mit einer Beziehung aus? Hast du einen Freund? Wohnst du mit jemandem zusammen, der dich in nächster Zeit vermissen würde?“

„Nein, ich bin Single und lebe in einer WG.“

„Adresse?“ Ich nannte sie ihm, und wieder googelte der Typ neben mir scheinbar danach.

„Wie lange würde es dauern, ehe sich deine Mitbewohnerinnen Sorgen um dich machen würden?“, fragte er weiter. Verdammt, die dachten aber auch an alles.

„Wenn ich ihnen schreibe, gar nicht. Ich bin häufiger ein paar Tage weg.“

Mit einem Nicken schien er diese Informationen abzuspeichern. Dann fragte er: „Warum willst du für uns arbeiten? Wir gehören zur Mafia, du könntest Probleme mit der Polizei bekommen.“

Jetzt kam es auf meine Überzeugungskünste an. Entschlossen sah ich ihm in die Augen. „Du hast gesagt, ihr bezahlt gut, und ich will nicht den Rest meines Lebens im Supermarkt Regale einräumen. Ich habe große Pläne für meine Zukunft, dafür brauche ich Geld.“ War das zu dick aufgetragen? Mit klopfendem Herz wartete ich sein Urteil ab, und er ließ sich unerträglich lange Zeit dafür.

Sein Blick wanderte über die Schulter zum Prinzen, der sich kein einziges Mal gerührt hatte, seitdem sein Sprecher das Wort erhoben hatte, sodass ich allmählich bezweifelte, dass er echt war. Der nickte stumm, und Armani wandte sich, ohne mir eine Antwort zu geben, Maria zu.

Aus dem folgenden Verhör erfuhr ich, dass sie tatsächlich nur zur Hälfte Italienerin war, ihre Mutter Afroamerikanerin. Sie war zwei Jahre jünger als ich und wohnte in einem kleinen Dorf nicht weit von Reggio Calabria. Als sie erzählte, dass sie sich mit schlechtbezahlten Jobs über Wasser hielt, überlegte ich kurz, ob sie nicht auch eine Spionin war. Womöglich traute mein Boss mir den Mord ja nicht zu und hatte vorsichtshalber eine zweite Frau eingeschmuggelt – nach dem Motto: Doppelt hält besser.

Armani lauschte ihren Worten, hakte hier und da nach und beäugte sie dabei mit demselben abschätzigen Blick wie zuvor mich. Schließlich überkreuzte er die muskulösen Arme vor der Brust und ließ seinen Blick über unsere Gesichter gleiten. „Natürlich werden wir eure Angaben erst überprüfen, bevor wir euch rückhaltlos vertrauen können. Das wird ein paar Tage dauern. Bis dahin …" In einer fließenden Bewegung zog er seine Sturmhaube herunter und sagte mit einem raubtierhaften Lächeln: „Willkommen bei den *Neros*."

Kapitel 2

Als man uns sagte, die Clanmitglieder würden hier unter der Erde schlafen, hielt ich das zunächst für einen Scherz. Bis man uns aus dem Saal in ein weitläufiges Kellergewölbe führte, in dem sich die Schlafräume befanden. Entgegen meiner horrorhaften Vorstellung war die Luft hier unten aber weder moderig noch feucht oder kalt, und Spinnweben entdeckte ich zu meiner Erleichterung auch keine. Tatsächlich unterschieden sich die Gänge nicht groß von den überirdischen. Die Wände waren massiv und trocken, die Holztüren solide, Deckenlampen spendeten ausreichend Licht, und an den Wänden befanden sich, ganz jugendlich, Poster und Graffiti. In einem Raum hingen Boxsäcke von der gewölbten Decke, und Hantelstangen steckten in dafür vorgesehenen Gestellen. Vor dieser Kulisse warf ein junger Mann einen anderen gekonnt auf die Matte und die darumstehenden Typen jubelten lautstark.

Wir liefen weiter, vorbei an bequem aussehenden Sofas und Sesseln, die sich an die Mauern schmiegten, und in einer Ecke stand sogar ein Flipperautomat. Nur Fenster gab es hier unten keine, dafür schmale Schächte, die frische Luft in den Keller ließen. Ein bisschen erinnerte mich das Gewölbe an den Jugendclub, in den ich früher gegangen war – die Fassade steinzeitlich, aber die Einrichtung modern.

„Das Schloss ist groß, aber die meisten Räume dienen einem wichtigen Zweck, deshalb mussten wir irgendwann den Keller ausbauen, um alle Leute unterzubringen", erklärte Valentina, unsere Führerin. Nachdem Silvan, wie Armani in Wirklichkeit hieß, uns willkommen geheißen hatte, war die blonde Frau in den Saal spaziert und hatte sich unser angenommen.

Silvan.

Ich konnte immer noch nicht glauben, dass uns ausgerechnet der gefürchtete Wachhund des Nachtprinzen gerettet hatte. Carlo hatte natürlich darauf spekuliert, dass uns jemand von den *Neros* befreien würde – ein anonymer Hinweis hier, eine gestellte Schießerei in einer nahegelegenen Gasse da, und schon waren sie auf die Entführer aufmerksam geworden –, aber dass gerade Silvan und sein Spezialkommando anrücken würden? Das allein war schon unglaublich, aber vor allem ging mir sein Gesicht nicht mehr aus dem Kopf. Ohne übertreiben zu wollen konnte ich behaupten, dass Silvan der attraktivste Mann war, den ich je gesehen hatte, und ich vergab diesen Titel nicht leichtfertig. Die markanten Wangenknochen, der perfekt getrimmte Bart, die dichten, schwarzen Haare, die ihm in die Stirn gehangen hatten …

Wer hätte gedacht, dass der Wachhund des Prinzen so eine Augenweide war? Doch so schnell, wie er uns sein Gesicht offenbart hatte, so schnell hatte er sich wieder von uns abgewandt, sodass ich kaum Zeit gehabt hatte, das ganze Ausmaß seiner Herrlichkeit in mich aufzunehmen. Mit einem Nicken in Valentinas Richtung war er zum Prinzen gegangen, um ihm etwas zuzuflüstern, und sie hatte uns aus dem Saal geführt.

Unter ihrer Aufsicht hatte Maria dann mit ihrer Mutter telefoniert und sie darüber informiert, dass sie für ein paar Tage bei einer Freundin wohnen würde. Ich hatte von Marias Handy aus nur meiner Mitbewohnerin geschrieben.

Jetzt folgten wir der geschätzten Mittvierzigerin durch den Keller und begegneten Leuten aus nahezu allen Altersgruppen, wobei niemand jünger als 18 Jahre wirkte. Manche waren wie die Wachen ganz in Schwarz gekleidet, andere hatten Schürzen um die Hüften gebunden oder trugen Alltagsklamotten. Es war, als hätte sich die Belegschaft vor uns versteckt und wäre erst, nachdem Silvan sein Okay gegeben hatte, aus ihren Löchern gekrochen, um ihren Aufgaben nachzugehen. So unterschiedlich die Leute auch waren, eines hatten sie alle gemeinsam und das war der silberne Ring mit dem eingravierten *Nero* an ihrem Finger, der sie als Clanmitglieder kennzeichnete. Valentina kassierte unsere Handys ein, aber damit hatte ich gerechnet, deshalb behauptete ich, dass meines bei der Entführung verloren gegangen war. In Wahrheit lag es zu Hause in meiner Kommode, mit all den mafiösen Kontakten, die sie darin gefunden hätten.

Wir erreichten den Schlaftrakt, und Maria und ich bekamen je ein Doppelzimmer zugewiesen, getrennt voneinander, jeweils mit jemandem, der schon länger hier arbeitete, wie Valentina uns erklärte. Ich vermutete, damit man uns Neulinge so besser im Auge behalten konnte. Die rot-blond gefärbte Frau mit den schokoladenbraunen Augen zeigte uns unsere Zimmer. Helle, schmale Räume mit hohen Decken, schnörkellosem Mobiliar und vergitterten Luken statt Fenstern, durch die höchstens eine Hand passte.

„In einer halben Stunde gibt es Mittagessen", ließ sie uns wissen und ging mit wiegenden Hüften weiter. „Vorher bringe ich euch zum Doc. Die Drogen, die sie euch gegeben haben, könnten schlimme Nebenwirkungen haben."

„Was ist mit unseren Klamotten?", fragte Maria, mit der ich bisher noch kein Wort gewechselt hatte, und deutete auf ihr zerrissenes, blau-weiß kariertes Kleid. Ich fragte mich, von wo man sie entführt hatte. So brav wie sie gekleidet war, wohl eher aus der Bibliothek als einer Disco. Sie wirkte sympathisch, aber ich durfte mich weder mit ihr noch mit sonst jemandem hier anfreunden. Maria gehörte jetzt zu den *Neros*, unseren erklärten Feinden. Freundschaften zwischen uns waren tabu.

Valentina antwortete, ohne, sich zu uns umzudrehen. „Im ersten Stock gibt es ein sogenanntes Pfandleihzimmer. Dort werdet ihr mit allem ausgestattet, was ihr zum Leben hier braucht. Anziehsachen, Schuhe, Handtücher, Hygieneartikel."

„Wie kommen diese Dinge hierher?", erkundigte Maria sich stirnrunzelnd.

Wir waren den Weg nicht wieder zurückgegangen, sondern weiter geradeaus gelaufen. Jetzt standen wir in einem anderen Treppenhaus, das ins Erdgeschoss führte, was mir erneut vor Augen hielt, wie riesig das Schloss war. Valentina, die eine weiße Rüschenbluse und einen schwarzen Bleistiftrock mit goldenen Knöpfen an den Seiten trug, warf ihr einen Blick über die Schulter zu und schmunzelte dabei, was kleine Lachfältchen um ihren Mund zauberte. „Wir kaufen sie natürlich. Was denkst du denn?"

Schwer zu sagen, ob sie scherzte oder nicht, aber ich behielt meine Gedanken für mich. Die *Neros* waren eine Mafia-Organisation genau wie die *Corvi*, was bedeutete, dass sie ihr Geld mit blutigen, illegalen Geschäften verdienten. Die Sachen könnten gestohlen sein. Andererseits machte die italienische Mafia mehrere Milliarden Euro Umsatz im Jahr, da sollten ein paar Klamotten für ihre Mitglieder schon drin sein. Jedenfalls lautete mein Auftrag, unauffällig bleiben, Informationen sammeln, wenn möglich weitergeben und im geeigneten Moment zuschlagen. Ich würde nicht den Fehler begehen und zu viele Fragen stellen, so wie Maria.

Das Krankenzimmer lag im Erdgeschoss, hinter der großen Treppe, doch auf dem Weg dorthin bogen wir in so viele Gänge ein, dass ich schnell die Orientierung verlor. Es würde eine Weile dauern, ehe ich mich hier zurechtfinden würde. Oder ehe ich herausgefunden hatte, wo sich die *Gemächer* des Prinzen befanden. Wobei ich da schon so eine Ahnung hatte. Wenn die Belegschaft im Keller schlief, musste sein Zimmer in der obersten Etage liegen. Und dazwischen befanden sich vermutlich haufenweise bewaffnete Männer. Tatsächlich hatte Carlo, mein Boss, mir keine Deadline für den Mord gesetzt, aber es verstand sich von selbst, dass ich den Prinzen so schnell wie möglich ausschalten musste.

Je länger ich mir damit Zeit ließ, desto länger setzte ich meinen Bruder der Gefahr aus. Carlo war nicht blöd. Er hatte mir nicht nur damit gedroht, meinen Bruder umzubringen, sollte ich den Auftrag nicht ausführen, nein, um den Druck zusätzlich zu erhöhen, hatte der Bastard ihn vorübergehend als Drogenkurier eingestellt. Meinen 13-jährigen Bruder! Jeden Tag, den ich hier verbrachte, lief Nino Gefahr, bei einem seiner Aufträge erschossen oder von der Polizei geschnappt zu werden.

Bei dem Gedanken drehte sich mir der Magen um.

Helle Wände, ein grauer PVC-Boden, weiße Möbel und allerhand Gerätschaften erwarteten mich im Krankenzimmer. Es war eingerichtet wie eine moderne Arztpraxis, mit allen Werkzeugen und Apparaten, die man sich nur vorstellen konnte.

Der Kontrast zu den Sandstein-Mauern außerhalb des Zimmers war jedoch nicht das Verblüffendste in diesem Raum. Es war der hagere, hochgewachsene Brillenträger hinter dem Schreibtisch. Er konnte nicht älter als 35 sein, vielleicht 38, aber dann müsste er sich schon gut gehalten haben. Mit dem dunklen Rollkragenpullover, der zerschlissenen Jeans, den nachlässig gestylten Haaren und der Brille sah er aus wie ein Hipster, der sich jeden Moment mit einer Club-Mate auf die Couch chillen würde, um fernzusehen.

Das war doch wohl nicht der Arzt!

Lächelnd stand er auf, umrundete den Tisch, auf dem ein Bildschirm, zwei Tassen, eine Lampe und ein Tuchspender standen, und kam zu mir. Maria und Valentina warteten draußen. „Hi", sagte er und reichte mir seine große Hand, nachdem ich die Tür geschlossen hatte. „Ich bin Vincent, aber alle hier nennen mich Doc." Silvan war ja schon beeindruckend groß, aber Vincent wirkte noch mal doppelt so lang. Seine Beine schienen endlos zu sein, was ihn auf den ersten Blick schlaksig wirken ließ. Als ich seine Hand schüttelte, war sein Griff aber nicht nur erstaunlich fest, ich erkannte auch meinen Irrtum. Vincent war nicht schlaksig, er war nur unsagbar groß, wodurch seine Muskelmasse so verteilt wurde, dass man ihm diese Kraft nicht ansah.

„Setz dich bitte." Er deutete auf die Behandlungsliege hinter dem Schreibtisch, und ich ging dorthin. Vincent nahm wieder auf seinem Bürostuhl Platz, rollte zu mir und musterte mich aus klaren, freundlichen Augen. Oh, Mann! Es fiel mir jetzt schon schwer, ihn nicht zu mögen.

Er sah so entwaffnend sympathisch und gutherzig aus, dass man ihn automatisch ins Herz schließen wollte. Doch hinter seinem freundlichen Blick erkannte ich auch eine schneidende Intelligenz. Und noch etwas, das ich nicht benennen konnte.

„Du siehst skeptisch aus“, bemerkte er schmunzelnd. Ich wollte schon höflich abwinken, als er erklärte: „Da bist du nicht die Erste, aber ich kann dich beruhigen. Ich habe mein Medizinstudium mit Bestnote abgeschlossen und genügend Praxiserfahrung gesammelt, um zu wissen, was ich tue.“ Er nahm eine Diagnostikleuchte und bestrahlte meine Pupillen.

„Deine Reflexe sind eingeschränkt. Hast du Kopfschmerzen?“

„Ein bisschen.“

„Ist dir schwindelig? Übel?“

Er steckte die Leuchte weg, und jetzt, da ich nicht mehr geblendet wurde, konnte ich sein Gesicht aus nächster Nähe betrachten. Ein leichter Bartflaum bedeckte seine untere Gesichtshälfte, seine Nase war lang und schmal, und er hatte beneidenswert lange Wimpern. Wäre die Brille nicht gewesen, hätte ich ihn durchaus attraktiv gefunden. So verlieh sie ihm einen nerdigen Touch, und Computerspieler und Comichefte-Leser waren noch nie mein Typ gewesen.

„Vorhin war mir übel, aber das ist abgeklungen. Jetzt fühle ich mich nur etwas schummerig im Kopf.“

Er nickte, rollte den Stuhl zu einer Kommode und nahm eine Spritze und eine Flasche mit einer hellen, klaren Flüssigkeit aus der Schublade. „Ich verabreiche dir einen *Erfrischungscocktail*.“ Er drückte mir eine Wasserflasche in die Hand. „Und du musst den Rest des Tages viel trinken." Während ich die ungeöffnete Flasche aufschraubte, zog er die Spritze auf, dann rollte er wieder zu mir und pikste mich in den Arm. Es war vorbei, ehe es richtig wehtun konnte. „Spätestens morgen solltest du keine Nebenwirkungen mehr verspüren, und falls doch, komm sofort zu mir." Er warf die Spritze in den Mülleimer neben dem Schreibtisch, dann fragte er: „Wie ist dein voller Name?"

„Allegra Filice."

„Alter?"

„29."

„Hast du irgendwelche Erbkrankheiten, Allergien oder chronische Beschwerden?"

„Ähm, nicht, dass ich wüsste. Eine leichte Pollenallergie vielleicht."

Erst als er etwas in den Computer tippte, begriff ich, was die Fragerei sollte. „Erstellst du eine Krankenakte über mich?"

Halb drehte er sich zu mir um. „Hm-hm. Ich weiß über den Gesundheitszustand jedes einzelnen Clanmitglieds Bescheid. Keine Sorge", sagte er auf mein verblüfftes Gesicht hin, „auch ich halte mich an die ärztliche Schweigepflicht." Aber das war es nicht, was mich so überraschte.

Ich hatte nur noch nie erlebt, dass sich ein Mafiaclan so um die Gesundheit seiner Mitglieder kümmerte. Wurde man bei den *Corvi* bei einem Einsatz angeschossen oder auf sonstige Weise verletzt, wurde man bestenfalls vor den Toren des nächstliegenden Krankenhauses abgeladen. Viele wurden am Ort des Geschehens auch einfach zurück und sich selbst überlassen. Zumindest diejenigen, die nicht durch Familienbande an den Clan gebunden waren.

So wie Nino und ich.

Deshalb hatte ich auch so eine Angst um ihn. Niemand vom Clan würde für meinen Bruder, einen unbedeutenden Boten, bürgen. Niemand für ihn einstehen.

Um sich dieses Privileg zu erarbeiten, musste man schon bedeutsamere Aufgaben erledigen, als Schlösser aufzubrechen oder Drogen durch die Gegend zu kutschieren. Blutige, gefährliche Aufgaben. Wie etwa, den größten Widersacher meines Clans zu ermorden.

Mit der Beseitigung des Nachtprinzen würde ich mir einen festen Platz im *Corvi*-Clan verdienen. So hatte Carlo es mir versprochen. Nicht, dass ich Interesse daran hätte. Meine einzige Bedingung hierfür war gewesen, dass er meinen Bruder und mich danach freigeben und nie wieder erpressen würde.

Selbst das Preisgeld, das auf den Kopf des Prinzen ausgesetzt war, wollte ich nicht haben. Ich wollte nur meinen Fehler rückgängig machen, wieder frei sein und ohne Angst vor der Mafia leben können.

Doch der Preis war hoch.

Ich musste die Freiheit meiner Familie gegen das Leben eines Fremden eintauschen.

Mein einziger Trost war, dass der Anführer der *Neros* genauso ein skrupelloses Arschloch war wie alle Clanchefs. Er hatte schon hunderte Morde in Auftrag gegeben. Sicher würde ich diesem Land einen Gefallen tun.

In Gedanken versunken beobachtete ich, wie Vincent meine Krankenakte erstellte. Kurzsichtig wie ich war, konnte ich von der Liege aus nicht erkennen, was er schrieb, aber es musste ein halber Roman sein, denn seine Finger hörten gar nicht mehr auf, zu tippen. Leicht gekrümmt saß er auf dem Stuhl, als wäre sein Körper zu groß für diese Haltung, während auf seinem Schreibtisch eine Tasse vor sich hin dampfte. Mein Blick wanderte zu seinen Haaren, die von hinten noch verstrubbelter aussahen als von vorn.

„Darf ich fragen, wie alt du bist?“ Die Worte waren mir herausgerutscht, ehe ich sie daran hindern konnte, und ich biss mir tadelnd auf die Zunge. Natürlich musste ich zu den Leuten hier freundlich sein und mit ihnen interagieren – alles andere würde Verdacht erregen –, aber ich musste Berufliches und Privates trennen, sonst machte ich mir das Leben nur unnötig schwer. Immerhin hatte ich vor, ihren Anführer umzubringen. Jede einzelne Seele in diesen Mauern würde sich nach dem Anschlag meinen Tod wünschen, und nur die *Corvi* konnten mich dann noch vor ihrer Rache schützen. Carlo hatte persönlich für meine Sicherheit gebürgt und mir ein schriftliches Versprechen gegeben, meine Familie und mich in eine Stadt zu bringen, die außerhalb des Einflussbereichs der *Neros* lag.

Da gab es zum Glück viele in Italien, denn der Nachtprinz regierte nur im südlichen Teil Kalabriens.

Im Grunde hatte ich also nichts zu befürchten … sofern ich es denn schaffte, den Prinzen zu ermorden und anschließend bis nach Reggio Calabria, dem Hauptsitz meines Clans, zu fliehen.

Schmunzelnd drehte Vincent sich zu mir um. „34. Und ja, ich weiß, dass ich jünger aussehe." Lächelnd zog er einen imaginären Hut vor mir und verbeugte sich so tief, dass er fast vom Stuhl gekippt wäre. Ich wusste nicht, ob er mich aufmuntern wollte oder wirklich so ein Komiker war, aber er entlockte mir ein ehrliches Lachen. „So, deine Akte ist angelegt. Jetzt muss ich dich wieder rausschmeißen, mir wurde gesagt, dass ich zwei Patientinnen bekommen würde. Man sieht sich, und schön viel trinken."

Damit scheuchte er mich von der Liege, und ich ging mit zuckenden Lippen hinaus.

Verdammt.

Ich mochte ihn jetzt schon.

Nachdem auch Maria behandelt worden war, brachte Valentina uns zum Pfandleihzimmer, wo jede von uns eine lange Strickjacke bekam. Maria, um ihr zerfetztes Kleid zu bedecken und ich, damit ich die männliche Belegschaft nicht auf dumme Gedanken brachte, wie Valentina mit einem verhaltenen Blick auf meine gepuschten Brüste erklärte.

Später konnten wir uns dann mit Unterwäsche, Hosen, Shirts, Shampoo und Handtüchern eindecken. Valentina verlangte von mir, dass ich meine High Heels gegen Turnschuhe eintauschte, und ich hatte nichts dagegen einzuwenden, da ich meine Füße vor Schmerzen schon gar nicht mehr richtig spürte. Auch im Pfandleihzimmer pflegte man unsere Namen ins Computersystem ein, dabei hielt man neben der Anzahl der ausgehändigten Strickjacken auch Datum und Uhrzeit fest.

Ganz schön gut organisiert hier.

Unwillkürlich hielt ich nach Überwachungskameras Ausschau, konnte auf den ersten Blick aber keine entdecken. Ob das Schlossinnere videoüberwacht war? Hoffentlich nicht, das würde mir die Aufgabe zusätzlich erschweren.

Einigermaßen sittsam gekleidet gingen wir in die Kantine ins Erdgeschoss. Dort entlockte der Geruch nach Olivenöl, Basilikum, Pasta, gebratenem Fleisch und Käse meinem Magen ein schmerzhaftes Knurren, das im allgemeinen Geräuschpegel aber unterging.

Längliche, massive Holztische und Stühle verliehen dem Raum einen mittelalterlichen Touch, während über unseren Köpfen moderne Lampen von der Decke baumelten und leise Musik aus einer Lautsprecherbox drang. In diesem Schloss prallten die verschiedensten Zeitalter aufeinander, aber das machte seinen Charme aus, fand ich. Aufmerksam sah ich mich um und bekam zum ersten Mal eine Vorstellung davon, wie viele Menschen an diesem Ort lebten – die Wachen am Tor und die Männer, die uns hierhergebracht hatten, nicht mit eingerechnet.

Aber auch ohne sie war die Kantine gut besetzt, wobei der männliche Anteil überwog. Unter den grob geschätzt 60 Kantinenbesuchern zählte ich vielleicht 15 Frauen.

Auf dem Büfett erwarteten uns kalte und warme Antipasti, Nudelgerichte, gegrillter Fisch, Fleisch, Gemüse, Obst und beschriftete Getränke-Kannen. Hinter der Anrichte füllten mit Schürzen bekleidete Personen die leeren Behälter auf und verschwanden wieder durch eine Schwingtür, die vermutlich in die Küche führte.

Sämtliche Blicke hefteten sich jetzt auf uns, die Neulinge, aber wenigstens nahm der Geräuschpegel nicht ab, was viel unangenehmer gewesen wäre. Da ich jahrelang im Zirkus gearbeitet hatte, war ich es gewohnt, angestarrt zu werden und mich unter den Blicken von Hunderten auf meine Darbietung konzentrieren zu müssen.

Maria wirkte weniger abgeklärt, aber ich nahm an, dass sich die Neugierde bald wieder legen würde. Immerhin begegnete ich keinem feindseligen Blick, das war schon mal gut.

Von allen Seiten wurde Valentina gegrüßt, ja, regelrecht angestrahlt, was mir zeigte, dass sie hier große Beliebtheit genoss. Vielleicht war sie eine Art Gemeinschaftsmutti, eine Frau, der sich die Menschen anvertrauten. Den Eindruck machte sie jedenfalls auf mich, als sie jeder von uns ein Tablett in die Hand drückte und freundlich aufforderte, uns an Getränken und Speisen zu bedienen.

Unsere Teller bis zum Rand gefüllt, brachte Valentina uns zu einem leeren Tisch am Fenster, und wir nahmen Platz.

„Ihr habt bestimmt Fragen an mich, aber zuerst ein paar allgemein geltende Regeln“, sagte sie und stellte ihre Suppe vor sich ab. „Frühstück ist um 8 Uhr, Mittagessen um 13 Uhr und Abendbrot um 20 Uhr. Snacks und Getränke stehen euch zu jeder Zeit kostenlos in den Automaten im Keller zur Verfügung."

Valentina stutzte, vermutlich, weil wir sie wie wissbegierige Grünschnäbel anstarrten, dann forderte sie uns schmunzelnd auf: „Esst. Ihr müsst schnell wieder zu Kräften kommen." Wir gehorchten, und ich musste mich zurückhalten, nach drei Bissen nicht alles in mich hineinzuschlingen. Besonders die Antipasti, von denen ich mir gleich mehrere Löffel aufgetan hatte, schmeckten köstlich.

„Die erste und zweite Etage ist für alle die nicht zum engeren Kreis gehören tabu", fuhr sie nach ein paar Löffeln Suppe fort. „Zum engeren Kreis gehören zum Beispiel Silvan und seine Spezialeinheit."

„Spezialeinheit?", wiederholte Maria.

Valentinas Blick wanderte zu ihr. „Die Leute, die euch befreit haben. Sein persönlich ausgebildeter Trupp. Die fähigsten Männer und Frauen hier."

Maria sah sich in der Kantine um. „Frühstücken sie nicht mit uns?"

Um ein Haar hätte Valentina sich an ihrer Suppe verschluckt. Hüstelnd sagte sie: „Selbstverständlich *nicht*! Der Berater des Prinzen und sein Team essen im Speisezimmer, in der Nähe des Saals."

Jetzt konnte auch ich mir eine Frage nicht mehr verkneifen. „Sprecht ihr ihn wirklich alle mit *Prinz* an?"

Valentina senkte die Gabel, und ihre Stirn legte sich in Falten, was sie älter aussehen ließ. „Hast du ein Problem damit?"

„Nein, nein, ich frage mich nur, warum? Ist er ein Adeliger oder so?"

Ich war erleichtert, als sie die Schultern zuckte und den Blick wieder auf ihre Schüssel senkte. *Merke: Sich nicht öffentlich über den Prinzen lustig machen. Sein Gefolge scheint ihn zu verehren!* „Wundern würde es mich nicht."

„Das heißt, du weißt es nicht", schlussfolgerte Maria.

„Nein." Vornehm führte Valentina den Löffel an ihren Mund und schlürfte lautlos ihre Suppe. Sie war wunderschön, trotz der ausgeprägten Fältchen um die Augen, und legte offenkundig Wert auf ein gepflegtes Äußeres. Künstlich verlängerte Nägel, dunkel geschminkte Augen, blutroter Lippenstift, Rouge, rosa Pumps. Ich setzte sie auf meine Liste zu beschattender Personen, gleich neben Silvan. Sie hatte bestimmt Zugang zu Bereichen im Schloss, die anderen verwehrt waren, und könnte mir unfreiwillig dabei helfen, an den Prinzen heranzukommen.

„Es ist außerdem untersagt", fuhr sie fort, „sich nach 22 Uhr auf dem Gelände aufzuhalten.

Dass ihr außerhalb des Zauns nichts zu suchen habt, muss ich wohl nicht erwähnen, zumal die Wachen euch auch gar nicht rauslassen würden. Im schlimmsten Fall halten sie euch für feindliche Clanmitglieder und erschießen euch – nächtliche Spaziergänge würde ich euch also nicht empfehlen.

Aber nicht nur aus diesem Grund. Nachts werden unsere Lebensmittel, Kleidung und Waffen geliefert, und jedes Mal, wenn sich das Tor für die Konvois öffnet, sind wir verwundbar.

Trotz der vielen Schutzvorkehrungen, die wir treffen, gelingt es hin und wieder jemandem, sich hier einzuschmuggeln oder nahe genug heranzukommen, um die Wachen anzugreifen. Zwar wurde jeder von denen in einer Kiste wieder zurückgeschickt, aber das Risiko bleibt."

Mein Hals verengte sich, und ich trank schnell einen Schluck Wasser. „Was wird unsere Aufgabe hier sein?"

Ich hatte entschieden, dass es unauffälliger wäre, wenn ich ein paar Fragen stellte. Warum auch nicht? Neugierde war für einen Frischling doch ganz normal.

Valentina befreite ihren goldenen Ohrring von einer Haarsträhne, die sich darin verfangen hatte, und sah mich an. „Das wird Silvan entscheiden."

Bei dem Namen schauderte es mich. Mit dem wollte ich so wenig wie möglich zu tun haben.

Sein Blick war mir zu wachsam, seine Sinne zu geschärft.

Bisher hatte ich geglaubt, der Prinz wäre so unantastbar, weil er sich hinter diesen Mauern verschanzte, jetzt glaubte ich, dass sein Berater der Grund dafür war.

Silvan, der Wachhund des Nachtprinzen.

Kapitel 3

Nach dem Essen zog Valentina sich mit den Worten zurück, dass wir uns im Schloss umsehen und wenn möglich schon Kontakte knüpfen sollten. Morgen früh würde sie dann zu uns kommen und uns eine Arbeit zuteilen.

Etwas befangen lächelten Maria und ich uns an, als wir allein waren, dann beugte sie sich vor und gab mir die Hand. „'Tschuldige, ich hab' mich noch gar nicht richtig vorgestellt. Freut mich, dich kennenzulernen."

Ich schüttelte sie lächelnd. „Danke, ebenfalls."

Maria lehnte sich wieder zurück und betrachtete ihr abgewetztes Kleid unter der Strickjacke. „Ich würde sagen, bevor wir das Schloss erkunden, kleiden wir uns ordentlich ein, oder? Und eine Dusche wäre auch nicht schlecht."

„Bin dabei."

Vorsichtig schoben wir die schweren Stühle zurück, damit sie nicht auf dem Boden scharrten, und brachten unsere Tabletts zum Tresen. Ein dunkelhaariges, molliges Mädchen mit Brille und Schürze nahm sie uns freundlich ab, dann gingen wir in Richtung Ausgang, als mir ein unangenehmes Kribbeln den Rücken hinunterlief. Ich wurde beobachtet. Nicht auf eine neugierige Art, wie man einen Neuling ansehen würde, sondern auf eine lauernde, die mich schaudern ließ. Langsam wandte ich den Kopf nach rechts und fand instinktiv den Blick der Person.

Er gehörte einem Mann mit schokoladenbrauner Haut, dessen Alter ich schwer einschätzen konnte. Irgendetwas zwischen 25 und 35 vielleicht. Seine Haare waren so kurzgeschoren, dass sie geschätzt einen Zentimeter von einer Glatze entfernt waren, sein Bart hatte dagegen wohl schon seit Wochen keinen Rasierer mehr gesehen. Mit grimmigen Gesichtszügen saß er inmitten einer herumalbernden Meute, doch kaum hatten sich unsere Blicke gekreuzt, senkte er ihn auf seinen Teller und aß weiter.

Ich dachte mir nichts dabei und sah wieder zu Maria, die zwei Schritte vor mir lief. Wir waren die Neuen, mussten uns noch bewähren und das Vertrauen der *Neros* gewinnen. Ich konnte nicht erwarten, dass uns alle gleich freundlich gesonnen waren.

Eine halbe Stunde später trugen wir tütenweise Klamotten in die Kellerräume. Die Sachen waren ungetragen, aber relativ basic, also genau nach meinem Geschmack: Jeans, einfaches Top und bequeme Sneakers. Das Schlampenoutfit hatte ich nur angezogen, um meine Entführung glaubwürdiger zu machen, denn wer kidnappte schon artige Mädchen mit Brille und Karohemd? Man entführte die Sexgranaten, die Art von Frauen, die die perversen Gelüste der Männer weckten und die meiste Aussicht auf Gewinn versprachen.

Wobei … mein Blick wanderte zu Maria, die nicht wirklich ins Schema passte und sich vor Begeisterung darüber, dass wir für die Sachen nichts bezahlen mussten, gar nicht mehr einkriegte. In der vergangenen halben Stunde hatte sie mich nonstop zu getextet, ihren Lebenslauf förmlich heruntergerattert, und ein wenig rauchte mir deswegen jetzt der Kopf.

Sie hatte mir anvertraut, dass sie aus einem armen Dorf stammte und in der Stadt gewesen war, um Arbeit zu finden. Wo man sie aufgegriffen hatte, hatte sie nicht verraten wollen, aber ihre ausweichenden Blicke ließen mich etwas vermuten, worüber ich lieber nicht näher nachdenken wollte.

Die hübsche Halbafrikanerin hatte zwei Schwestern, zwei Brüder und einen Haufen Cousinen und Cousins, und jeder war arm wie eine Kirchenmaus. Damit waren ihre Beweggründe geklärt. Sie war wegen des Geldes hiergeblieben. Um ihre Familie zu ernähren.

So wie vermutlich jeder, der sich mit der Mafia einließ.

Wobei das Anwesen mehr von einer bewachten Uni als von einer mafiösen Kommandozentrale hatte. Die Leute hier wirkten so normal, ja, regelrecht entspannt. Dabei hörte man immer so viele Horrorgeschichten über die *Neros*. Andererseits, würde ich in so einer Hochsicherheitsfestung leben, wäre ich vermutlich auch entspannt. Wer sollte ihnen hier schon etwas anhaben? Abgesehen von einer verlogenen Mörderin namens Allegra.

Nach einer langen, heißen Dusche kehrte allmählich Leben in meine Glieder zurück. Leider sorgte das Wasser dafür, dass meine Prellungen und Schürfwunden stärker brannten.

Auch das Wattegefühl in meinem Kopf hielt sich hartnäckig, als ich die Duschkabine verließ und auf schmatzenden Badelatschen zu den Waschbecken ging. Umgeben von warmen Dämpfen wischte ich mit dem Unterarm über das beschlagene Glas und betrachtete mein blasses Gesicht im Spiegel. Dunkle Schatten lagen unter meinen Augen und neben der Schramme an der Schläfe entdeckte ich noch zwei Kratzer auf der Wange.

Bis hierher hatte ich es also geschafft.

Jetzt kam der knifflige Teil. Die Informationen, die ich hier sammeln würde, nach außen zu tragen. Denn ein Handy hatte ich nicht, und ich bezweifelte, dass mir jemand der Wachen eins leihen würde. Ich würde einen der Bediensteten bestehlen müssen, vorzugsweise jemanden, der das Vertrauen der anderen genoss.

Marias Summen holte mich ins Hier und Jetzt zurück. Während ich mich schon abgetrocknet und meine Haare in ein zusätzliches Handtuch gewickelt hatte, stand sie immer noch unter der Dusche und schien sich wie im siebten Himmel zu fühlen. Die Duschräume waren einfach, aber sauber. Hellbraune Fliesen bedeckten den Boden und die Wände, und weiße Duschvorhänge vor den Kabinen sorgen für Sichtschutz. Geradeüber befanden sich die Toiletten, daneben die Waschbecken. Wir waren ungestört hier, hatten uns seit Betreten der Räumlichkeiten aber nicht groß unterhalten, sondern jeder seinen eigenen Gedanken nachgehangen.

„Ich gehe schon raus", informierte ich Maria, nachdem ich mir die Haare geföhnt hatte und sie immer noch nicht fertig war.

„Wartest du auf mich? Ich will mich in dem gruseligen Schloss nicht allein umsehen. Ich beeile mich auch."

Schmunzelnd sammelte ich meine Duschutensilien ein, immer noch erstaunt darüber, wie gut man uns ausgestattet hatte. Jede von uns hatte eine eigene Kulturtasche bekommen, randgefüllt mit allen Dingen, die eine Frau gebrauchen könnte. Außerdem Badelatschen und Handtücher. „Lass dir ruhig Zeit. Ich räume solange meine Sachen ein. Klopf einfach an die Tür, wenn du fertig bist.“ In mein Handtuch gewickelt flitzte ich in das mir zugeteilte Zimmer Nummer 7. Die Frauen und Männer hier schliefen in verschiedenen Aufgängen, aber die Gemeinschaftsräume lagen im Zentrum des Gewölbekellers und wurden von beiden Geschlechtern genutzt, deshalb war die Wahrscheinlichkeit hoch, einem männlichen Artgenossen zu begegnen.

Allein im Zimmer plumpste ich auf die nackte Matratze und verschnaufte kurz. Ohne Vincents *Erfrischungscocktail* wäre ich nach dem ausschweifenden Mittagessen jetzt vermutlich vor Erschöpfung eingeschlafen. Aber die Müdigkeit hielt sich in Grenzen, auch, wenn ich nun ein dumpfes Gefühl im Schädel verspürte. Eine Art milder Kopfschmerz, der versuchte, sich an die Oberfläche zu graben, es aber nicht ganz schaffte. Wahrscheinlich realisierte mein Körper gerade, dass es ernst wurde. Dass mich ab sofort jeder kleinste Fehler, jede Unachtsamkeit das Leben kosten könnte.

Als ich den Kleiderschrank öffnete, um meine Sachen einzusortieren, stapelten sich auf dem obersten Regalboden saubere Kissen, Decken und Überzüge, alles ordentlich zusammengelegt. In Gedanken an meinen kleinen Bruder bezog ich mein Bett, und da ich nichts mit mir anzufangen wusste, setzte ich mich danach wieder. Eine Handtasche mit Habseligkeiten hatte ich nicht dabei. Die war mir, so hatte ich es zumindest behauptet, bei der Entführung verlorengegangen. In Wahrheit lag sie zu Hause, zusammen mit meinem Handy, meinem Portemonnaie und Ausweis. Ich musste es den *Neros* ja nicht zu leicht machen, meine Identität zu überprüfen. Somit blieben mir nur meine Gedanken, um mich zu beschäftigen, bis Maria kam, und weil diese nicht besonders rosig waren, ließ ich meinen Blick auf der Suche nach Ablenkung durch den Raum gleiten. Er blieb an der mit Fotos beklebten Wand gegenüber hängen. In Höhe des Kopfkissens klebten Schnappschüsse an der Wand, und ich war überrascht, als ich ein Gesicht darauf erkannte.

Das war doch das Mädchen aus der Kantine, das unser Geschirr entgegengenommen hatte. Auf den Fotos trug sie keine Brille und ihre vorhin hochgesteckten Haare offen und lockig. Scheinbar war meine vermeintliche Zimmergenossin ein Disney-Fan, denn auf einem der Bilder posierte sie vor dem berühmten Disney-Schloss und auf einem anderen lag sie inmitten einer Plüschtierarmee aus Simba, Winnie Puuh, Minnie Mouse, Susi, Olaf und Dumbo auf einem Bett. Schmunzelnd legte ich mich auf den Rücken und dachte an das Yu-Gi-Oh!- Kartenspiel, das mein Bruder so liebte und das wir als Kinder stundenlang gespielt hatten, obwohl ich es dämlich gefunden hatte. Der sonst so schüchterne Nino hatte beim Spielen immer so gestrahlt und war so aus sich herausgegangen, dass ich jedes Mal eingelenkt hatte.

Dieses Strahlen wollte ich um jeden Preis zurückhaben, und dazu musste ich ihn so schnell wie möglich aus den Fängen der *Corvi* befreien. Ich hatte gesehen, wie sich die Menschen, die für sie arbeiteten, veränderten.

Was die Mafia mit unschuldigen, kleinen Kindern machte. Sie verdarb sie, raubte ihnen die Seelen, und manchmal machte sie sie in so jungen Jahren sogar zu Mördern. Aber nicht mit Nino! Meinen kleinen Bruder würden sie *nicht* verderben, das ließ ich nicht zu!

Mit zusammengepressten Kiefern versuchte ich, die Bilder im Kopf loszuwerden. Sein panisches Gesicht, als die *Corvi* das erste Mal auf ihn zugekommen waren und ihm *angeboten* hatten, für sie zu arbeiten. Natürlich in meinem Beisein, um mir den Ernst der Lage zu demonstrieren. Die Männer hatten ihm eine Heidenangst eingejagt, aber am meisten hatte er sich vor Carlo gefürchtet.

Dem gewissenlosesten Mann Kalabriens.

Ich merkte erst, dass ich in finstere Gedanken abgerutscht war, als es zehn Minuten später an die Tür klopfte und ich erschrocken zusammenzuckte. Erleichtert über die Ablenkung sprang ich vom

Bett, ging aus dem Zimmer und startete mit Maria die Erkundungstour.

Zuerst durchstöberten wir das Kellergewölbe, das so verwinkelt war, dass wir uns ohne die Fluchtpläne an den Wänden wohl für immer hier unten verirrt hätten. Valentina hatte uns nur im Schnelldurchlauf herumgeführt, jetzt hatten wir genügend Zeit, die Räume zu betreten und in Ruhe zu inspizieren, wobei wir nur vereinzelt Menschen begegneten – der Großteil war wohl noch beim Essen.

Wir bewunderten die schweren Fitnessgeräte im Sportraum, untersuchten das Clubzimmer mit den vielen Sofas und dem Billardtisch und bedienten uns am Snackautomaten in der Nähe des rechten Treppenhauses.

Es gab sogar eine kleine Bibliothek. Okay, der Raum war mini und bestand aus einem Schreibtisch, der von ein paar Bücherregalen flankiert wurde, aber immerhin wurde uns hier die Möglichkeit geboten, uns zu bilden oder von seichten Romanen unterhalten zu lassen.

Das alles half mir bei meinem Auftrag natürlich wenig, aber es brachte das Bild, das ich von den *Neros* gehabt hatte, erheblich ins Wanken. Zuerst das Pfandleihzimmer, dann die ausgelassene Stimmung in der Kantine, als wären wir in der Uni, und jetzt das. Sicher, dass ich von den richtigen Leuten befreit worden war?

Im Erdgeschoss waren schon deutlich mehr Leute unterwegs. Von allen Seiten ernteten wir Blicke, aber die meisten waren neugierig, manche hießen uns sogar freundlich willkommen. Von dem gruseligen Typen war keine Spur, aber er hatte meine Wachsamkeit geschärft. Womöglich sollte er uns Neulinge ja auf verdächtige Aktivitäten beobachten. Wir folgten dem breiten Gang zum Saal und schauten uns in dem großen Raum noch einmal um.

Von Valentina wussten wir, dass es sich um den *Versammlungssaal* handelte. Hier empfing der Nachtprinz gelegentlich Gäste oder plante und besprach die Einsätze. Maria hatte Bedenken, ob wir uns hier aufhalten dürften, aber ich argumentierte, dass Valentina uns lediglich die oberen Etagen verboten hätte. Wir sollten uns schließlich im Schloss umsehen.

In Wahrheit interessierte mich nur, ob eventuelle Geheimgänge oder Räume vom Saal abführten, die mich auf direktem Wege in die Gemächer meiner Zielperson führen könnten, aber meine Suche blieb erfolglos. Kurz überlegte ich, Maria unter einem Vorwand loszuwerden, damit ich die vertäfelten Wände nach versteckten Schaltern oder Druckstellen abklopfen konnte, aber das erschien mir dann doch zu gewagt.

Außerdem könnten hier Kameras versteckt sein. Ernüchtert folgte ich ihr hinaus, und wir entdeckten zwei Gänge weiter eine *richtige* Bibliothek, die nicht nur mit unzähligen Bücherregalen, sondern auch mit Computertischen auftrumpfte.

Das war großartig.

Sollte es mir nicht gelingen, ein Handy aufzutreiben, könnte ich immer noch per E-Mail mit Carlo kommunizieren. Fraglich war nur, unter welchem Vorwand ich so einen Computer benutzen sollte und wie gut der E-Mailverkehr hier überwacht wurde. *Wahrscheinlich ZU gut,* dachte ich, während ich Maria zwischen den Regalreihen hindurch folgte und die Büchersammlung bestaunte.

Meine Mutter wäre begeistert gewesen. Zu Papas Lebzeiten war sie ein Bücher/Kunstjunkie gewesen. Mit kindlicher Begeisterung hatte sie mich nahezu jedes Wochenende in Bibliotheken, Ausstellungen und Museen geschleift, und ich weiß noch, wie langweilig ich die Ausflüge immer gefunden hatte. Aber als Belohnung hatte stets ein Eis und eine Tüte Süßigkeiten gewunken, also hatte ich die Besuche über mich ergehen lassen, nur, um danach Süßigkeiten schlemmend mit ihr den Strand entlang zu spazieren.

Das war meine Entschädigung gewesen.

Mit Papas Tod war ihre Begeisterung jedoch erloschen, und heute bereitete mir die Erinnerung an die sorglosen, alten Zeiten mehr Kummer als Freude. Wir kehrten der Bibliothek den Rücken zu, liefen die Gänge zurück und spazierten an der großen Treppe im Eingangsbereich vorbei, die zu weiteren Räumen führte. Unter anderem in einen Fitnessraum, der dreimal so groß wie der im Keller war. Ich erkannte ein Muster in der Raumverteilung. Die Anordnung war nahezu identisch mit der des Kellergewölbes, mit dem Unterschied, dass die überirdischen Zimmer allesamt größer und besser ausgestattet waren. Was hatte Valentina gesagt?

Dass Silvans Spezialeinheit im Speisezimmer essen würde? Wie es aussah, hatten sie nicht nur ihren eigenen Speisesaal, sondern auch eigene Sport- und Gemeinschaftsräume.

Zwei Stunden später machte Maria unerwartet schlapp, und sie bat mich, sie in ihr Zimmer zurückzubringen. Mein erster Impuls war, die Gunst der Stunde zu nutzen und mich allein weiter umzusehen, aber ihr aschfahles Gesicht machte mir Sorgen. „Sicher, dass ich dich nicht zu Vincent bringen soll? Er hat gesagt, bei hartnäckigen Nebenwirkungen sollen wir zu ihm gehen."

Träge schüttelte sie den Kopf. „In mein Zimmer, bitte. Ich glaube, wir hätten die Erkundungstour auf morgen verschieben sollen."

Hätten wir vielleicht wirklich, denn auch bei mir klopfte die Erschöpfung wieder an. Als hätte die Vitaminspritze nur eine kurze Wirkdauer, die jetzt rapide abklang. Anders als Maria konnte ich mir den Luxus eines erholsamen Schlafes aber nicht leisten.

Carlo erwartete Ergebnisse, und je schneller ich sie ihm lieferte, desto besser. Sobald ich Maria ins Bett gebracht hatte, würde ich die Räume auf der anderen Seite der Haupttreppe erkunden. Vielleicht fand ich ja dort einen Zugang.

„Bist du wirklich sicher, dass ich niemanden holen soll?“, fragte ich, nachdem ich sie ins Bett gelegt hatte und betrachtete ihr bleiches Gesicht.

„Nein, schon gut. Ich bin nur total fertig. Guck dich ruhig weiter um, wir sehen uns dann morgen zum Frühstück.“

„Okay, aber ich lass dich die Nacht nicht ohne Abendbrot durchschlafen. Ich bringe dir nachher was ans Bett. Irgendwelche Vorlieben?“, fragte ich.

Sie überlegte kurz. „Eine Suppe vielleicht, und einen Saft.“ Dann lächelte sie matt und schloss seufzend die Augen. „Danke.“

Einen Moment lang betrachtete ich die winzigen Sommersprossen auf ihrem Gesicht und die sich kringelnden Löckchen, die es einrahmten, dann ging ich hinaus und schloss leise die Tür hinter mir.

Ich wünschte, ich könnte das warme Gefühl in der Brust ersticken, denn ich durfte für Maria keine Sympathie entwickeln.

Aber es war schwer, jemanden nicht ins Herz zu schließen, wenn er wie ein Häufchen Elend vor einem lag und dazu noch so herzlich war.

Um nicht zu sagen, unmöglich.

Auf dem Weg ins Erdgeschoss begegnete ich kaum einer Menschenseele, was daran liegen könnte, dass gerade Mittagsruhe war. Die Nachmittagssonne strahlte durch die milchigen Fenster und tauchte die Eingangshalle in goldene, warme Farben. Ich kam an der großen Treppe vorbei und spähte die Stufen hinauf, die in die verbotene erste Etage führten. Wenn ich doch bloß einen Vorwand hätte, mich dort oben umzusehen. Denn etwas sagte mir, dass ich im Falle des Ertapptwerdens eine bessere Ausrede als *Sorry, ich habe mich verlaufen* vorbringen müsste.

Ich ging ein paar Stufen hinauf, drückte den Bauch ans Geländer und verschränkte die Arme auf der Brüstung.

Von dieser erhöhten Position aus ließ ich den Blick durch den Eingangsbereich mit den abzweigenden Gängen und geheimnisvollen Türen schweifen. Ich vermied es, nach oben zu schauen, da ich keinen allzu neugierigen Eindruck erwecken wollte, und dachte über meine Möglichkeiten nach.

Hin und wieder durchquerten Leute die Halle oder Wachen gingen durch die Eingangstür ein- und aus. Sie schenkten mir allenfalls einen flüchtigen Blick und gingen ihrer Wege. Wenigstens schien ich hier nicht aufzufallen, das war schon mal gut.

Im Geiste ging ich die Gänge und Räume durch, die ich heute schon erkundet hatte, und kam zu der nüchternen Erkenntnis, dass es wohl nur einen Weg in die oberste Etage gab:

Über die Haupttreppe, auf der ich stand.

Das war, gelinde gesagt, ungünstig.

Die Stufen schienen unendlich zu sein, und es gab hier nirgendwo Deckung. Selbst wenn ich mich in der tiefsten Nacht die Treppe hochschleichen würde, müsste nur jemand die Eingangshalle durchqueren und er würde mich entdecken.

Und damit wäre es ja nicht getan, denn ich hatte keine Ahnung, was mich in den oberen Etagen erwartete oder hinter welcher der hundert Türen der Nachtprinz schlief.

Langsam musste ich mich fragen, ob Carlo mich nicht wohlweislich in den Tod geschickt hatte, denn im Moment sah ich keine Möglichkeit, auch nur in die Nähe des Prinzen zu gelangen.

„Wie gefällt dir dein neues Zuhause?"

Ich wirbelte herum und spähte zu der Person hoch, die zwei Etagen über mir am Treppengeländer lehnte.

Vor Schreck blieb mein Herz beinahe stehen.

Es war Silvan.

Genüsslich biss er in einen Apfel, ein Funkeln in den Augen, wobei es mir schwerfiel, zu sagen, ob es Belustigung oder Hohn ausdrückte. Er hätte mir auf den Kopf spucken können, so exakt schwebte sein Gesicht über mir.

„Ähm, ich weiß nicht. Ist alles noch ein bisschen viel“, behauptete ich und wollte mich schon aus dem Staub machen, als er sagte: „Komm her.“

Perplex sah ich zu ihm hoch. Warum sollte ich zu ihm kommen? Als ich mich nicht rührte, zog er langsam eine Braue hoch, was mich daran erinnerte, wer er war. Silvan hatte mich eingestellt, er konnte mich jederzeit wieder hinauswerfen. *Oder auf dem Gelände begraben, sollte er hinter dein Geheimnis kommen.* Mit Verzögerung setzte ich mich in Bewegung, und als ich vor ihm stand, raste mein Herz schneller als ein Güterzug. Würde er mich durchschauen? Mir die Lügen ansehen? Die gemächliche Art und Weise, mit der er seinen Apfel kaute, zerrte an meinen Nerven. Sie wirkte so trügerisch wie eine reißende Strömung unter einer ruhigen Wasseroberfläche. Die schwarzen Lederhandschuhe, die er heute Morgen getragen hatte, fehlten und offenbarten zwei Ringe an seinen Fingern und Tattoos auf seinen Handrücken. Eine Ansammlung rätselhafter Zeichen und Abkürzungen, aus denen ich nicht schlau wurde.

Ein Zeichen stach mir jedoch ins Auge.

Das Symbol der *Neros*.

Nur die bedeutendsten Mafiosi durften das Gang-Zeichen auf ihre Hände tätowieren, bei meinem Clan war es dasselbe. Ein weiterer Beweis dafür, wie angesehen und gefährlich dieser Mann war. Als ich den Blick hob und in Silvans Augen sah, studierte er mein Gesicht ohne Hemmungen. Das war mir unangenehm.

Es gab mir das Gefühl, ein neu entdecktes Objekt zu sein, von dem er noch herausfinden musste, wofür es gut war. Aber so nahe bei ihm bekam auch ich jetzt die Gelegenheit, ihn zu mustern. Was ich sah, ging mir unter die Haut. Aus der Nähe betrachtet sah er sogar noch besser aus. Sein dichtes Haar war jetzt ordentlich frisiert, und seine Augen, diese schwarzen Abgründe, übten einen magischen Sog auf mich aus. „Wie wäre es mit einer kleinen Führung?“, schlug er vor.

Kurz war ich gewillt, mich zu der Person umzudrehen, die er meinen musste, denn warum sollte er ausgerechnet *mir* eine Führung anbieten? Höflich sagte ich: „Ich hatte heute schon eine, aber danke.“

Die erstaunte Belustigung in seinen Augen sagte mir, dass er es nicht gewohnt war, abgewiesen zu werden. Aber etwas an diesem Mann verunsicherte mich, und das hatte nichts mit dem Wissen um seinen Ruf zu tun.

Silvan war eine Legende in der Mafiawelt. Die einen verehrten ihn, die anderen machten sich schon beim Klang seines Namens in die Hosen. Er hatte so viele *Corvi* auf dem Gewissen, dass Carlo eine halbe Million Euro auf seinen Kopf ausgesetzt hatte. Aber bisher hatte es niemand geschafft, ihn zu töten oder schwer zu verletzen. Um Silvan rankten sich so viele Horrorgeschichten wie Gerüchte um den Nachtprinzen, und hier stand er, kaute einen Apfel und fragte mich, ob ich eine private Führung wünschte.

Das war zu krass.

Aber dann erklärte er mit einem verlockenden Lächeln: „Ich meinte in den *oberen* Etagen."

Überrascht riss ich die Augen auf. „Aber ... wir dürfen dort nicht hin. Valentina sagte ..."

„Nicht ohne Begleitung", fiel er mir ins Wort und biss wieder in den Apfel. Seelenruhig kaute er das Stück und ließ mich dabei nicht aus den Augen. „Mit mir schon."

Ich musste daran denken, wie er vorhin meine Beine angestarrt hatte, und meine Stirn legte sich misstrauisch in Falten. „Warum?" Hatte er etwa vor, mich da oben flachzulegen? Das konnte er knicken. Nur, weil ich mich billig angezogen hatte, bedeutete das nicht, dass ich leicht zu haben war.

Außerdem fielen mir tausend Dinge ein, die ich eher tun würde, als mit dem Feind ins Bett zu steigen.

Wieder dieser überheblich amüsierte Ausdruck in seinen Augen, als wären meine Gedanken ein offenes Buch für ihn. „Warum nicht? Ich habe gerade nichts zu tun und dachte, es interessiert dich, aber wenn du nicht willst …“ Er machte Anstalten, zu gehen, und stieß sich vom Geländer ab.

„Warte!“ Hastig machte ich einen Schritt auf ihn zu. Er hielt inne. *Und schon hat er dich am Haken*, dachte ich, als ich das zufriedene Funkeln in seinen Augen bemerkte. Aber ich durfte mir diese Chance nicht entgehen lassen. Wer wusste, wann ich wieder die Gelegenheit dazu bekommen würde, einen Blick in diese oberen Etagen zu werfen. „Ich komme gern mit.“

Silvan musterte mich noch einen Moment lang, dann lief er die Stufen in den ersten Stock hinab und fragte mit einem Blick über die Schulter: „Worauf wartest du dann?“

Auf den ersten Blick wirkte die Etage unbewacht, aber schon nach wenigen Schritten in den breiten Gang entdeckte ich an der Ecke vier bewaffnete Männer, die an einem winzigen, runden Holztisch saßen und Karten spielten. *Und offenbar jeden bemerken, der hier rauf- und runtergeht.* „In dieser Etage lagern wir unsere Waffen“, erklärte Silvan und bog rechts in den Gang ein. Die Männer bedachten uns eines kurzen, unbekümmerten Blickes und spielten dann weiter. Mit Silvan zu laufen, war, als würde ich einen Freifahrtschein für das Schloss besitzen. Niemand stellte infrage, wohin wir gingen. Klar, er hatte ja auch das Sagen hier. Leider wusste ich nicht, wie ich diesen Umstand für mich nutzen sollte.

Silvan verunsicherte mich, und das in gleich mehrfacher Hinsicht.

Er deutete auf eine gepanzerte, moderne Tür, die in diesem alten Schloss deplatziert wirkte und von zwei weiteren Männern bewacht wurde. Auch sie waren schwarz gekleidet, das scheinbare Markenzeichen der *Neros*. „Hinter dieser Tür befindet sich unsere Kommandozentrale. Von dort aus überwachen wir das Gelände, einen Teil des Schlosses und die Städte ringsum. Findet eine Schießerei statt, erfahren wir es als Erstes und können Verstärkung rausschicken, sollten unsere Leute vor Ort Hilfe brauchen. So konnten wir auch so schnell bei euch sein und euch befreien. Die Schlafräume des Teams und das des Prinzen eine Etage höher sind die einzigen Bereiche im

Schloss, die nicht videoüberwacht sind. Mit Ausnahme der Bäder und Schlafräume natürlich“, fügte er augenzwinkernd hinzu.

Aha, und das vertraute er mir einfach so an? Mein Misstrauen regte sich wieder. War das ein Test? Wollte er herausfinden, wie ich auf die vertraulichen Informationen – sollten sie denn stimmen – reagierte oder warf er ihre Clan-Geheimnisse jedem Neuling vor die Füße? Ich beging nicht den Fehler und hakte nach. Mit höflich interessierter Miene, die nicht zu viele Emotionen preisgab, lauschte ich seinen Worten und ließ mir auch die restlichen Räume zeigen.

Schließlich bogen wir um die nächste Ecke und gelangten ans Ende des Gangs, von dem aus eine schmale Wendeltreppe nach oben und unten führte. Interessant. Neben der Haupttreppe gab es also doch noch ein verstecktes Treppenhaus, das mich ans Ziel führen könnte.

Mein Auftrag war vielleicht doch nicht unausführbar. Ich schaute durch das bodentiefe, abgerundete Fenster auf einen herrlichen Garten hinaus. Männer mit Wachhunden bewegten sich zwischen den gestutzten Hecken und Blumenbeeten. Ganz hinten, versteckt unter einer ausladenden Baumkrone machten drei Männer offenbar eine Raucherpause.

„Du bist nicht von der gesprächigen Sorte, was?“, bemerkte Silvan neben mir.

Ich sah zu ihm. „Entschuldige. Ich wusste nicht, dass du das von mir erwartest. Ich dachte, es wäre höflicher, wenn ich zuhöre."

Erstaunt legte er den Kopf schräg und sagte mit zuckenden Lippen: „Du bist hier keine Gefangene. Du hast dich freiwillig entschieden, für uns zu arbeiten, schon vergessen?"

„Nein, natürlich nicht." Ich lächelte verlegen und erntete einen abschätzenden Blick.

„Die Probewochen sind nicht nur für uns da, um deine Aussagen zu überprüfen, sondern auch für dich, um zu entscheiden, ob dir ein Leben bei uns überhaupt zusagt."

„Und wenn ich mich gegen ein Leben hier entscheide?"

Silvan lehnte sich an die Wand und verschränkte die Arme vor der Brust. „Wenn du dich hier nicht wohlfühlst, kannst du in eine unserer Städte versetzt werden. Oder du entscheidest dich dafür, uns zu verlassen. Aber das muss wohlüberlegt sein, die Gelegenheit, auszusteigen, bekommst du nur ein einziges Mal.

Entscheidest du dich nach den Probewochen *für* uns, gibt es kein Zurück mehr, dann bist du den Rest deines Lebens ein *Nero*. Wenn du also irgendwelche Fragen hast, dann stelle sie lieber rechtzeitig. Egal wem."

Dieser Clan überraschte mich mehr und mehr.

In meinem hatte ich das genaue Gegenteil gelernt.

Niemals zu neugierig zu sein, niemals einen Befehl infrage zu stellen und vor allem, bedingungslos zu gehorchen. Hielt man sich an diese Regeln nicht, bekam man eine Verwarnung ausgesprochen, verstieß man wieder dagegen, schickte Carlo seine Schläger vorbei, und hatte man es dann immer noch nicht begriffen, konnte man sich die Radieschen von unten angucken. Nicht eine Sekunde hätte ich erwartet, dass es bei den *Neros* anders laufen könnte. Humaner. Ja, fast schon familiär.

Wie gesagt, gehörte man nicht zur *Corvi*-Familie, war also nicht durch Blut an sie gebunden, lebte man sehr gefährlich und immer mit einem Fuß am Abgrund. Und hier bekam man sogar die Chance, nach einer Art Praktikum auszusteigen!

„Okay", sagte ich, bekam aber keine Frage heraus. Ich traute dem Ganzen noch nicht. Traute *ihm* nicht. Dieser Clan war so anders, als ich erwartet hatte, als man es mir all die Jahre beigebracht hatte, dass es einem Kulturschock gleichkam.

Der Garten zog wieder meine Blicke auf sich, und ich entnahm der darauffolgenden Stille, dass Silvan wohl auf meine Fragen wartete. Vielleicht sollte ich doch welche stellen. Nicht, dass ich zu desinteressiert wirkte, das konnte genauso auffällig sein. Doch gerade als ich den Mund öffnen wollte, näherten sich von hinten klackernde Absätze und ich drehte mich um.

„Hier bist du. Alle warten schon auf dich, dein Essen wird kalt."

Die Stimme gehörte einer Frau, die ich Anfang dreißig schätzte. In rund fünf Metern Entfernung stand sie im Aufgang, und obwohl viele Ecken im Schloss trotz der zahlreichen Fenster schummerig waren, trug sie eine Sonnenbrille. Eine von der stylischen Sorte, die ihre Augenbrauen gleich mitverdeckte.

Ihre dunkelblonden Haare waren eine Mischung aus sanften Locken und Wellen. Schwer zu sagen, ob das ihre natürliche Haarstruktur war oder sie nachgeholfen hatte, aber in Kombination mit der bunten, bauchfreien Jacke, der schwarzen Röhrenjeans und den knallgelben Absatzschuhen sah sie aus wie ein Promi. Nur die kleideten sich so verrückt.

Silvan hielt erklärend seinen Apfel in die Höhe, von dem nur noch das Skelett übrig war. „Sag ihnen, ich komme später. Ich hab' hier noch was zu erledigen."

Mein Blick schnellte zu ihm. Sollte ich das als Drohung oder als Anzüglichkeit auffassen? Tadelnd zog die Frau mit dem bronzefarbenen Teint die Brauen hoch, was Silvan mit einem milden

Lächeln kommentierte. *Wie kann jemand so attraktiv sein und gleichzeitig so eine einschüchternde Aura versprühen?* Als ich merkte, dass ich seine Lippen anstarrte, riss ich meinen Blick schockiert los. Mit nervös hüpfender Halsschlagader sah ich von einem zum anderen, und worüber auch immer die beiden stumm kommunizierten, ich hatte das beunruhigende Gefühl, dass es dabei um mich ging.

Die Frau sah noch einmal zu mir, dann sagte sie an Silvan gewandt: „Gut, aber der Prinz will noch was mit dir besprechen. Lass dir nicht zu lange Zeit." Stirnrunzelnd musterte ich sie. Ich dachte, *er* wäre derjenige, der hier die Befehle gab. Oder war sie die Geliebte des Prinzen und stand damit über ihm? Oder gar Silvans?

„Geh ruhig", sagte ich zu ihm, als die Schönheit Anstalten machte, zu verschwinden. „Ich bin sowieso müde und ruhe mich lieber noch etwas aus, damit ich morgen früh fit bin."

Silvans Blick war unergründlich, als er langsam nickte. „Ich begleite dich noch zur großen Treppe." Verdammt. Und ich hatte gehofft, wir würden den schmalen Aufgang nehmen. Mich würde brennend interessieren, wohin er führte. Womöglich war er ja meine Eintrittskarte ins Schlafgemach des Prinzen.

Die Frau begleitete uns, und ich spürte die wachsende Anspannung zwischen den beiden. In was war ich da hineingeraten? Eine unglückliche

Romanze? Damit wollte ich nichts zu tun haben. Ich musste mich in den Augen der *Neros* nützlich machen, durfte dabei aber nicht zu viel Aufmerksamkeit erregen.

Ist dir ja bis jetzt super gelungen!, dachte ich sarkastisch und linste zu Silvan rüber. *Noch keine 24 Stunden hier, und schon bekommst du eine Privatführung vom zweitmächtigsten Mann des Clans.*

Irgendetwas läuft hier falsch.

Silvans Abschied war kurz und schmerzlos. Er wünschte mir viel Erfolg für morgen, dann ging er mit der Frau davon, die kein Wort an mich gerichtet hatte, und ich lief ohne Umwege in den Keller. Für heute hatte ich genug gesehen. Morgen würde ich hoffentlich Gelegenheit bekommen, weitere Bereiche des Schlosses zu erkunden, vielleicht sogar herauszufinden, wohin die Wendeltreppe führte. Wie versprochen brachte ich Maria nach dem Abendbrot eine Suppe, und ich war froh, einen Grund zu haben, schnell wieder aus der Kantine zu verschwinden. Nicht nur, dass es an sich schon unangenehm war, die Neue zu sein, mich hatte auch wieder dieser unheimliche Typ beobachtet.

Ich hatte mich so weit wie möglich von ihm weggesetzt, zu einer Gruppe von drei Jungs und zwei Mädchen, die mich sofort mit Fragen bombardiert hatten. Sie waren nett gewesen, hatten mich mit ihrer Fragerei aber zunehmend nervöser gemacht. Ich besaß ein gutes Pokerface, aber egal, wie wasserdicht man sein Alibi machte, ein mulmiges Gefühl, sich zu verquatschen oder in seinen Lügen zu verstricken, blieb immer.

Mit der Entschuldigung, dass ich mich um Maria kümmern müsste, entzog ich mich der Runde und gab ihretwegen in der Küche Bescheid. Dort drückte man mir lächelnd ein Tablett mit Suppe, Brot und Saft in die Hand, und ich trug es in den Keller. Die fröhlichen Gesichter hier verstörten mich. Das kannte ich von meinem Clan nicht, in dem die Atmosphäre düster und angespannt war. Besonders, wenn ein Anführer in der Nähe war.

Carlo war unser Oberboss, aber natürlich hatte er Leute unter sich, die das Geschäft für ihn am Laufen hielten und fast so einflussreich waren wie er. So, wie der Nachtprinz Silvan unter seiner Befehlsgewalt hatte und Silvan vermutlich andere Männer. Vielleicht war die Frau mit der Sonnenbrille Silvans Kommandantin oder Ähnliches und durfte deshalb so mit ihm reden.

Maria schlief noch, wurde aber wach, als ich das Tablett auf den Schreibtisch stellte. Angetan schnupperte sie in die Luft und löffelte in Windeseile die Suppe aus, inklusive eingetunkter Baguettescheiben. Auf meine Nachfrage, ob ich ihr noch mehr bringen sollte, winkte sie dankend ab, dann war sie nach wenigen Minuten wieder eingeschlafen.

Meine Mitbewohnerin kam erst Stunden später ins Zimmer, und es war tatsächlich das Mädchen aus der Kantine. Sie hieß Roberta, war 25 Jahre alt und lebte seit drei Jahren hier. Sichtlich erschöpft von ihrer Schicht huschte sie nach unserem Smalltalk aus dem Zimmer, um duschen zu gehen. Ich lag schon umgezogen im Bett und trug zu der mitternachtsblauen Pyjamahose das schwarze Top, das ich bewusst eine Nummer größer ausgewählt hatte. Meine glatten Haare waren locker hochgebunden, um über Nacht Frizz vorzubeugen, und obwohl ich mir vorgenommen hatte, wach zu bleiben und Roberta noch ein bisschen auszuquetschen, bekam ich nicht mehr mit, wie sie zurückkehrte.

Kapitel 4

Ein energisches Rütteln an meiner Schulter ließ mich stöhnend die Augen öffnen. Meine Lider fühlten sich schwer an, als hätte jemand Gewichte drangehängt – ich brauchte mehrere Anläufe, bis ich sie offen halten konnte –, und meinem Körper erging es nicht besser. *Und täglich grüßt das Murmeltier!,* schoss es mir durch den Kopf.

Ich war von Natur aus Langschläferin, daran hatten auch die Jahre im Zirkus, wo frühes Aufstehen Pflichtprogramm gewesen war, nichts geändert. Ein Blick auf die Wanduhr verriet mir die unchristliche Zeit, zu der ich geweckt worden war. Dann schwenkte mein Blick zu Roberta, die sich über mich gebeugt hatte und seltsam erleichtert aussah.

„Es ist 20 nach 6. Wenn du noch duschen und frühstücken willst, solltest du jetzt aufstehen“, meinte sie und richtete sich wieder auf. Ihre dunklen, welligen Haare glänzten feucht und verströmten einen angenehmen Duft. „Ich habe dich so lange schlafen lassen wie es geht, aber langsam wird's knapp. Außerdem wird Valentina bald hier auftauchen und dich mitnehmen."

Valentina. Die *Neros*. Das Schloss des Nachtprinzen! Langsam klärten sich meine Gedanken, und ich erinnerte mich daran, dass ich nicht zu Hause in meinem Bett lag. Vorsichtig setzte ich mich auf. Roberta kehrte mir den Rücken zu, stellte sich vor den Spiegel und kämmte ihre Haare. Unsere Blicke kreuzten sich im Spiegel. „Geht's dir gut? Ich habe bestimmt eine Minute gebraucht, um dich zu wecken. War echt gruselig."

Schlaftrunken rieb ich mir das Gesicht. „Das ist normal bei mir. Ich schlafe fester als ein Stein."

„Gut zu wissen." Das Geräusch der Bürste, die sanft durch ihre Haare glitt, war so hypnotisierend, dass ich mich glatt wieder hätte hinlegen können. Leider war ich nicht zum Schlafen hergekommen, sondern um einen Auftrag zu erledigen. Seufzend schwang ich mich aus dem Bett und suchte meine sieben Sachen zusammen. Eine hektische Dusche später kehrte ich angezogen ins Zimmer zurück, aber Roberta war schon fort. Was hatte sie gesagt? Dass ich mich beeilen sollte, wenn ich noch frühstücken wollte? Aber wir hatten es noch nicht mal 7 Uhr. Ich dachte, Frühstück gäbe es erst um 8?

Ich zog gerade meine Schuhe an, die Latschen hatte ich unters Bett geschoben, als Valentina auf der Türschwelle erschien. Ein Klemmbrett in den

Armen stand sie mit rosigem Teint, hochgesteckter Frisur, weißem Bleistiftrock und Bluse vor mir.

„Guten Morgen. Zeit, für deine erste Schicht." Ich erwiderte die Begrüßung und folgte ihr nur mäßig wach aus dem Zimmer. „Hast du schon gefrühstückt?", erkundigte sie sich mit einem Seitenblick. Ihre Absätze hallten auf dem Gang wider, das Geräusch war so penetrant, dass es mir half, wacher zu werden. *Soll das ein Witz sein?*, hätte ich am liebsten gefragt. *Ich kann von Glück sagen, wenn mein Magen schon wach genug ist, um wenigstens Flüssigkeit aufnehmen zu können.* Als ich verneinte, sagte sie: „Na ja, ein bisschen Zeit haben wir noch, und es ist dein erster Tag, da wollen wir nicht zu streng sein." Ich behielt für mich, dass ich lieber wieder ins Bett gekrochen wäre, und folgte ihr ins Erdgeschoss.

Auf dem Weg dorthin holte sie Erkundigungen über mein Wohlbefinden ein, wie ich mit meiner Zimmergenossin klarkäme und ob ich noch Fragen hätte, und das Verrückte war, dass ich ihr die Fürsorge abkaufte.

Valentina schien wirklich etwas daran zu liegen, dass ich mich gut einlebte. Sie erinnerte mich an die Sozialarbeiter im Jugendclub damals, die es sich zur Lebensaufgabe gemacht hatten, uns Halbwüchsigen eine sinnvolle Freizeitbeschäftigung zu bieten, einen Zufluchtsort fernab der Straße.

Und sieh, wo du gelandet bist, dachte ich ironisch und betrachtete die gewölbte Steindecke über mir. *An einem Ort, der noch schlimmer ist als die Straße. In den Eingeweiden des feindlichen Clans, um einen Mord zu begehen, der zwar deinen Bruder retten, dich aber ohne Rückfahrkarte in die Hölle bringen wird. Oder ins Grab, solltest du dabei erwischt werden. Aber die Suppe hast du dir selbst eingebrockt. Zumindest zum Teil.* Ich drängte die Gedanken beiseite und konzentrierte mich auf Valentina. Ob ich Fragen hatte? Eigentlich nur eine: „Wo werde ich eingeteilt?"

In dem Moment betraten wir die Kantine, und Valentina breitete feierlich die Arme aus. „Hier."

„Hier?", wiederholte ich entgeistert. „In der Kantine?"

„Vorerst nur in der Küche, aber später wirst du sicher auch das Essen auffüllen." Es war wohl meiner jahrelangen Arbeit als Zirkusartistin zu verdanken, dass mir nicht die Gesichtszüge entglitten. Tag für Tag vor Publikum lächeln und gute Laune vorspielen zu müssen, selbst, wenn man mit dem falschen Fuß aufgestanden war, sich einen Muskel gezerrt oder mit seinem Freund gestritten hatte, drillte einen.

Das war eine Katastrophe!

Ich konnte nicht in der Küche arbeiten! Sie lag nicht mal in der *Nähe* des königlichen Schlafgemachs. Wie sollte ich unbemerkt in sein Zimmer gelangen, wenn ich von morgens bis abends hinter dem Herd stand? Wir durchquerten den Speiseraum, der bis auf zwei Personen leer war. Während die Stühle um sie herum noch verkehrtherum auf den Tischen standen, saßen Roberta und eine junge Frau in der Nähe der Essensausgabe und frühstückten. Meine Zimmergenossin winkte mir kurz zu, bevor sie ihr Gespräch fortsetzte. Ich erwiderte die Geste wie betäubt.

Mit einem gefassten Lächeln sagte ich zu Valentina: „Ich hoffe, du erwartest nicht von mir, dass ich den Kochlöffel schwinge, ich bin nämlich eine miserable Köchin. Eher stecke ich die Küche in Brand, als dass ich etwas Essbares kreiere." *Kannst du mir nicht eine Aufgabe geben, bei der ich mehr in Bewegung bin? Eine, die es mir ermöglicht, unauffällig durch das Schloss zu wandern? Ich würde auch die Toiletten putzen.*

„Oh, das macht nichts", zerschlug Valentina meine letzte Hoffnung amüsiert. „Wir haben ausgebildete Köche hier. Du wirst ihnen nur assistieren. Jetzt iss etwas und melde dich danach bei Filippo in der Küche. Ich muss weiter."

Sie ließ mich vor dem Büfett stehen, das eine kleine Auswahl an Getränken und Cornettos vorwies – mit Marmelade und Schokoladencreme gefüllte Hörnchen –, die scheinbar nur für uns Kantinenarbeiter bestimmt waren. Das Klackern ihrer Absätze verlor sich in den weiten Schlossgängen, und die vergnügten Stimmen der Mädchen holten mich ins Hier und Jetzt zurück. *Reiß dich zusammen*, dachte ich, belud meinen Teller mit Cornettos und goss mir einen extragroßen Kaffee ein. *Dann muss eben eine andere Lösung her. Kein Grund, gleich den Kopf zu verlieren.*

Mit vorgetäuschter Fröhlichkeit setzte ich mich zu Roberta und – wie sich herausstellte – Elisa. Ohne ein Blatt vor den Mund zu nehmen echauffierten die beiden sich über zwei gut aussehende Jungs, die hier auf dem Anwesen lebten und offenbar so selbstgefällig waren, dass die Mädchen sie am liebsten ordentlich zurechtgestutzt hätten. Was sie allerdings nicht wagten, da die besagten Schönlinge zum Wachtrupp gehörten, und der genoss hier offenbar Sonderrechte. Teilnahmslos trank ich meinen Kaffee, der den Müdigkeitsschleier endgültig vertrieb, und sinnierte über die Frage, wie es jetzt weitergehen sollte.

Ich konnte mich schlecht bei Valentina beschweren oder schon am ersten Tag um Versetzung bitten. Das würde keinen guten Eindruck machen, und ich durfte es mir mit niemandem hier verscherzen. Unwillkürlich fragte ich mich, welche Arbeit Maria wohl bekommen hatte. Oh, verdammt, und ob es ihr wieder gut ging!

Vor lauter Hektik hatte ich vergessen, nach ihr zu sehen.

Filippo war ein glatzköpfiger Mann mittleren Alters und so spindeldürr, dass die weiße Kochjacke an seinem Körper schlabberte. Er war der Küchenchef und teilte mir, nach einer kurzen Einweisung, die erste Aufgabe zu: Kartoffeln für das Mittagessen schälen. Neben Roberta und Elisa, den beiden Jungköchinnen, arbeitete noch ein Junge in der Küche, das Team war also überschaubar.

Um Punkt 8 Uhr füllte sich die Kantine mit den ersten Leuten, deren Stimmen durch die Schwingtür der Küche drangen. Permanent ging sie auf und zu, weil Roberta und Elisa das Frühstück hinaustrugen, und schickte Gelächter, Raunen und Besteckklappern zu uns herein. Es dauerte nicht lange, dann herrschte in der Kantine Mensalautstärke, aber das Stimmengewirr war nichts im Vergleich zu dem Geräuschspektakel, dem wir in der Küche ausgesetzt waren.

Die blubbernden Kochtöpfe, zischenden Pfannen und lauten Dunstabzugshauben zwangen Filippo, seine Anweisungen mit erhobener Stimme durchzugeben, denn in wenigen Stunden gab es schon wieder Mittagessen, und das musste vorbereitet werden.

Ich erledigte brav meine Aufgaben: schälte, schnitt, hackte, füllte Getränke in beschriftete Karaffen für das Büfett, räumte das schmutzige Geschirr in die Spülmaschinen und warf Essensreste in den Müll. Die Betriebsamkeit und die warmen Dämpfe trieben mir die Schweißperlen auf die Stirn, aber eine gute Sache hatte die hektische Küchenarbeit: Sie ließ die Zeit wie im Flug vergehen.

Ehe ich mich versah, war das Frühstück vorbei, die Kantine leerte sich und Roberta, Elisa und ich räumten die Tische ab.

„Das ist mir die liebste Zeit“, sagte Elisa und schob die robusten Stühle an die Tische zurück. „Wenn die Leute weg sind und wir in Ruhe reden können. *Ohne* Filippos lauschende Ohren.“

„Du meinst wohl in Ruhe *lästern*“, schnaubte Roberta, die angefangen hatte, den Boden zu fegen, und erntete ein schelmisches Grinsen.

„*Das* sowieso.“

„Wie lange lebst du schon hier?“, fragte ich Elisa, während ich einen Tisch nach dem anderen abwischte.

Um die Krümel auf dem Boden kümmerte Roberta sich, und da die Kantine menschenleer war, konnten wir uns ungestört über die Tische hinweg unterhalten.

„Knapp ein Jahr länger als das freche Ding da.“ Sie nickte zu Roberta, die ihre Brille zurechtschob und sie dabei frech angrinste. „Ich habe sie angelernt.“ Dann fragte sie an mich gewandt: „Und? Wie gefällt es dir bisher?“

„Du meinst das Schloss? Oder die Arbeit in der Kantine?“

Sie machte eine wegwerfende Handbewegung und widmete sich dem nächsten Stuhl, der bei der Bewegung protestierend auf dem Boden scharrte. „Die Arbeit in der Küche kann oft hart sein, aber man gewöhnt sich schnell daran. Nein, ich meinte das Schloss.“

„Ungewöhnlich“, sagte ich nach kurzer Überlegung. „Aber auf eine positive Art. Wer kann von sich schon behaupten, in einem Schloss zu leben?“

Die Mädchen grinsten zufrieden. Ein Zeichen dafür, wie verbunden sie sich dieser Festung und vermutlich auch dem Prinzen fühlten. Dann plauderten wir weiter.

Als ich mich um 15 Uhr mit meinem Essen an einen leeren Tisch setzte, hallte in meinen Ohren noch das Stimmengewirr vom Mittagessen nach. Jetzt war ich allein im Speiseraum, die Fenster weit aufgerissen, um die stickige Luft zu vertreiben, und schaufelte das verspätete Mittagessen in mich hinein, bevor es zu meiner wohlverdienten Pause ging. Um 18 Uhr musste ich dann wieder in der Küche sein, um das Abendessen, die wichtigste Mahlzeit des Tages, vorzubereiten.

Seitdem ich nicht mehr im Zirkus arbeitete, war ich so einen Stress nicht mehr gewöhnt. Für die Mafia zu arbeiten war eine andere Art von Stress, eine, die auf die Psyche ging. Und da die meisten Verbrechen nach Sonnenuntergang stattfanden, hatten sich meine Arbeitszeiten im Laufe der Jahre in die Abendstunden verschoben, und damit mein gesamter Tagesrhythmus. Das frühe Aufstehen und die Hektik in der Küche würden mir noch einiges abverlangen, so viel stand fest.

Einen Teil meiner mehrstündigen Pause verbrachte ich mit einem ausgiebigen Mittagsschläfchen, etwas, das ungewöhnlich für mich war. Vielleicht war meine Schläfrigkeit der verspäteten Mahlzeit geschuldet, aber ich schlief wie ein Baby und war heilfroh, dass ich rechtzeitig zum Schichtbeginn wieder aufwachte. Ich entschied, dass ich einen Wecker brauchte, wenn ich die kommenden Wochen nicht durch Zuspätkommen auffallen wollte, und nahm mir vor, nach der Arbeit im Pfandleihzimmer vorbeizuschauen.

Beim Abendessen wurde es dann noch mal richtig stressig.

Innerhalb von zwei Stunden kochten wir so viele Gerichte, dass ich das Essen irgendwann nicht mehr sehen konnte. Dazu die heißen Dämpfe, die mir zu Kopf stiegen, gepaart mit Filippos unablässigen Anweisungen, die so lange weitergegeben wurden, bis sie beim gewünschten Empfänger ankamen. Wahnsinn! Und ich hatte geglaubt, die Arbeit im Zirkus wäre stressig gewesen.

Am Ende eines langen, von Eindrücken geschwängerten Arbeitstages spazierten Roberta, Elisa und ich über das bewachte Gelände. Der Himmel war dunkel, dafür erhellten die herumschwenkenden Scheinwerfer das Anwesen. Maria hatte ich heute den ganzen Tag nicht gesehen. Zweimal hatte ich in meiner Pause in ihrem Zimmer nachgeschaut, und eben auch noch mal, aber niemanden angetroffen. Gleich morgen früh würde ich mich vergewissern, dass es ihr gutging.

Die folgenden Tage verliefen ähnlich. Morgens quälte ich mich aus dem Bett, frühstückte mit den Mädchen, schnippelte in der Küche Gemüse, säuberte nach dem Frühstück die Kantine, machte eine lange Mittagspause und kehrte am frühen Abend in die Küche zurück, um das Abendessen vorzubereiten. Die Arbeit war anstrengend, aber Elisa hatte recht behalten: Man gewöhnte sich schnell daran.

Vor dem Zubettgehen traf ich mich jetzt jeden Abend mit Maria, um unsere Erlebnisse des Tages auszutauschen. Manchmal hingen wir in ihrem Zimmer ab, manchmal in meinem, oder wir fläzten uns auf eines der komfortablen Sofas im Flur. Ich weiß, ich sollte das nicht. Mit jedem Gespräch lernte ich diese zarte Seele ein wenig besser kennen, schloss sie ein Stück mehr ins Herz. Aber ganz ohne soziale Kontakte ging es dann doch nicht. Ich hatte gedacht, ich könnte das – rein ins Bienennest, die Königin – oder in dem Fall den Prinzen – eliminieren und wieder raus, aber das war naiv von mir gewesen. Trotz meines bevorzugten Einzelgängerdaseins spürte ich, wie gut mir die Gespräche mit Maria taten, mit der ich mehr und mehr Gemeinsamkeiten entdeckte. Oder die Hänseleien zwischen Roberta und Elisa, wenn Filippo nicht hinsah oder wir die Kantine zum Plaudern für uns allein hatten.

Eine Sache stieß mir jedoch sauer auf.

Maria hatte allen Ernstes einen Job als Reinigungskraft bekommen. Also genau *den* Job, den ich gebraucht hätte, um mich unbemerkt dem Prinzen nähern zu können. Jeden Abend lauschte ich gespannt ihren Beschreibungen über die luxuriösen Räume im dritten Stock. Über die Terrasse, die wohl einen traumhaften Blick auf den angelegten Garten bot, das Lounge-Zimmer mit dem großen Flachbildfernseher an der Wand und die Schlafräume des Einsatzteams. Maria durfte sie erst betreten, wenn ihre Probezeit rum war, aber da sie die Flure und Toiletten putzte, erhaschte sie immer mal wieder Blicke hinein.

Am fünften Abend wurde ich zum Müllrausbringen verdonnert, aber ich war froh, den Gerüchen, die sich täglich aufs Neue an meine Haare und Klamotten hefteten, für einen Moment entkommen zu können. Vermutlich klang ich wie ein verwöhntes Kind reicher Eltern, das sich nicht die Hände schmutzig machen wollte, dabei schätzte ich harte, ehrliche Arbeit. Aber ich war nun mal aus einem bestimmten Grund hier und der war nicht, Kartoffeln zu schälen und Spülmaschinen einzuräumen.

Carlo würde es sicher nicht gutheißen, wenn er wüsste, wie ich meine Tage hier verbrachte. Mein Boss war nicht gerade für seine Geduld bekannt, und bisher war ich noch keinen Schritt vorangekommen.

Gedankenverloren schleifte ich die schweren Säcke durch den Hinterausgang. Kalte, frische Luft umspülte meinen Körper und ließ mich sie begierig inhalieren. Irgendwo auf dem Anwesen erinnerte mich ein Bellen daran, dass es hier vor Vierbeinern nur so wimmelte, und ich sträubte mich schaudernd.

Wären die Hunde nicht, würden mir die abendlichen Spaziergänge mit den Jungköchinnen deutlich mehr Spaß machen. So warf ich jedes Mal wachsame Blicke über die Schultern oder verkrampfte mich innerlich, wenn eine Wache mit ihrem Hund an uns vorbeilief.

Ich hob die Müllsäcke an und trug sie alle auf einmal zu den Müllcontainern um die Ecke. Rückenschonender wäre es gewesen, einzeln zu gehen, aber die Temperaturen waren eisig heute und mein Körper hatte ein Faible dafür, sich schnell zu erkälten. Vor mich hin summend warf ich den letzten Sack in den Müllcontainer, als hinter mir ein Geräusch erklang. Ich wirbelte herum und ließ vor Schreck den schweren Deckel fallen, dessen lauter Knall mir gefühlt das Trommelfell zerriss.

Vor mir stand der unheimliche Typ aus der Kantine.

Kapitel 5

Ich wollte schreien, doch eine schwielige Hand auf meinem Mund erstickte den Laut. „Ganz ruhig“, raunte er, als ich mich zappelnd befreien wollte, und sah mich warnend an. Der Kerl war nur einen halben Kopf größer als ich, aber ihn umgab etwas Schonungsloses, das ich lieber nicht provozieren wollte. Seine Stimme klang rau und kratzig – man könnte meinen, er hätte ein paar hundert Zigaretten zu viel in seinem Leben geraucht –, aber es waren seine Augen, die das Blut in meinen Adern gefrieren ließen. Besser gesagt die fehlende Menschlichkeit darin. Sein Blick war leer. Als hätte er grausame Dinge gesehen – oder getan –, die auch noch das letzte Quäntchen Liebenswürdigkeit daraus vertrieben hätten, bis nur noch ein schwarzer, gähnender Abgrund übriggeblieben war.

Kalter Schweiß überzog meine Handflächen. Ich zwang meinen Körper, stillzuhalten, aber mein Atem ging weiter stoßweise, und mein Blick irrte panisch hin und her. Langsam nahm er die Hand von meinem Mund, rückte aber nicht von mir ab, sodass ich weiter zwischen dem müffelnden Container und ihm gefangen war. Das laute Knallen schien keinen der Wachen beunruhigt zu haben. Selbst die Hunde bellten nicht. Das war wieder so typisch für mich. Gefühlt eine Million Wachen auf dem Grundstück, dazu massenhaft Scheinwerfer und Hunde, aber wenn *ich* überfallen wurde, merkte es natürlich niemand.

„Was willst du von mir?“, brachte ich bebend heraus. Als sein Blick ungeniert an meinem Körper herabwanderte, der längst nicht mehr nur vor Kälte schlotterte, huschte meiner zu den bemannten Wachtürmen an der Mauer. Wenn ich es bis dahin schaffen würde, wäre ich in Sicherheit.

Sein Blick folgte meinem, und ein wissendes Lächeln umspielte jetzt seine Lippen. Das war sogar noch beängstigender als sein leerer Gesichtsausdruck. Als würde mich eine Porzellanpuppe anlächeln. „Gar nichts. Jedenfalls *noch* nicht.“

Ich hatte keine Ahnung, was er damit meinte, und es war mir auch egal. Wenn mich nicht die Kälte umbringen würde, dann garantiert der Herzinfarkt, den ich erleiden würde, wenn ich noch länger bei ihm blieb. „Kann ich … bitte gehen?“ Ich konnte kaum sprechen, so sehr flatterten meine Stimmbänder. Er fixierte mich noch einen

Moment lang mit seinen leblosen Augen, dann trat er zwei Schritte zurück und zündete sich mit einem Lippenverziehen, das wohl ein Schmunzeln darstellen sollte, eine Zigarette an. „Aber selbstverständlich."

Ich rannte fast ins Schloss. Nachdem ich die Tür hinter mir zugeworfen hatte, sackte ich mit dem Rücken dagegen und atmete zitternd ein und aus. Was zur Hölle war *das* bitte gewesen?! Ein Psychopath? Eine versteckte Botschaft von Silvan, dass er mir nicht traute und mich im Auge behalten würde? Oder machte sich jemand einen Spaß mit mir, weil ich die Neue war, und wollte mir nur Angst einjagen?

Die halbe Nacht lang hielten mich diese Fragen wach, und als der Schlaf mich endlich holte, träumte ich von einer unheimlichen, grinsenden Puppe.

Mit der Zeit lernte ich weitere Leute kennen. Wie Mario und Gustavo zum Beispiel, die Jungs von der Wache, für die Roberta und Elisa so schwärmten, oder Michele aus dem Pfandleihzimmer und Marias Kolleginnen von der Reinigung. Wie in jedem Kollektiv gab es die beliebten und die weniger beliebten Personen. Silvan, Valentina und der Doc gehörten eindeutig zur ersten Fraktion, die Wachen eher weniger, wie ich den Gesprächen entnahm. Die lockere Atmosphäre in den Kellerräumen übertrug sich offenbar nicht auf alle Arbeitsbereiche. So galten die Wachposten allgemein als angespannt, da sie rund um die Uhr nach Gefahren Ausschau halten mussten, und mürrisch, weil sie sich in den Nächten vor lauter Herumstehen die Ärsche abfroren. Roberta und Elisa waren sich einig, dass dies jedoch kein Grund war, die Obermacker raushängen zu lassen, womit sie speziell das Zweiergespann Mario und Gustavo meinten, die – das musste ich zugeben – zwei sehr hübsche Kerle waren.

Silvan und sein Team blieben für mich weiterhin ein Mysterium, aber es stellte sich heraus, dass es nicht nur mir so erging. Im Keller ließen sie sich so gut wie nie blicken. Dasselbe galt für die Kantine oder allgemein alle Orte, an denen das *gewöhnliche* Personal verkehrte. Da hatte ich wohl zu vorschnell positiv geurteilt, denn inzwischen bekam ich selbst die hierarchische Ordnung im Clan zu spüren. Am Ende war es wohl eine Mafiaorganisation wie jede andere.

Weitere Tage vergingen, in denen ich zwar immer mehr Gesichter und Namen kennenlernte, in meiner Mission aber keinen Schritt vorwärtskam. Mein Vorhaben, mich nachts die Treppe hochzuschleichen, hatte ich vorerst aufgegeben, da es immer jemanden gab, der auf den Gängen unterwegs war. Außerdem wusste ich jetzt von den Wachen im ersten Stock. Sofern es mir nicht gelang, einen Unsichtbarkeitsmantel aufzutreiben, mit dessen Hilfe ich mich an ihnen vorbeischleichen konnte, musste ich mir diesen Plan wohl aus dem Kopf schlagen.

Mit meinen Küchenkollegen war ich inzwischen dicke genug, dass ich es wagte, mit meinen Fragen vorzupreschen. An einem Dienstagvormittag, Filippo war in die Pause gegangen, lehnte ich mich zu dem geschwätzigsten von ihnen herüber und sagte wie beiläufig, während ich einen Berg Fleischtomaten schnitt: „An meinem ersten Tag hier habe ich im ersten Stock ein geheimes Treppenhaus gesehen. Sah voll creepy aus. Weißt du, wo es hinführt?"

Nicht nur Luca neben mir sah mich jetzt verdutzt an, sondern auch die Mädchen. „Wann warst *du* denn im ersten Stock?", fragte Roberta erstaunt.

„Als Silvan mich herumgeführt hat."

Roberta, die am gegenüberliegenden Herd stand, ließ den Kochlöffel fallen. Scheppernd und Suppe verspritzend landete er auf den Fliesen, doch es war Elisa, die mich vom Waschbecken aus vorwurfsvoll ansah. „Bitte *was*?! Und dir ist nicht früher eingefallen, uns das zu erzählen?!"

Entschuldigend sah ich die Mädchen an. „Ich dachte, es wäre keine große Sache. Und wir kannten uns ja noch nicht."

„Sie will uns verarschen, oder?", fragte Elisa an Roberta gewandt, die den Löffel aufhob und zum Spülbecken trug. Als sie wieder zu mir sah, glitzerte Kränkung in ihren Augen. „Eine private Führung von Silvan ist *keine* große Sache?!" Sie hyperventilierte fast.

„Komm schon, ich wusste zu dem Zeitpunkt doch gar nicht, wer er ist", versuchte ich, sie zu besänftigen. „Und es war alles so viel auf einmal, dass ich es einfach vergessen habe."

Ermahnend zeigte sie mit dem feuchten Finger auf mich. „*Nicht* cool! Und ich dachte, wir sind Küchenschwestern!"

„Das sind wir auch. Wird nie wieder vorkommen, okay? Von heute an erzähle ich euch *alles*", versprach ich lächelnd.

Elisa spielte noch einen Moment die Beleidigte, dann nickte sie einverstanden, gab mir aber mit einer nicht ernstgemeinten Geste zu verstehen, dass sie mich von nun an im Auge behalten würde. Ich musste lachen, gleichzeitig verkrampfte sich etwas in mir. Wenn sie wüsste, was ich plante. Sie würde mich ohne zu zögern niederstechen. Jeder von ihnen.

„Silvan!", seufzte Luca neben mir und verhinderte somit, dass ich in einem Strudel dunkler

Gedanken versank. „Gepriesen seien die Glücklichen, die sich von ihm flachlegen lassen dürfen!“

Verdattert starrte ich meinen Nebenmann an, woraufhin die Mädchen losprusteten. „Du … bist schwul?“

Zugeben, mit seinen schulterlangen, blonden Haaren, den zarten Gesichtszügen und dem Welpenblick wirkte er schon etwas feminin auf mich – auch der eine oder andere Kommentar von ihm, männliche Schauspieler betreffend, ergab jetzt Sinn –, aber dass er vom anderen Ufer war?

„Hast du echt nichts gemerkt?“ Amüsiert strich er seine blonden Haare zurück, die in einem lockeren Zopf seine Ohren verdeckten, und offenbarte einen Ring in seinem rechten Ohrläppchen.

„Kein bisschen“, gestand ich.

Lachend schnitt er den Sellerie weiter. „Scheint, als wärst du wirklich durch den Wind gewesen, wenn du so was nicht checkst.“

„Sieht so aus, aber können wir jetzt wieder zu dieser geheimnisvollen Treppe zurückkommen?“, nahm ich unser ursprüngliches Thema wieder auf. „Wohin führt sie?“

„In den Keller“, kam es von Elisa.

„Den Keller, in dem wir schlafen?“

Das konnte nicht sein, ich hatte dort unten jeden Winkel erkundet.

Ich erntete ein verschlagenes Grinsen. „Oh, nein, in einen *anderen*. Einen Folterkeller."

„Hör auf, ihr Angst zu machen", verlangte Roberta, wobei sie so heftig den Kopf schüttelte, dass ihre Brille verrutschte, die sie daraufhin wieder richten musste.

„Ich sage doch nur, wie es ist. Der Keller hat einen eigenen Zugang, abgeschirmt von den Schlafräumen. Dorthin bringen sie ihre Gefangenen, um sie zu verhören."

„Und zu töten", fügte Luca mit einem verschwörerischen Blick hinzu.

Ich sah von einem zum anderen. „Jetzt wirklich?"

„Wirklich." Roberta, die die köchelnde Suppe mit Pfeffer und Salz abschmeckte, wirkte nicht begeistert über diese Tatsache, und nach allem, was ich bisher von ihr erfahren hatte, aus gutem Grund. Ihr Vater war von den *Corvi* gefoltert worden. Zwar lebte er immerhin noch und war inzwischen im Ruhestand, aber er hatte sich nie wirklich von den Erlebnissen damals erholt.

Offenbar machte ich so ein schockiertes Gesicht, dass Luca sich veranlasst fühlte, nahe an mich heranzutreten und mir ins Ohr zu raunen: „Manchmal hört man nachts sogar ihre Schreie."

Aber ich war nicht deshalb so erschüttert. Die mysteriöse Treppe war die vielversprechendste

Aussicht gewesen, zum Prinzen zu gelangen, und jetzt stellte sich heraus, dass sie in einen Bereich führte, zudem ich keinen Zutritt hatte! Mit einem aufgesetzten Grinsen schob ich den blonden Jungen von mir. „Denkst du, das macht mir Angst?“

Er gab mir einen Stups auf die Nase. „Offenbar. Du bist kreidebleich im Gesicht.“

Ja, weil mir langsam die Unausführbarkeit dieser Mission klar wurde.

„Erzählt mir etwas über den Prinzen“, wechselte ich das Thema und warf die grobgeschnittenen Tomatenstücke in die dafür vorgesehene Schüssel. „Was hat es mit seiner Maske auf sich?“

In den Augen meiner Kollegen leuchtete es auf, und sie prügelten sich förmlich darum, wer mir als Erstes antworten durfte.

„Ich hab‘ gehört, er trägt sie, weil sein Gesicht verbrannt ist“, sagte Luca, bevor jemand anderes es tun konnte.

„Genauso wie seine Hände, deshalb die Handschuhe. Er soll in seiner Jugend einen schweren Unfall gehabt haben.“

„Du glaubst auch jeden Quatsch, oder?“, schnaubte Roberta. „Ist doch wohl klar, dass er sich nur aus Selbstschutz so verkleidet. Wenn niemand sein Gesicht kennt, kann ihn auch niemand jagen oder seine Familie bedrohen. Kleines Verbrecher-Einmaleins, du Hirni.“

Luca warf ein Stück Sellerie nach ihr, aber Roberta wich ihm aus, sodass es Elisa traf. Die drei lachten.

„Also, mir wurde mal gesagt, dass er *wirklich* adelig ist“, gab Elisa ihren Senf dazu, hob das Gemüsestück auf und warf es in den Mülleimer.

Robertas Stimme troff nur so vor Hohn. „Was denn, wie ein verschollener Prinz?“

„Kann doch sein. Das würde auch das ganze Prinzen-Getue erklären“, meinte ihre Freundin, bevor sie mit einer Prise Bitterkeit in der Stimme hinzufügte: „Aber da wir ihn eh nie treffen werden, erfahren wir es wohl nie.“

Stirnrunzelnd sah ich von einem Mädchen zum anderen.

„Wie, ihr habt ihn *nie* gesehen? In all den Jahren, die ihr hier schon arbeitet?“

„Ich schon“, sagte Roberta. „Im Saal. Als ich hier angefangen habe. Allerdings nur einmal.“

„Aber …“ *Wie ist das möglich? Sperrt er sich rund um die Uhr in seinem Zimmer ein, oder was?* „Er muss doch mal aus dem Schloss gehen! Etwas unternehmen. Frische Luft schnappen. Er kann doch nicht von morgens bis abends in der dritten Etage hocken.“

Roberta zuckte die Schultern. „Manchmal spaziert er mit seinem Hund auf dem Anwesenden herum, aber ansonsten …“

„Moment, er hat einen Hund?!“, wiederholte ich entgeistert.

„Ja, Rocky. Aggressives Kerlchen. Lässt niemanden an den Prinzen heran, außer Silvan vielleicht.“

Ich konnte es nicht fassen. Als wäre die Armada an bewaffneten Männern auf dem Gelände nicht schon schlimm genug, hatte der Nachtprinz neben Silvan jetzt also auch noch einen *richtigen* Wachhund! Nur mit Mühe unterdrückte ich den Impuls, mir die Haare zu raufen. Dieser Auftrag war hirnrissig. Ich würde es *nie* schaffen, an den Prinzen heranzukommen. Man sah sich nur meine Kollegen an, die seit Jahren hier arbeiteten und ihn teilweise noch nie zu Gesicht gekriegt hatten. Wer war ich denn, dass es bei mir anders sein sollte? Gedankenversunken beobachtete ich die drei, die jetzt wieder über das Mysterium seiner Maske diskutierten, und da fiel es mir wie Schuppen von den Augen.

Ich war die Sache von Anfang an falsch angegangen.

Meine Taktik war gewesen, nicht aufzufallen, ja, unsichtbar in den Augen der Anführer zu werden, damit ich mich unbemerkt im Schloss bewegen konnte, aber vielleicht war es an der Zeit, in die Offensive zu gehen. Wenn ich mich weiterhin unscheinbar gab, würde ich noch bis zum Sankt-Nimmerleinstag in dieser Küche Kartoffeln schälen und Gerüchten lauschen. Ich musste in Silvans Team, wenn ich den Prinzen kennenlernen wollte. Sie waren ihm näher als sonst jemand im Schloss, nahmen direkte Befehle von ihm an.

Schluss mit dem Versteckspiel.

Es war an der Zeit, herauszustechen.

Gleich am nächsten Morgen suchte ich Valentina auf. Dafür quälte ich mich noch früher aus dem Bett als ohnehin schon. Zu meiner Freude fing ich sie im Erdgeschoss ab, gerade, als sie auf dem Weg in die erste Etage war. Perfekt. Vielleicht konnte sie mich gleich zu Silvan mitnehmen. Bleistiftrock und Bluse schienen ihre liebsten Kleidungsstücke zu sein, nur die Farben variierten von Tag zu Tag. Heute trug sie einen schwarzen Rock mit goldenen Knöpfen und eine rote Rüschenbluse, die bis zum Hals geschlossen war.

„Hey, Valentina", rief ich.

Eine Hand auf dem Geländer drehte sie sich zu mir um, und es war, als würde mich die Sonne anlächeln. Wie schaffte die Frau es nur jeden Tag, so zu strahlen? Während ihr Teint frisch und ihr Make-up aufregend war, sah ich vermutlich aus, als wäre ich gerade aus dem Bett gefallen. Was hieß vermutlich? Ich *war* aus dem Bett gefallen, aber bei der Frau bekam man echt Komplexe.

„Allegra“, sagte sie lächelnd. „Was kann ich für dich tun?“

„Ich wollte fragen, ob es eine Möglichkeit gibt, mit Silvan zu sprechen?“

„Mit Silvan?“ Sie kam die Stufen wieder herunter. Die Rüschen an ihren Ärmeln raschelten bei jeder Bewegung. „Weswegen?“

„Ich möchte in sein Team und von ihm wissen, was ich dafür tun muss.“

Ihr Lächeln gefror, nur, um dann auf bedauernde Weise weich zu werden. „Oh, Herzchen. Schlag dir das am besten gleich wieder aus dem Kopf.“

„Warum sagst du das?“

Sie benetzte ihre Lippen, schien sich ihre nächsten Worte sorgfältig zurechtzulegen. Dann sagte sie: „Hör zu, Allegra, du bist nicht die Erste, die seinem Team beitreten will, und ich verstehe das. Die Privilegien, die sie genießen, die abwechslungsreichen Außeneinsätze, die Nähe zum Prinzen … Aber hast du eine Ahnung, was sie dafür aufs Spiel setzen? Das Eliteteam ist fast jede Nacht im Einsatz, und glaub‘ mir, Mädchen, in der Nacht sind die Straßen da draußen das reinste Schlachtfeld. Ich arbeite schon sehr lange für den Prinzen, dabei habe ich so viele Teammitglieder gehen und nie mehr zurückkommen sehen, dass ich schon gar nicht mehr mitzähle." Ich wollte etwas erwidern, aber mit einer Hand auf meiner Schulter und einem mitfühlenden Lächeln erstickte sie jeglichen Protest im Keim. „Ich gebe dir einen gutgemeinten Rat: Bleib in der Küche, wo es sicher ist, erledige deine Aufgaben, und wenn du nach ein paar Monaten immer noch versetzt werden willst, komm noch mal zu mir, und ich schaue, ob ich dich woanders unterbringen kann. Bei den Wachen vielleicht oder in der Technikabteilung, falls du die nötigen Qualifikationen mitbringst." Sie sah auf ihre goldene Armbanduhr. „Ich muss jetzt leider weiter. Wir sehen uns."

Und damit ging meine dritte und vielleicht sogar letzte Hoffnung.

Kapitel 6

In den darauffolgenden Tagen versuchte ich, an Silvan heranzukommen, was quasi unmöglich war. Jeden Abend und jeden Morgen, manchmal sogar mitten in der Nacht, ging ich ins Erdgeschoss, in der Hoffnung, ihn anzutreffen und persönlich fragen zu können. Aber wann immer sein Team kam oder ging, geschah es immer dann, wenn ich nicht zugegen war.

An einem geschäftigen Mittwoch, die Kantine war brechendvoll und das Abendessen in vollem Gange, rief ein gestresst wirkender Filippo mich zu sich. Nicht, dass dieser Zustand bei ihm etwas Neues wäre. Unser exzentrischer Küchenchef war *immer* gestresst, egal, zu welcher Tageszeit. Schuld daran waren die vielen Mäuler, die es zu stopfen galt, und die wenigen Köche, die ihm dafür zur Verfügung standen. Gemeinsam mit Elisa und Roberta, den einzigen ausgebildeten Köchinnen, kochte und backte er täglich für rund 100 Personen. Trotzdem hatte er am Ende einer jeden

Schicht ein aufrichtiges Dankeschön für uns übrig, was seine zuweilen ruppige Art Lügen strafte.

Im Grunde war er nicht so streng wie er immer wirkte, nur über die Maßen gestresst.

„Das Abendessen für den Prinzen." Sich Luft zuwedelnd nickte er zu dem Silbertablett mit dem edlen Besteck, dem Kristallglas und der großen Metallglocke auf dem Küchentresen. „Bring das auf sein Zimmer."

Ich brauchte einen Moment, um zu realisieren, dass ich mir die Worte nicht nur eingebildet hatte. „In … das Zimmer des Prinzen?", wiederholte ich verdutzt.

Er runzelte die Stirn, als hielte er mich für begriffsstutzig, und drückte mir das Tablett ungeduldig in die Hände. „Jetzt mach schon. Den Gang rechts, das letzte Zimmer. Es darf nicht kalt werden."

Wie betäubt wankte ich mit dem Servierbrett in Richtung Fahrstuhl. Zumindest fühlte es sich an, als würde ich wanken, denn ich konnte mein Glück kaum fassen. Da suchte ich seit fast zwei Wochen verbissen nach einer Möglichkeit, den Prinzen zu ermorden, und jetzt reichte man mir sogar noch das passende Werkzeug dafür.

Der Aufzug wartete schon auf mich, und ich drückte auf den Knopf für die dritte Etage. Das war das erste Mal, dass ich ihn benutzen durfte. Sonst waren Elisa, Roberta oder Luca immer nach oben gefahren, aber heute Nacht hatte es Probleme mit der Lebensmittellieferung gegeben, was man versäumt hatte, Filippo rechtzeitig mitzuteilen. Kurzfristig hatte er das Menü umstellen müssen und alles war durcheinandergeraten. Da ich als einfache Küchenhilfe die entbehrlichste von uns war, oblag es daher nun mir, den Prinzen zu bedienen. Ruckelnd setzte sich der Fahrstuhl in Bewegung, und ich starrte das Steakmesser auf dem Tablett an.

Mein Herz begann, zu hämmern.

Der Moment war gekommen.

In wenigen Augenblicken würde ich den Nachtprinzen töten und danach mit viel Glück unbemerkt aus dem Schloss fliehen. Ich hatte auch schon eine geeignete Stelle ausgemacht. Sie war mir bei meinen Spaziergängen mit den Mädchen aufgefallen. Eine große Eiche an der Mauer, mit tiefhängenden, dicken Ästen, die sich perfekt zum Klettern eignete. Sportlich wie ich war, würde das kein Problem darstellen. Auch nicht der bevorstehende, kilometerweite Marsch durch die Landschaft. Bei zügigem Schritttempo müsste ich mehrere Stunden durchhalten, bevor mir die Puste ausging. Und je nachdem auf welcher Seite des Nationalparks wir waren, würde ich vielleicht schon im Morgengrauen eine Stadt oder ein Dorf erreichen.

Ich konnte das.

Hierfür hatte Carlos berüchtigter Attentäter mich trainiert.

Meine Ausdauer, tödliche Stichübungen mit dem Messer …

Lautlos glitten die Fahrstuhltüren auf und gaben den Blick auf einen breiten, nur mäßig beleuchteten Korridor frei. Das war er also. Der dritte Stock, der nur den erlesensten Clanmitgliedern vorbehalten war. Es wunderte mich, dass ich keine Wachen entdeckte, als ich mich nach rechts wandte. Die Etage war wie ausgestorben. Trotzdem versuchte ich, beim Gehen so wenige Geräusche wie möglich zu verursachen. Je weniger von meiner Anwesenheit hier wussten, desto mehr Zeit verschaffte mir das später für die Flucht.

Hier oben waren die Wände verkleidet. Schokoladenbraunes Holz bedeckte die untere Wandhälfte und ging in hauchzartes Beige über, das bis zu der mit Stuck verzierten Decke floss. Gemälde und Skulpturen dekorierten den Flur, und ein rotgemusterter Teppich verschluckte meine Schritte. Die Tür des Prinzen war die prächtigste von allen und mit einem goldenen Knauf in Form eines Löwenkopfes verziert. Ich klopfte und lauschte dann mit angehaltenem Atem auf seine Schritte. Ich würde es kurz und schmerzlos machen, mit einem gezielten Stich ins Herz. Kein Gedanke an richtig oder falsch, kein Zögern. Mit meiner dann buchstäblich verdammten Seele konnte ich mich später noch auseinandersetzen. Zuerst kam mein Bruder. Alles andere war zweitrangig.

Das Schicksal schien mir ausnahmsweise einmal wohlgesonnen zu sein. Kein Silvan und kein Elitetrupp in Sicht. Allerdings auch kein Prinz, denn es öffnete niemand. Wieder klopfte ich, und wieder folgte Stille. Ich drückte das Ohr an die Tür. Stand er unter der Dusche? War er eingeschlafen? Einfacher könnte er es mir damit nicht machen, aber für den Fall, dass mich doch jemand beobachtete, kündigte ich mich vorsichtshalber an, bevor ich den Knauf herumdrehte und das Zimmer betrat. Es war ein Zimmer, das eines Prinzen würdig war. Holzvertäfelte Wände, hohe Decken, edle Möbel, eine geschnitzte Chaiselongue, wie sie in keinem royalen Zimmer fehlen durfte, schwere Vorhänge und – das Highlight – ein Himmelbett aus dunklem Massivholz, mit dicken, kunstvoll geschnitzten Pfosten.

„Ähm … Prinz?“, rief ich in den Raum. „Ich bringe Euer Abendessen. Wie gewünscht.“ Keine Reaktion, auch aus dem angrenzenden Bad kam kein Laut. Vorsichtig stellte ich das Tablett auf einem runden Tisch am Fenster ab, dann näherte ich mich dem Badezimmer. Das Messer ließ ich vorerst liegen, denn ich wollte ungern damit erwischt werden, falls jemand ins Zimmer platzte, der nicht der Prinz war.

Verflucht, wo war er?

Im Masterbad deutete nichts darauf hin, dass er vor Kurzem hier gewesen war. Keine feuchten Dämpfe, kein Shampoo-Geruch in der Luft. Dafür nahm ich plötzlich ein Tapsen hinter mir wahr, und ich ahnte Schlimmes. Adrenalin schoss durch meine Venen, als ich mich langsam zu dem Geräusch umdrehte. Mein erster Gedanke war, dass der Psychopath mich wieder verfolgte und zu Ende führen wollte, was er neulich angefangen hatte.

Aber es war viel schlimmer.

Auf der Schwelle des königlichen Schlafgemachs stand ein schwarzer Dobermann.

Die Ohren hoch aufgerichtet starrte das Ungetüm mich an. Mit Augen so berechnend und erbarmungslos wie die einer Raubkatze. Der Flur war mit Teppich ausgelegt, aber das Zimmer nicht, deshalb hatte ich den Dobermann zu spät gehört. Mir war klar, dass er meine aufkeimende Panik wittern konnte, daher war ich nicht überrascht, als ein Knurren seine Kehle emporstieg. Instinktiv wich ich vor ihm zurück, und als der Hund mir zähnefletschend folgte, floh ich kurzerhand auf das Himmelbett. Bereit, nach dem Biest zu treten, klammerte ich mich an einen der Pfosten, meine Nerven zum Zerreißen angespannt. Ich sandte ein Stoßgebet zum Himmel, als das Tier mir nicht folgte. Vielleicht durfte es nicht aufs Bett. Dafür bellte es mich jetzt an.

Verzweifelt rief ich ihm Befehle zu und trat mit dem Fuß in die Luft, aber davon ließ er sich nicht beeindrucken. Elisa hatte gesagt, das Tier wäre darauf dressiert, Eindringlinge zu vertreiben. Ich konnte vermutlich von Glück sagen, dass er mich noch nicht zerfleischt hatte.

„Jetzt verschwinde endlich!“, rief ich panisch. „Ist denn niemand auf der Etage? Hilfe, verdammt!“

Und dann stand Silvan auf einmal in der Tür, den Blick ungläubig auf die Szene gerichtet, die sich ihm bot. „Was zum …?! Hast du Todessehnsucht?“, fragte er mich fassungslos. „Was machst du auf dem Bett des Prinzen?!“

Außerstande, den Blick von den schwarzen, knopfgroßen Augen zu lösen, deutete ich auf die Bestie, die mich immer noch anknurrte.

„Du hast Angst vor Hunden?“

Warum sollte ich wohl sonst auf ein fremdes Bett springen!, dachte ich leicht gereizt, da jetzt erst Hilfe kam, und nickte. Hätte das Tier keine Hemmungen gehabt, aufs Bett zu springen, wäre ich jetzt wahrscheinlich tot. Weitere Erklärung waren offenbar nicht nötig, denn Silvan stieß einen leisen

Pfiff aus und sagte: „Komm her, Rocky. Du machst der Lady Angst.“ Widerwillig und nicht, ohne mich ein letztes Mal anzuknurren, gehorchte das Tier, und ich wusste jetzt schon, dass ich heute Nacht von diesem gänsehautfördernden Tapsen träumen würde. Mit einem flüchtigen Blick auf mich packte Silvan den Dobermann am Halsband und führte ihn aus dem Zimmer. Da es einen Moment dauerte, ehe er zurückkehrte, nahm ich an, dass er ihn in einen anderen Raum brachte. Nein, ich *hoffte* es. Vorher würde ich mich nicht vom Fleck rühren!

Als Silvan schließlich zurückkehrte, zuckte es verdächtig um seine Lippen, aber ich rechnete ihm hoch an, dass er versuchte, ernst zu bleiben. Als wüsste ich nicht selbst, wie demütigend und peinlich meine Aktion hier war. Aber ich musste mich vergewissern. „Bitte sag mir, dass du ihn weggesperrt hast.“

Die Arme vor der Brust verschränkt kam Silvan in den Raum. „Du solltest da wirklich runterkommen. Der Prinz hat Leute schon für weniger töten lassen.“

Tja, leider wollte mein Körper mir nicht gehorchen. Meine Hände schienen an dem Pfosten festgewachsen zu sein. „Ich … ich glaube, ich kann nicht.“

Einen Atemzug lang musterte er mich, als versuchte er, herauszufinden, ob ich es ernst meinte, dann kam er langsam zu mir, streckte die Arme nach mir aus und löste meine Hände vom Balken. Seine Berührungen brannten auf eine Weise auf meiner Haut, die mich innerlich zusammenfahren ließ. So mussten sich sanfte Nadelstiche anfühlen. Neckend, prickelnd, verboten.

Plötzlich waren seine Hände an meiner Taille, und ich erstickte fast, als er mich schwungvoll vom Bett hob. Überrumpelt von seiner plötzlichen Nähe krallte ich meine Finger in seine Arme. Stramme, muskulöse Arme, wie ich durch den hauchdünnen Rollkragenpullover spürte.

Der Dobermann hatte mich zu Tode erschreckt, aber jetzt rumpelte mein Herz aus einem anderen Grund.

Diese Augen.

Dieses himmlische Parfüm.

Langsam stellte Silvan mich ab. Der Umstand, dass ich eine ausgewachsene Frau und keine Stoffpuppe war, schien seine Muskeln nicht zu kümmern.

„Es … es tut mir leid“, stammelte ich drauf los. „Ich war mir nicht sicher, ob ich das Essen draußen stehenlassen oder reinbringen soll. Aber er ist der Prinz, ich konnte es schlecht vor die Tür stellen, als wäre es ein Fressnapf, oder? Und dann war da plötzlich der Hund. Wegen des Teppichs im Flur habe ich ihn wohl nicht gehört, aber ich schwöre, ich wäre niemals auf das Bett …“

„Allegra." In Silvans Augen funkelte es amüsiert. „Hol erst mal tief Luft."

Ich gehorchte und atmete mehrmals tief ein. Dabei realisierte ich, dass ich noch immer seine Arme umklammerte. Sollte mein Kopf nicht schon vor Aufregung glühen, schoss mir spätestens *jetzt* die Hitze ins Gesicht. Eine Entschuldigung murmelnd riss ich meine Hände los, woraufhin auch Silvan von mir abließ.

„Alles gut. Niemand muss hiervon erfahren. Ich bin nur hergekommen, um das Essen abzuholen. Der Prinz isst heute woanders."

„Oh, okay." Bebend saugte ich noch einmal kräftig Luft in meine Lungen, versuchte, meinen Herzschlag zu beruhigen. „Wow, ich glaube, das ist das Peinlichste, was mir jemals passiert ist."

Es war nicht wirklich als Witz gemeint, aber Silvan lachte, dann ging er zum Tablett und hob die Glocke an. Als er sich über den Teller beugte und schnupperte, nutzte ich die Gelegenheit, um ihn ungeniert zu begutachten. Seine zweifellos trainierten Beine steckten in einer seidenen, schwarzen Hose, und der dunkelgrüne Rollkragenpullover betonte Silvans gnadenlos gut geformten Oberkörper.

Mit den gestylten, dunklen Haaren und dem perfekt getrimmten Bart, der nicht zu lang und nicht zu kurz war, sah er aus wie aus dem Ei gepellt.

Ich stand auf diesen Business-Look. Auch, wenn ich nie verstanden hatte, warum Mafiosi so viel Wert auf ein elegantes Äußeres legten. Menschenleben konnten sie ohne Skrupel auslöschen, und Blut und Gewalt machten ihnen auch nichts aus, solange nur der Anzug saß. „Chianina Rind. Da wird man glatt neidisch“, seufzte Silvan. „Wusstest du, dass das Chianina die älteste Rinderrasse Italiens ist? Und die größte der Welt?“ Stumm schüttelte ich den Kopf, während das rauchige Aroma, das er freigelassen hatte, sich im Zimmer entfaltete. Himmlisch, das musste ich zugeben. „Majestätische Tiere. Es gibt nur eine Sache, die ihre Schönheit übertrifft.“ Seine Mundwinkel zuckten. „Ihr Geschmack.“

Scheinbar erwartete Silvan eine Reaktion von mir, denn als diese nicht kam, warf er mir einen prüfenden Blick zu, bevor er das Steak seufzend wieder verdeckte. „Immer noch vor Angst wie erstarrt? Ich habe Rocky weggesperrt. Er kann dir nichts tun.“

„Das ist … beruhigend.“

Mich unwohl fühlend rieb ich mir über die nackten Arme. In der Küche herrschten immer gefühlt 50 Grad mehr als im Rest des Schlosses, deshalb trug ich dort obenherum nur Tops. Als ich sah, dass Silvan meinem Blick folgte, hatte ich das Gefühl, wieder in der Küche zu sein: Mir wurde heiß. „Also … wenn das Steak so kostbar ist, solltest du es dem Prinzen vielleicht bringen“, sagte ich, um die peinliche Stille zu unterbrechen. „Bevor es kalt wird.“

Etwas Wissendes, Erheitertes glomm in seinen Augen auf. „Warum habe ich das Gefühl, dass du mich jedes Mal, wenn wir uns begegnen, abwimmeln willst?“

Ich machte ein erschrockenes Gesicht. „Was? Nein, so ist es nicht! Ich will nur nicht, dass es auf mich zurückfällt, wenn das Steak nicht mehr genießbar ist“, improvisierte ich. Leider nicht gut genug, wie seine nächsten Worte bewiesen.

Silvan stand nach wie vor am Tisch, etwa drei Schritte von mir entfernt. Schweigend studierte er mein Gesicht, als für die Dauer eines Wimpernschlags ein Schatten seine Augen verdüsterte. „Du lügst.“ Er machte einen lauernden Schritt auf mich zu. „Wenn auch so gut, dass es selbst mir schwerfällt, es zu durchschauen.“ Sämtliche Farbe wich aus meinem Gesicht. *Pokerface, Allegra. Pokerface!* Dann atmete er jedoch tief durch, und der Schatten legte sich wieder. „Aber ich sollte es dir wohl nicht übelnehmen. Ich bin es gewohnt, den Leuten Angst zu machen.“ Ernüchtert wirkend deutete er zur Tür. „Nach dir. Ich bringe dich zum Aufzug.“

Schnell klopfte ich noch die Dellen aus der Tagesdecke, die ich hinterlassen hatte, und fegte den Schmutz herunter, bevor ich ihm folgte. Als wir den Flur durchquerten – das Tablett hatte er im Zimmer gelassen – sagte er: „Nächstes Mal lässt Filippo besser wieder jemand anderen kommen. Rocky läuft die meiste Zeit über frei hier herum."

„Okay, gut."

Verstohlen linste ich zu Silvan herüber. Hatte ich etwas gesagt, das ihn beleidigt hatte, oder bildete ich mir seine Verstimmtheit nur ein? Er hatte mich zum Aufzug gebracht und rief den Fahrstuhl nach oben, als mir das Wichtigste überhaupt einfiel. „Oh, das hatte ich ganz vergessen. Ist in deinem Team zufällig noch Platz?"

Langsam drehte Silvan den Kopf zu mir, dann lachte er. „Du ziehst *so* eine Nummer ab und fragst mich dann allen Ernstes, ob du in mein Team darfst?"

Meine Wangen färbten sich rot, aber neben dem Schamgefühl regte sich auch Trotz in mir. Nur, weil ich Angst vor Hunden hatte, hieß das noch lange nicht, dass ich zart besaitet war. Jeder hatte seine Schwächen.

Ich schluckte meine Gefühle hinunter und sagte selbstsicher: „Ich bin gut mit Messern. Und im Schlösserknacken, wie du weißt. Vielleicht kann ich nützlich sein."

Als Silvan mir seinen Körper jetzt ganz zuwandte, schienen Unglaube und Spott in ihm zu wetteifern. „Vielleicht. Vielleicht ist deine Reaktion auf Rocky aber auch ein Indiz dafür, dass du für so einen Job nicht gemacht bist. Für die Außeneinsätze braucht es Nerven aus Stahl."

Oh, die habe ich, sonst wäre ich nicht in diesem Schloss. „Soweit ich weiß, hege ich nur eine Phobie gegen große Hunde, nicht gegen Menschen." Silvan starrte mich an, und ich dachte nur *großartig Allegra! Jetzt wird er dich BESTIMMT nehmen!* Zu meiner Überraschung brachte meine dreiste Antwort Silvans Mundwinkel verdächtig zum Zucken. „An Unverblümtheit fehlt es dir schon mal nicht."

„Also, gibst du mir eine Chance, mich zu beweisen?", fragte ich kühn.

Die Arme vor der Brust verschränkend sah er mich jetzt forschend an. „Warum? Warum willst du in mein Team? Ist es, weil dir die Arbeit in der Küche zu langweilig ist? Weil du gewisse Privilegien genießen willst? Falls es so ist, spar dir deinen Atem, denn das sind die Gründe, aus denen die Leute sich *üblicherweise* dazu entscheiden, und solche kann ich in meinem Team nicht gebrauchen."

„Du willst den Grund wissen?", fragte ich und konnte nur hoffen, dass meine Worte nicht zu sehr nach Lehrbuch klangen. „Der ist einfach: Ich will mich an den Leuten, die mir und den Frauen das angetan haben, rächen! Bei der Entführung ist eine Frau gestorben. Eine unschuldige Frau, die das Pech hatte, zur falschen Zeit am falschen Ort zu sein." Und noch während ich das sagte, wurde mir bewusst, dass ich in gewisser Weise Mitschuld an ihrem Tod hatte. Die Entführung war inszeniert gewesen. Ein Köder für die *Neros*. Sie war gestorben, damit ich mich in das Hauptquartier einschleusen konnte. Oh, Gott, das wurde mir jetzt erst klar! Zum Glück merkte Silvan nichts von meinem Stimmungsumschwung. Er schien über meine Worte nachzudenken.

„Ich glaube, das ist der rechtschaffenste Grund, den ich seit Langem gehört habe. Trotzdem, ich kann keine Anfänger in meinem Team gebrauchen."

„Lass es mich bitte versuchen", ließ ich nicht locker. „Ich möchte wenigstens die *Chance* bekommen, mich zu beweisen. Was hast du schon zu verlieren?"

Silvan sah mich lange an, schien die Vor- und Nachteile abzuwägen. Schließlich sagte er: „Morgen. Um Punkt 7 in der Trainingshalle. Dann bekommst du deine Chance."

Den Rest des Tages schwankte ich zwischen Gewissensbissen wegen der namenlosen Toten und der Freude darüber, endlich einen Schritt vorangekommen zu sein. Wie hatte ich die Frau nur vergessen können?! Ob sie inzwischen wieder bei ihrer Familie und gebührend bestattet worden war? Zwischen Stapeln schmutzigen Geschirrs, den Neckereien meiner Kollegen und heißen Dämpfen versuchte ich, mir einzureden, dass ich mit ihrem Tod nichts zu tun hatte. Hätte Carlo mich nicht geschickt, dann eine andere, und es wäre vermutlich auf dasselbe hinausgelaufen. Ich konnte nichts dafür. Ich war in diesem Drogenkrieg genauso ein Opfer wie sie – mit dem Unterschied, dass ich noch atmete. Aber wenn ich keine Schuld daran trug, warum fühlte ich mich dann mitverantwortlich?

Am nächsten Tag stand ich noch vor dem Weckerklingeln auf. Selbst Roberta schlief noch und würde wahrscheinlich einen Herzinfarkt bekommen, wenn sie aufwachen und sehen würde, dass ich nicht wie sonst halbtot in meinem Bett lag. Vor Aufregung hatte ich mich die ganze Nacht unruhig herumgewälzt, und jetzt war ich so hibbelig, dass ich kaum die Füße stillhalten konnte. Endlich lernte ich das berüchtigte Einsatzkommando kennen, das meinem Clan schon so viele Bauchschmerzen bereitet hatte.

Nicht, dass es mich jemals gekümmert hätte. Ich war zwar dumm genug gewesen, mich mit den *Corvi* einzulassen, hatte ihnen gegenüber aber nie echte Loyalität empfunden. Nur wenige Monate nach meinem Beitritt wäre ich am liebsten wieder ausgestiegen und ans andere Ende der Welt geflohen, um ihrem Einfluss zu entkommen. Dementsprechend hatten mich auch die Machtspielchen zwischen den beiden Clans nie interessiert.

Aber die zwei Wochen hier hatten mich nachdenklich gemacht. Wenn ich jetzt die Chance bekommen würde, zwischen den Clans zu wählen, würde ich mich ohne zu zögern für die *Neros* entscheiden. Denn vieles von dem, was ich über sie gehört hatte, traf nicht zu.

Es war aber auch gut möglich, dass ich nur deshalb so empfand, weil ich mit meinem bisherigen Wissen nur an der Oberfläche kratzte. Wer wusste schon, wie es darunter aussah? Wie brutal es hinter den Kulissen zuging? Ein Folterkeller mochte ja gewissermaßen zur Grundausstattung für Mafiaorganisationen gehören, aber er sprach auch für einen blutigen, gnadenlosen Führungsstil.

Und mit dem würde ich jetzt Bekanntschaft machen.

Kapitel 7

Der Erste, dem ich in der Trainingshalle begegnete, war ein großer Mann mit braunen, kinnlangen Locken, den ich auf Anfang bis Mitte 30 schätzte. Wobei *begegnen* nicht ganz zutraf, denn er stellte sich mir wie ein Türsteher mit verschränkten Armen in den Weg.

Sein Bart war dicht, aber nicht lang, seine Wangenknochen ausgeprägt und seine Lippen schmal. Ich konnte mir gut vorstellen, dass er mit seinen braunen Rehaugen regelmäßig Frauenherzen zum Schmelzen brachte, aber gerade drückten sie pures Misstrauen aus.

„Hi", sagte ich und reichte ihm lächelnd die Hand. „Ich bin Allegra. Ich soll mich hier melden."

Hoch wie ein Berg ragte er über mir auf, musterte erst meine ausgestreckte Hand, dann mein aus einer Sportleggins, einem bauchfreien Top und Sneakers bestehendes Outfit. Was er sah, schien ihm zu missfallen. Ohne den Blick von mir zu lösen, sagte er mit erhobener Stimme: „Ist das dein Ernst? Was sollen wir mit der?“

Na, das fängt ja gut an!, dachte ich und nahm den Arm herunter. Die Worte waren an Silvan gerichtet, der ein paar Meter weiter mit einer Langhantel trainierte. Er machte die Übung zu Ende, dann stellte er sie ab und kam in einem schwarzen Kompressionsshirt und einer grauen Trainingshose zu uns.

Ich konnte nicht anders, als ihn anzustarren.

Weggucken war unmöglich, denn das Shirt lag eng wie eine zweite Haut an und betonte seine gewölbte Brust und seinen Sixpack. Die Trainingssachen schienen wie dafür gemacht, seine Muskeln hervorzuheben und die weibliche Gattung damit aus der Fassung zu bringen. Erschwerend kam hinzu, dass sein Shirt ärmellos war und einen Eins-a-Blick auf seine Trizepse und sehnigen Unterarme bot. Die männlichen Akrobaten aus meiner Zirkusgruppe waren auch so bemerkenswert durchtrainiert gewesen. Aus Erfahrung wusste ich deshalb, welche Arbeit und Disziplin dahintersteckte. Als Silvan vor mir stand, schaffte ich es endlich, ihm in die Augen zu gucken. Erheiterung funkelte darin, vermutlich, weil meine Kinnlade bis zum Boden hing.

„Du musst Fabio entschuldigen“, sagte er und legte dem Mann kumpelhaft einen Arm um die Schulter. „Mein zweiter Offizier ist allem und jedem gegenüber misstrauisch. Ist gewissermaßen sein Job." Fabio schien den Kommentar nicht lustig zu finden. Mich weiterhin kritisch beäugend machte er sich von Silvan los. Der beachtete seine rechte Hand nicht weiter, sondern deutete nun schräg hinter mich. „Sofia hast du ja schon mal gesehen. Sie ist unsere Strategin und berät mich bei der Einsatzplanung."

Ich folgte seinem Blick und entdeckte die Frau, die uns am Tag der Rundführung begegnet war. Das rechte Bein auf einer Bank ausgestreckt, machte die einzige Frau im Raum Dehnübungen und schaute kurz zu uns herüber. Ohne Sonnenbrille, Make-up und mit provisorischem Zopf war sie immer noch eine Augenweide, und sie schien Fabios Geringschätzung zu teilen, auch wenn sie zumindest die Höflichkeit besaß, mir zuzunicken.

Na, das war ja eine reizende Truppe!

Silvan führte mich herum und stellte mich dem restlichen Team vor. Darunter Scharfschützen, Fluchtfahrer, Nahkampfprofis, Computerhacker, Spezialisten für Sondermunition, Sprengstoffexperten und Stürmer.

Auf die Schnelle konnte ich mir nur ein paar Namen merken, aber insgesamt waren sie 13 Leute. Alle hervorragend ausgebildet und scheinbare Profis auf ihren Gebieten. Was mich zu der Frage brachte, was *Silvans* Spezialgebiet war. Außer unverschämt gut auszusehen.

Die Trainingshalle war mit diversen Geräten, Matten, Hanteln und sogar Kletterwänden ausgestattet. Silvan brachte mich zu einer mit Kork verkleideten Wand, vor der drei Zielscheiben standen. „Du hast mich gefragt, was es braucht, um es in mein Team zu schaffen.“ Erklärend breitete er die Hände aus und schloss damit die Personen im Raum ein. „Ganz einfach: überzeuge uns. Ich bin zwar der Kopf der Gruppe, aber wir entscheiden gemeinsam, wen wir in unser Team aufnehmen. Und da ich mir von niemandem vorwerfen lassen will, ich würde keine fairen Chancen vergeben: Bitte sehr, hier ist sie. Überzeuge uns davon, dass du eine wertvolle Ergänzung für unser Team wärst.“ Während er sprach, drückte er mir drei Wurfmesser in die Hand, und aus dem Augenwinkel sah ich, dass einige jetzt näher traten.

Verblüfft nahm ich die Klingen. „Ich soll sie einfach durch den Raum werfen?“

„Niemand steht dir im Weg, keine falsche Scheu.“

Fabio, der neben Silvan stand, verschränkte selbstgefällig die Arme vor der Brust. Seinem Gesichtsausdruck nach zu urteilen war das hier völlige Zeitverschwendung und ich taugte bestenfalls zum Kartoffelschälen.

„Okay“, sagte ich, befeuchtete meine Lippen und änderte meine Haltung. „Aber es kann sein, dass ich etwas eingerostet bin. Ist schon ‘ne Weile her, dass ich Wurfübungen gemacht habe.“ Um genau zu sein das letzte Mal vor meiner Ankunft hier und die lag jetzt mehr als zwei Wochen zurück. Seitdem war ich weder dazu gekommen, meine Fähigkeiten aufzufrischen, noch Sport zu treiben. Sieben Tage die Woche hatte ich von morgens bis abends in der Küche gestanden. Freie Tage kannten sie hier scheinbar nicht.

Silvan sagte nichts dazu, also ließ ich das erste Messer ein paar Mal zwischen meine Finger gleiten. Das half mir, mich zu konzentrieren und ein Gefühl für die Klinge zu bekommen. Dann visierte ich den roten Punkt auf der Mitte der Zielscheibe an, warf es … und verfehlte die Scheibe.

Scheppernd landete das Messer auf dem Boden, hinter mir erklang Gelächter. Verdammt, wie war das denn passiert? Ich ließ mich von dem leisen Gemurmel nicht aus der Fassung bringen, holte tief Luft und warf das zweite Messer. Diesmal traf ich die Scheibe, aber nicht annähernd die Mitte.

Das durfte doch nicht wahr sein! Nervosität durchzuckte mich, und unter meine Fassungslosigkeit mischte sich Wut. Hatte ich etwa in nur zwei Wochen das Werfen verlernt, oder was war mit mir los?

„Ich bin beeindruckt“, höhnte Fabio neben Silvan.

Der Scharfschütze sagte: „Sicher, dass sie nicht lieber ein paar akrobatische Kunststücke vorführen soll? Ich kann den Barren aus dem Geräteraum holen."

In meinem Inneren kochte es hoch. Wenn er noch so einen Spruch brachte, würde ich ihm ein ganz *besonderes* Kunststück zeigen. Man nannte es den Tritt in die Eier! Überraschenderweise bekam ich ausgerechnet von Silvan Unterstützung.

„Klappe halten", befahl er, und sagte dann an mich gewandt: „Ich will dich ja nicht unter Druck setzen, aber wenn du nicht unser Interesse verlieren willst, sollten deine nächsten Würfe besser treffen."

Erhobenen Hauptes ging ich zur Zielscheibe, dabei war ich mir der spöttischen Blicke im Rücken wohl bewusst, und sammelte die geworfenen Messer ein. Ich konnte das. Ich hatte jahrelang vor Hunderten von Zuschauern geworfen und mein Ziel – mit vielleicht ein, zwei Ausnahmen – nie verfehlt. Ich musste es einfach so machen wie damals. Alles um mich herum ausblenden. Sämtliche Gefühle wegsperren, mich nur auf meine Sinne konzentrieren. Diesmal kehrte ich der Zielscheibe den Rücken zu, stellte mich breitbeinig hin und schloss die Augen. Im Grunde hatte ich diese Nummer schon zigmal aufgeführt. An einer anderen Zielscheibe, vor einer anderen Kulisse, aber das Prinzip war das Gleiche. Ich wog das

Messer in der Hand, rieb mit dem Daumen über das kühle, glatte Metall und blendete die Geräusche um mich herum aus.

Dann holte ich tief Luft und wirbelte herum.

Ich warf die Messer hintereinander, ohne nachzudenken, ohne Zweifel zu haben. Dem erstaunten Raunen nach zu urteilen, traf ich wohl mein Ziel. Als sich mein Blick klärte, steckten drei Klingen im roten Bereich, nur Millimeter voneinander entfernt. Meine Lippen dehnten sich zu einem Lächeln.

Ich konnte es noch.

„Na, was sagst du jetzt?“, fragte ein sympathisch aussehender, schwarzhaariger Mann an Fabio gewandt, als ich mich zu meinem Publikum umdrehte. Es war der Technikspezialist, aber ich hatte seinen Namen schon wieder vergessen. Mr. Technik war nicht so kräftig gebaut wie die anderen, eher durchschnittlich. Dafür punktete er mit beneidenswert geschwungenen Augenbrauen und einem einnehmenden Lächeln.

Fabio würdigte ihn keines Blickes, sondern schaute mich provozierend an. „Ich sage, dass sie wieder in den Zirkus zurückkehren soll, aus dem sie gekommen ist.“ Als sein sengender Blick den meinen fand, löste er etwas in mir aus. Bevor ich die möglichen Konsequenzen abwägen konnte, hatte ich auch schon bissig gefragt: „Was ist eigentlich dein Problem?!“

„Leute, immer mit der Ruhe.“ Samuele, der blondgefärbte Sprengstoffexperte, wollte sich zwischen uns stellen, aber da hatte Fabio schon zwei große Schritte auf mich zugemacht und baute sich drohend vor mir auf.

„*Du* bist mein Problem. Irgendetwas an dir gefällt mir nicht!“

Es wunderte mich, dass Silvan sich nicht einschaltete, aber vielleicht wollte er sehen, wie ich mich allein schlug. Wie gut, dass ich vier Jahre lang mit einem Haufen selbstverliebter, Testosteron geladener Akrobaten zusammengelebt hatte.

„Und weißt du, was mir an *dir* nicht gefällt?“, gab ich mit wutfunkelnden Augen zurück. „Deine eklige Art. Ich kenne dich nicht, aber selbst, wenn ich dich auf Anhieb nicht leiden könnte, hätte ich wenigstens die Manieren oder auch den Grips …“

„Das reicht.“ Im nächsten Moment ragte Silvans Arm wie eine Schranke zwischen uns und schob Fabio einen Schritt zurück.

Dabei wollte ich gerade so schön in Fahrt kommen, dachte ich nicht ganz ernsthaft und klappte den Mund wieder zu. Wahrscheinlich hatte Silvan mich davor gerettet, es mir mit seinem Team zu verscherzen. „Ihr kommt jetzt beide erst mal runter."

„Ach, kommen wir das?", wandte der gleichgroße Fabio sich an seinen Befehlshaber. „Die *Corvi* gehen immer aggressiver vor, sie in Schach zu halten wird von Woche zu Woche schwieriger, und da willst du ausgerechnet jetzt jemand Neues einstellen? Wir können keine Grünschnäbel gebrauchen, für die wir im Einsatz auch noch Babysitter spielen müssen!"

„Gutes Argument", stimmte der Scharfschütze ihm zu, womit die Fronten der beiden geklärt waren.

„Sie könnte von Nutzen sein", schaltete sich erstmals der Fluchtfahrer ein. „Sie ist klein, schlank und beweglich. Ich kann mir gut vorstellen, dass wir sie bei Aufklärungs- und Befreiungsmissionen einsetzen könnten."

Ich warf ihm einen dankbaren Blick zu, und als er mir zuzwinkerte, musste ich mir auf die Innenseiten der Wangen beißen, um nicht zu lächeln. Von Sofia hörte man gar nichts. Die war zwar näher getreten, machte aber fast schon desinteressiert ihre Dehnübungen weiter.

„Eins nach dem anderen", meinte Silvan und sah mich wieder an. „Ich möchte, dass du noch mal wirfst. Vergewissern wir uns, dass es nicht nur Glückstreffer waren." Als ich meine Messer holen ging, stiefelte Fabio brummend davon. Silvan kommentierte es nicht, als er sich am anderen Ende der Halle zwei Hanteln griff und damit trainierte.

Diesmal sollte ich in längeren Abständen werfen, und es schien, als wäre ich tatsächlich nur eingerostet gewesen, denn ich traf jedes Mal ins Schwarze.

Nachdem ich meine Wurfkünste demonstriert hatte, ging es mit dem Entfesseln weiter, und Silvan drehte mich so richtig durch die Mangel. Vorbereitet wie er gewesen war, hatte er schon Hanfseile der verschiedensten Längen und Stärken bereitliegen. Unter den neugierigen Blicken einiger Teammitglieder – manche schlossen sich Fabio an und gingen wieder an die Geräte – fesselte er mich nach allen Regeln der Kunst. Mal mit komplizierteren Knottechniken, mal mit gängigeren. „Erstaunlich“, sagte er irgendwann. „Der letzte Knoten ist der schwierigste, den wir bei der Armee gelernt haben. Ich kann mich nicht erinnern, dass es jemals einem Kameraden gelungen wäre, ihn zu lösen.“

„Du warst bei der Armee?“, fragte ich.

Er nickte und verlagerte das Gewicht. „Sieben Jahre. Davon drei in der Task Force in Ostafghanistan.“ Dann stimmten die Gerüchte über seine Militärerfahrung also. Das bedeutete dann wohl, dass auch die anderen im Team – sicher nicht alle, aber viele – militärische Erfahrung hatten. Das machte sie umso gefährlicher. Besonders diesen Fabio, der mich auf dem Kieker hatte.

„Wie kommt ein Soldat dazu, für die Mafia zu arbeiten?“, fragte ich, und das nicht einmal, um ihn auszuhorchen, sondern, weil es mich ehrlich interessierte.

„Wie kommt ein nettes Mädchen dazu?“

Touché, dachte ich und fragte schmunzelnd: „Wer sagt, dass ich nett bin?“

Silvans Blick versetzte mir einen Stromschlag, denn er wirkte nicht mehr nur amüsiert, sondern … Ich wusste es auch nicht. Als wäre ich ein besonders lecker aussehendes Stück Kuchen, das er in einem Schaufenster entdeckt hatte. Nicht, dass Silvan so aussah, als würde er Kuchen essen. Im Zirkus hatten wir strenge Ernährungsvorschiften gehabt, ausgelegt auf die kräftezehrende Show und viele Bewegung. Reichlich Eiweiß, gute Kohlenhydrate, die langfristig Energie lieferten und wenig Zucker.

Nach unserem Rauswurf dort hatte ich mich durch sämtliche Bäckereien geschlemmt und zwei Kilo zugenommen, aber worauf ich eigentlich hinauswollte: Silvans Blick machte mich nervös. Etwas darin ließ mein Herz auf eine Weise flattern, die nichts mit der Tatsache zu tun hatte, dass ich nur diese eine Chance hatte, um sein Team von mir zu überzeugen.

Er ging mir unter die Haut.

Nach den Seilen folgten Handschellen und Eisenketten – als Hilfsmittel bekam ich nur zwei Haarnadeln. Nachdem ich auch diese Aufgabe mit Bravour gemeistert hatte, gab es vereinzelt sogar Beifall. Selbstverständlich nicht aus Fabios Richtung, und auch Sofias Begeisterung hielt sich in Grenzen, aber in Samuele, dem Sprengstoffexperten, hatte ich ohne Zweifel einen neuen Anhänger gefunden.

„Gut, ihr Faulenzer, die Show ist vorbei“, ließ Silvan schließlich verlauten. „Macht mit dem Training weiter.“ Weitermachen? Wenn es erst kurz nach 7 Uhr war, in welcher Herrgottsfrühe hatten sie dann angefangen? Ohne Protest verteilten die Männer sich wieder und setzten ihre Übungen fort. An mich gewandt sagte Silvan: „Eine Sache irritiert mich. Wenn du so begnadet im Entfesseln bist, warum konntest du dich dann nicht bei der Entführung befreien?“

„Du meinst vollgepumpt mit Drogen?“, fragte ich und gab ihm die Handschellen zurück.

„Hm, guter Einwand.“ Er legte sie zu den Ketten und Seilen in die Kiste, dann führte er mich zu einer Matte, die von der Form und Größe vergleichbar mit einem Boxring war. Und ich hatte gehofft, die Bewerbungsrunde wäre vorbei! „So weit so gut. Schlösser knacken und Werfen kannst du also, aber wie sieht es mit deiner Kampferfahrung aus? Wenn es im Einsatz zum Kampf kommt – und das kommt es fast immer –, musst du dich verteidigen können. Auch ohne Messer."

Jetzt kam es darauf an, mich so zu verkaufen, dass ich fähig, aber nicht zu überqualifiziert wirkte. Denn mal ehrlich, welche Frau besaß schon Selbstverteidigungskenntnisse? Die meisten wussten nicht mal, wie man ordentlich zuschlägt, daher könnte es sein Misstrauen wecken, wenn ich jetzt meine Kampf-Skills auspackte. Nicht, dass ich jemanden in dieser Halle damit beeindrucken könnte. Silvans Leute – Sofia inbegriffen – sahen nach knallharten Jungs aus und verfügten zum Teil über jahrelange militärische Erfahrung. Sie würden sich über meine *Kampfkünste* kaputtlachen, aber trotzdem. Besser, ich trug nicht so dick auf.

„Ich habe mal einen Grundkurs in Selbstverteidigung gemacht", log ich. „Und im Zirkus haben die Jungs mir ein bisschen Kämpfen beigebracht."

„Na dann, zeig mal, was du kannst."

Als Silvan unvermittelt auf mich zukam, wich ich überrascht zurück. „Was … ich soll gegen *dich* kämpfen?"

Er hielt inne und sah sich spöttisch um. „Wäre dir jemand anderes lieber?"

Nervös leckte ich mir die Lippen. Gegen Silvan hatte ich doch keine Chance! Er nahm mein Schweigen wohl als nein, denn er kam wieder auf mich zu, aber diesmal zwang ich mich stehenzubleiben. Als er versuchte, mich an den Schultern zu packen, wehrte ich nicht nur geschickt seine Arme ab, sondern versetzte ihm einen gezielten Schlag gegen die Schulter, der ihn einen Schritt zurücktaumeln ließ. Verblüfft sah er mich an, während ich mich für meine Gedankenlosigkeit verfluchte.

Es war eben schwer, seine Reflexe zu unterdrücken, wenn man angegriffen wurde. Leider bewirkte meine unfreiwillige Darbietung, dass Silvan den Schwierigkeitsgrad erhöhte und nun aggressiver vorging. In einer schnellen Abfolge von Schlägen scheuchte er mich quer über die Matte, und ich beschränkte mich darauf, sie halbherzig abzuwehren und ihm auszuweichen.

Es war offensichtlich, dass er nur einen Hauch seiner eigentlichen Kraft in die Schläge legte, und scheinbar merkte er mir Ähnliches an, denn irgendwann blieb er stehen. „Du gibst nicht alles", stellte er mit gerunzelter Stirn fest. „Ich sehe, dass du dich zurückhältst. Warum?"

„Tu ich nicht. Wie kommst du darauf?"

Sein durchdringender Blick verriet mir, dass er mir kein Wort glaubte. „Ich merke es, wenn man mir etwas vormacht. Ich verstehe nur nicht, warum du das tust." Breitbeinig stand er da und verschränkte die Arme vor der Brust. „Vielleicht hast du nicht ganz begriffen, wozu das hier dienen soll, aber du sollst mich *überzeugen*, nicht zu Tode langweilen."

„Also, ich amüsiere mich prächtig", warf der Technikspezialist ein. Diego, glaube ich. „Wenn du fertig bist, darf ich dann auch mal, Boss?" Er erntete Lacher, aber weder Silvan noch ich beachteten ihn. Jegliche Freundlichkeit und Anzüglichkeit in seinem Gesicht löste sich jetzt auf und machte einer kalten, berechnenden Maske Platz. Silvan hatte recht: Ich hielt mich zurück, aber nicht aus dem Grund, den er vermutete. Seinen mahlenden Kiefern nach zu urteilen glaubte er wohl, ich würde die Übung nicht ernst nehmen, dabei wollte ich nur nicht zu kampferprobt wirken.

Etwas an seinem Gesichtsausdruck ließ mich innerlich verkrampfen und einen Schritt vor ihm zurückweichen. Es war, als gäbe es Silvan nicht mehr. Als wäre dieser Mann vor mir ein anderer. *Nein,* korrigierte ich mich. *Das hier IST Silvan. Der gefürchtete Wachhund des Nachtprinzen. Ein eiskalter Killer, der aus gutem Grund so berüchtigt ist.* Ohne Vorwarnung ging er zum Angriff über, der vermutlich nur deshalb danebenging, weil ich vor Schreck aus dem Gleichgewicht geriet. Dieses Glück hatte ich kein zweites Mal. Mit einem vorgetäuschten Schlag nach meinem Gesicht lenkte er meine Aufmerksamkeit auf seine Arme, sodass ich nicht mehr auf seine Beine achtete. Mehr brauchte er nicht, um mir meine unter dem Körper wegzufegen und mich auf die Matte zu befördern.

Uff!

Mit einem dumpfen Knall landete ich auf dem Rücken, Silvan über mir.

An eine Flucht war nicht zu denken. Mit den Händen und seinem Gewicht nagelte er mich auf dem Boden fest, und obwohl ich gerade ernsthaft beunruhigt war, denn er wirkte angesäuert, veranstalteten meine Synapsen ein Freudenfest. Unter ihm zu liegen, war berauschender als jede Droge, sein Geruch vernebelte mir den Verstand. Ich hatte wirklich eine Schwäche für sein Parfüm, aber es war die Kombination mit Silvans Eigengeruch, die ihm erst diese unwiderstehliche Note verlieh.

Sein Gesicht schwebte nur Zentimeter über meinem und bot mir regelrecht eine Steilvorlage, auf seine Lippen zu starren. Es war nur ein flüchtiger Blick, aber er entging ihm nicht. Ein sanfter, elektrischer Schlag durchzuckte mich, als sein Griff um meine Handgelenke lockerer wurde und sein Blick nun ebenfalls meinen Mund streifte. Auf einmal spürte ich alles: Seinen Atem auf meinem Gesicht, wie seine Schenkel an meine Hüften drückten, wie unsere Becken aneinanderrieben. Dann, als hätte ich ihn damit nur noch wütender gemacht, kam Silvan abrupt hoch.

„Schade." Ohne mich eines weiteren Blickes zu würdigen, strich er seine Trainingshose glatt.

„Dabei wirktest du am Anfang so vielversprechend."

Und was sollte das jetzt bedeuten? Dass er mich wieder in die Küche zurückschicken würde? Das durfte ich nicht zulassen. Als Silvan mir den Rücken zukehrte, sprang ich auf und griff ihn an. Es war eine Kurzschlussreaktion, vielleicht aus der aufkeimenden Verzweiflung heraus. Ich durfte ihn nicht in dem Glauben ziehen lassen, dass ich eine Belastung für sein Team wäre. Dass ich mich nicht selbst verteidigen konnte.

Und ja, vielleicht wollte ein Teil von mir auch testen, ob er nicht nur große Töne spuckte, sondern wirklich so gut war, wie alle behaupteten. Leider sah Silvan meinen Angriff kommen. Oder die perplexen Gesichter seiner Kameraden warnten ihn. Jedenfalls duckte er sich unter meinem Schlag weg, wirbelte zu mir herum und schlug mir ins Gesicht.

Okay, das hatte gesessen.

Ich taumelte zwei Schritte zurück, ging aber nicht zu Boden, sondern griff sofort wieder an. *Komm schon, nur einen Treffer*, betete ich zum Allmächtigen. *Lass mich ihm beweisen, dass ich nicht so unfähig bin wie er denkt.* Diesmal scheuchte *ich* ihn mit gezielten Schlägen quer über die Matte. Gut, Silvan spielte natürlich mit und hätte mich, wenn er gewollt hätte, mit nur einem Schlag außer Gefecht setzen können, aber dem neu erwachten

Funkeln in seinen Augen nach zu urteilen, amüsierte er sich viel zu sehr, um es zu beenden.

„Das war hinterhältig", bemerkte er mit kampflustigem Blick, während er mir wieder und wieder auswich.

„Selbst schuld", keuchte ich zwischen zwei Schlägen. „Wir wussten von Anfang an, dass ich keine Chance gegen dich habe." Als ich begriff, dass ich nicht durch seine Abwehr kam, änderte ich meinen Kampfstil, vollführte einen Halbkreis und trat ihm in den Bauch.

Das hatte er nicht kommen sehen.

Perplex hielt er inne und rieb sich über die Stelle. „Scheint, als könntest du doch was. Warum nicht gleich so?" Ein zweites Mal würde er sich bestimmt nicht treten lassen, deshalb ging ich wieder in Boxstellung, bereit, mich für seinen Schlag zu revanchieren. Da sagte er mit einem raubtierhaften Lächeln: „Na schön. Dann machen wir mal ernst."

Ich wusste nicht, wie mir geschah, so schnell lag ich auf der Matte. Mein Hinterkopf schlug hart auf den Boden auf, und kurz sah ich Sterne vor meinen Augen aufblitzen. Erst mit Verzögerung begriff ich, was Silvan getan hatte. Ein Knie auf meinen Bauch gepresst, fixierte er mich auf dem Boden, sein Unterarm lag quer auf meinem Hals und drückte mir die Luft ab. Er war eindeutig zu schwer für mich, daher konnte ich nur wie ein

Fisch auf dem Trockenen zappeln. Jede Strategie, die Emilio mir beigebracht hatte, die Grundregeln der Selbstverteidigung. Alles war weg. Meine Gedanken bestanden nur noch aus einem einzigen Wunsch: wieder Luft zu kriegen. Aber Silvan ließ mich nicht. Als ich ihm in die Augen stechen wollte, drückte er noch brutaler zu.

Meine Sicht verschwamm.

„Das ist dafür, dass du mich hinterrücks attackiert hast", säuselte er verstörend sanft, während mir sein Arm weiter die Luft abdrückte. „Du hast ja keine Vorstellung, wie viele bei dem Versuch schon gestorben sind."

Oh doch, die habe ich!

„Ähm … Silvan?", machte sich Samuele bemerkbar. „Ich bin ja ein Fan deiner Lektionen, aber ich glaube, sie erstickt gleich."

Mein Herz pumpte mittlerweile so verzweifelt nach Sauerstoff, dass es sich anfühlte, als würde es zerreißen. Wurde mein Gesicht schon blau? Fühlte sich auf jeden Fall so an.

„Ich denke, sie hat ihre Lektion gelernt", schaltete sich zu meiner Verblüffung nun auch Sofia ein. Nur am Rande registrierte ich, wie meine Augenlider flatterten, dann bekam ich wieder Luft. Silvan hatte mich losgelassen und sah von seiner knienden Position aus ungerührt auf mich herab. Keuchend rollte ich mich auf den Bauch und schnappte nach Sauerstoff.

„Sie wollte es ja unbedingt wissen", hörte ich ihn sagen. Er stand auf und zog mich ungefragt auf die Beine. Wieder senkrecht stehend maß ich ihn mit einem sengenden Blick, den er mit grimmiger Genugtuung erwiderte. Silvan hätte mich hier und jetzt umbringen können, und niemand hätte es rechtzeitig verhindern können. Es juckte mich in den Fingern, ihm den selbstgefälligen Ausdruck aus dem Gesicht zu prügeln, aber Silvan musste meine Gedanken gelesen haben, denn er sagte: „Vorsicht. Mich solltest du nicht zu oft herausfordern."

„Komm." Sofia winkte mich zu sich, als wäre ich ein ungezogenes Kind, das an die Hand gehörte. „Gehen wir duschen. Eine weitere Lektion von ihm überlebst du nicht." Obwohl Silvan hier das Sagen hatte, erhob er keine Einwände, als ich mich in Bewegung setzte.

Aber ich spürte seine Blicke im Nacken. Als wir schon fast aus der Halle waren, rief er mir hinterher, dass ich mir den restlichen Tag freinehmen sollte. Ich drehte mich nicht zu ihm um.

„Ein gut gemeinter Rat von mir." Sofia hatte mich in eine mit Spinden und Duschen ausgestattete Damen-Umkleide geführt. Mein Atem ging noch immer hektisch und würde wohl noch eine Weile brauchen, bis er sich normalisiert hatte. „Lass dich nicht auf Silvan ein. Junge Küken wie dich verspeist er zum Frühstück."

Ich schaute zu ihr herüber. Dass Silvan nichts anbrennen ließ, war mir schon nach seinem anstößigen Blick bei unserem Kennenlernen klar gewesen. Umso mehr beleidigte es mich, dass Sofia mich für so naiv hielt. „Das hatte ich nicht vor."

Sie schnaubte. „Natürlich, das haben wir alle nicht … bis wir in seinem Bett landen." *Wir*? Hieß das, sie zählte sich dazu? Da ich nicht riskieren wollte, es mir mit der einzigen Frau im Team zu verscherzen, behielt ich die Frage für mich. Sofia machte auf mich nicht den Eindruck, als wäre sie Fremden gegenüber sonderlich aufgeschlossen. Nicht so wie Maria, die sich gleich am ersten Tag mit mir angefreundet und mir ihre Familiengeschichte erzählt hatte.

Nach außen hin sah Sofia vielleicht wie ein Püppchen aus – und eben hatte sie sich für mich eingesetzt –, aber sie strahlte auch etwas Knallhartes, Kühles aus.

Das Handtuch vom Training um ihre Schultern geschlungen näherte sie sich einem offenen Regal. Dort lagerten Shampoos, Seifen und Handtücher. Sie nahm von jedem etwas, kam zu mir und drückte mir den Stapel in die Hände. „Was Frauen angeht, ist Silvan wie ein Kind, das ständig neues Spielzeug braucht, damit es sich nicht langweilt", erklärte sie und ging zu einem Spind, um sich davor auszuziehen. „Jedes Mal, wenn eine Fuhre geretteter Frauen hier ankommt, sucht er sich eine raus, die ihm gefällt, und diesmal ist die Wahl scheinbar auf dich gefallen. Bilde dir nichts darauf ein. Er will dich nur flachlegen. Sobald er das geschafft hat, sucht er sich eine Neue."

Ich schwieg und machte mir meine eigenen Gedanken dazu. Sollte ich es für mich ausnutzen, dass Silvan angeblich auf mich stand, oder könnte das zum Problem werden? Ich hatte meine Strategie zwar in offensiv geändert, aber ich war mir nicht sicher, ob es gut wäre, wenn gerade der Wachhund ein Auge auf mich werfen würde.

Die offene Tür ihres Spinds als Sichtschutz nutzend machte Sofia sich neben mir nackt, wickelte ein Handtuch um sich und ging dann duschen. Ich machte es ihr nach, und da sie mir nichts weiter zu sagen hatte, duschten wir in einvernehmlichem Schweigen. Mein Hals schmerzte an der Stelle, an der Silvan zugedrückt hatte. *Wie leicht es ihm gefallen ist, mich kampfunfähig zu machen*, dachte ich schaudernd. Da hatte sich das wochenlange Training mit Emilio ja richtig gelohnt! Andererseits, was hatte ich erwartet? Dass ich es nach so kurzer Zeit mit einem Ex-Militär aufnehmen könnte?

Offenbar hatte Sofia es eilig, denn als ich aus der Dusche kam, war sie schon angezogen und machte gerade ihren Spind zu. Ohne Abschiedsgruß ging sie in Richtung Tür, als ich rief: „Ähm,

Sofia?“ Merklich widerwillig blieb sie stehen und drehte sich zu mir um. „Wie geht es jetzt weiter? Soll ich noch mal in die Sporthalle zu Silvan?“

„Nein. Er wird dir Bescheid geben, sobald er sich entschieden hat.“

Aha, und das wusste sie *woher* genau? Doch Sofia war gegangen, ehe ich Luft zum Nachhaken holen konnte.

Kapitel 8

„Warte, warte, warte. Noch mal von vorn“, unterbrach Maria mich, als wir in der überfüllten Kantine zu Mittag aßen. Nach zwei Wochen Küchenarbeit war es ungewohnt für mich, die Bewohner aus nächster Nähe und nicht nur flüchtig durch die Schwingtür zu sehen. „Silvan hat dich einfach so zum Training eingeladen?!“

„Na ja, nicht einfach *so*“, räumte ich ein und aß ein Stück Mini-Pizza. Heute war Pizza-Tag. Das hieß, man konnte zwischen sechs verschiedenen Varianten wählen, eine leckerer als die andere und in Miniform gebacken, sodass man mehrere davon schaffte. „Ich habe ihn quasi auf Knien angefleht, mir eine Chance zu geben.“

„Wow. Ich bin erstaunt, dass es geklappt hat. Meine Kollegin Isabelle schwärmt jeden Tag von ihm und sagt, dass es unglaublich schwer ist, an ihn oder jemanden aus dem Team heranzukommen. Du weißt schon, weil sie die Elite sind und meistens für sich bleiben.“ Als ich nur die Schultern zuckte und ein weiteres Mal abbiss, musterte sie mich aufmerksam. „Warum willst du da überhaupt rein? Das hier ist immer noch eine Mafiaorganisation, auch, wenn wir hier relativ gut geschützt sind. Die bekriegen sich da draußen auf den Straßen! Wer weiß, wie viele der Toten, die wir jeden Tag in den Nachrichten sehen, aus unserem Clan sind?“ Kopfschüttelnd ergänzte sie: „Ich glaube nicht, dass ich nachts ein Auge zukriegen würde, wenn ich wüsste, dass du auf den Straßen dein Leben riskierst.“

Ihre Worte rissen mir gleich mehrfach das Herz auf. Einerseits fand ich es rührend, dass sie sich so um mich sorgte, andererseits fühlte ich mich schrecklich, weil ich sie und viele andere hier, die ich ins Herz geschlossen hatte, anlügen musste.

„Ich weiß nicht“, sagte ich und tippelte mit den Nägeln gegen mein Glas. „Ich schätze, ich brauche das Gefühl, etwas zu bewirken. Von Nutzen zu sein. Das soll nicht heißen, dass ich mir zu fein für die Küchenarbeit bin oder nicht schätze, was du und die anderen tun“, fügte ich schnell hinzu, als mir bewusst wurde, wie das für sie klingen musste, aber Maria winkte schmunzelnd ab.

„Hey, mir brauchst du das nicht erklären. Ich würde auch viel lieber etwas Cooleres machen. Beim Wachtrupp arbeiten zum Beispiel oder“, ihre Wangen färbten sich rot, „im Kontrollraum.“

Über den Tisch hinweg musterte ich sie stirnrunzelnd. „Was gibt's denn im Kontrollraum so Aufregendes?"

Als Maria sich grinsend auf die Unterlippe biss, ging mir ein Licht auf. „Sag bloß! Hast du etwa eine Flamme?"

Mit einem bemüht gefassten Gesichtsausdruck spießte sie ein Salatblatt von ihrem Teller auf, aber ihre zuckenden Mundwinkel sprachen Bände. „Möglicherweise."

„Wie ist sein Name und wo hast du ihn kennengelernt?", wollte ich wissen.

Ihre Augen strahlten verliebt. „Er heißt Diego und scheint ein richtiger Technik-Freak zu sein. Eigentlich stehe ich nicht auf Nerds, aber er ist wirklich süß!"

Bei dem Namen klingelte etwas bei mir. „Diego? Hat er zufällig schwarze Haare und beneidenswert gezupfte Augenbrauen?"

„Du kennst ihn?"

Ich nickte. „Er ist in Silvans Team. Ich hab' ihn vorhin erst gesehen. Aber woher kennst *du* ihn?"

Maria nippte an ihrer LemonSoda und überschlug die Beine unter dem Tisch. „Ich begegne ihm manchmal im Flur, wenn er Pause macht oder auf die Toilette geht. Allegra, er ist sooo süß! Und wie er mich jedes Mal anlächelt! Ich kann mich nie entscheiden, ob ich ihn knuddeln oder vernaschen soll."

„Na, ich hoffe doch, vernaschen!", sagte ich lachend. „Knuddeln kannst du mit deinen Kuscheltieren." Ich hatte die Pizzen aufgegessen und zog die kleine Schüssel Salat zu mir heran. Neckend fügte ich hinzu: „Falls Silvan mich aufnimmt, könnte ich ja bei Diego ein gutes Wort für dich einlegen."

Schlagartig verschwand das Entzücken aus ihren Augen, und sie zeigte drohend mit dem Messer auf mich. „Tu das ja nicht, ich warne dich!"

„War nur Spaß", sagte ich lachend. „Ich halte nichts von peinlichen Verkupplungsaktionen. Aber ich könnte mich ja im Fall der Fälle unauffällig umhören, ob er Single ist", schlug ich versöhnlich vor. Damit war sie einverstanden, und nachdem wir aufgegessen hatten, machten wir einen langen Spaziergang auf dem Grundstück und spielten hinterher mit ein paar Leuten im Gemeinschaftsraum Billard.

Abends im Zimmer stellte mich dann eine entrüstete Roberta zur Rede. „Wo zum Teufel warst du heute?! Wir haben uns Sorgen gemacht und dachten, du wärst krank!" Überrumpelt legte ich die dünne Jacke, die ich zum Spazierengehen getragen hatte, über meinen Stuhl.

„Hat Filippo nicht Bescheid gesagt?“ Bevor ich heute Morgen in die Trainingshalle gegangen war, hatte ich ihn in seinem Büro nahe der Küche aufgesucht und ihn über mein Training informiert. Ich war davon ausgegangen, dass er meine Kollegen davon unterrichten würde.

Mit ihrem ausgeleierten Micky Mouse-Shirt warf Roberta sich aufs Bett, machte einen Schneidersitz und deckte ihren Unterkörper zu. Ich konnte es kaum erwarten, bis auch ich meine Privatsachen herholen durfte.

Apropos. Wann teilte man mir die Entscheidung, ob ich hierbleiben durfte, eigentlich mit? Die zwei Wochen waren doch längst rum.

„Na offenbar *nicht*! Der Blödmann war heute wieder besonders schlecht gelaunt und hat uns mit den Worten abgewimmelt, dass wir gefälligst unsere Arbeit machen und nicht so viel herumschnüffeln sollen!“

„Autsch. Klingt ja nicht sehr nett.“ Ich nahm auf meinem Bett Platz.

„Also, wo warst du?“

„Beim Training. Mit Silvan.“

Robertas Kinnlade klappte förmlich bis zum Boden herunter. „Oh, mein Gott, *was*? Wie hast du das denn geschafft? Wobei, was für eine Frage!“, winkte sie schnaubend ab. „Du passt ja genau in sein Beuteschema.“

Sofort musste ich an Sofias Worte denken, dass Silvan in mir nur ein neues Spielzeug sah. „Du meinst, weil er es wie die Karnickel treibt?"

Sie prustete los. „Du hast also schon davon gehört, sehr gut. Aber selbstverständlich bist du nicht so naiv und fällst auf ihn rein. Oder?", wurde sie wieder ernst.

Wow, Silvan musste ja ein schlimmer Finger sein, wenn mich jetzt schon die zweite Frau vor ihm warnte. „Garantiert nicht."

„Gut, dann darfst du mir jetzt erzählen, wie es war."

„Oh, *darf* ich das?", fragte ich lachend. „Vielen Dank!" Roberta grinste, dann erzählte ich ihr, was ich auch Maria berichtet hatte, wobei ich den Teil, dass er mich fast erwürgt hatte, auch diesmal ausließ.

Schließlich fragte sie: „Heißt das, du bist jetzt im Team? Müssen wir etwa nach nur zwei Wochen schon wieder auf dich verzichten?"

Ich saß an die Wand gelehnt und schob ein Kissen hinter meinen Rücken, da es langsam wehtat.

„Wüsste ich auch gern. Leider hat er nicht gesagt, wann oder ob ich wiederkommen soll. Sofia hat mich unter die Dusche geschleift und gesagt, er würde sich melden." Mit einem Schulterzucken schloss ich meinen Bericht ab.

„Hm“, machte Roberta mit scheinbar gemischten Gefühlen.

„Wie läuft das denn sonst ab?“, fragte ich. „Du lebst ja schon eine Weile hier.“

„Keine Ahnung, wir kriegen hier unten ja kaum etwas mit.“ Verschlagen sah sie mich jetzt an. „Wenn du es in sein Team schaffst, hätten wir endlich eine Spionin, die uns berichten kann, was hinter den Kulissen abgeht.“

Ich lächelte gequält. *Die habt ihr jetzt schon.*

Wir redeten noch bis tief in die Nacht, dann machten wir uns bettfertig und löschten die Lichter im Zimmer. „Ach ja, eins noch“, erklang Robertas Stimme in der Dunkelheit. „Wenn es geht, solltest du Elisa nicht verklickern, dass Silvan auf dich steht. Sie ist mächtig in ihn verknallt und könnte dich sonst hinterrücks mit einem Messer erstechen.“

„Danke für die Warnung“, sagte ich schmunzelnd.

Als sich am nächsten Morgen niemand bei mir meldete, trat ich wie üblich meine Schicht in der Küche an. So früh gab es oft noch nicht viel zu tun, deshalb frühstückten wir gern mal bis 10 oder

20 nach 7. Natürlich nur, wenn Filippo noch nicht da war, was heute wieder der Fall war. Ich beherzigte Robertas Ratschlag und gab Elisa die nüchterne Version der gestrigen Geschehnisse wieder – wobei ich mehrfach betonte, wie wenig Interesse ich an Silvan hatte.

Bis dieser plötzlich in die Kantine spazierte.

Heute trug er andere Trainingssachen, aber auch die betonten seinen wohlgeformten Körper, als wären sie auf ihn zugeschnitten. Laut meinen Kolleginnen ließ er sich sonst nie, wirklich nie, in der Kantine blicken. Daher konnte ich nachvollziehen, dass Elisa rot anlief und sich fast an ihrem Essen verschluckte.

„Hey, was … machst du denn hier?“, fragte ich Silvan verblüfft, während Roberta neben mir ehrfurchtsvoll die Augen aufriss.

Er lachte, tief und klangvoll. „Die Frage lautet wohl eher, was *du* hier machst?“ Mit einem demonstrativen Blick auf seine Armbanduhr fragte er: „War dir das Training gestern zu heftig und du hast es dir anders überlegt oder warum hast du nicht um Punkt 7 Uhr auf der Matte gestanden?“

„Ähm. Ich wusste nicht, dass ich im Team bin.“

„Bist du auch nicht. Jedenfalls *noch* nicht.“ Er ging zum Büfett und nahm sich ein Cornetto. „Ich kann unmöglich anhand eines Tages entscheiden, ob du für den Einsatz geeignet bist oder nicht.

Also, hopp, hopp!“ Sich das komplette Hörnchen in den Mund werfend klatschte er auffordernd in die Hände. „Um diese Uhrzeit sind wir längst beim Ausdauertraining. Wenn du noch dabei sein willst, solltest du deinen hübschen Hintern von diesem Stuhl kriegen“, sagte er mampfend.

Hübscher …?! Perplex sprang ich auf, dann fiel mein Blick auf meinen Teller.

„Wir machen das schon“, warf Roberta lächelnd ein, bevor sie Silvan wieder mit diesem ehrfürchtigen Blick musterte. „Geh.“

Dankbar nickte ich ihr zu. Dabei entging mir nicht, dass die sonst so geschwätzige Elisa noch kein Wort gesagt hatte, seitdem Silvan die Kantine betreten hatte. Ich hoffte, sie interpretierte in die Tatsache, dass er mich persönlich holen gekommen war, nicht zu viel hinein. Oder in die Hinternsache. Wobei ich ja nicht glauben konnte, dass er das wirklich gesagt hatte.

Auf unserem Weg nach draußen erfuhr ich, dass Silvans Team jeden Tag mit einem Training startete. An einem Tag war es Kampftraining, am nächsten Ausdauertraining und den Tag darauf Schießübungen.

Am Tor des Anwesens wartete das Team schon auf uns, allerdings waren nicht alle anwesend. Diego fehlte. Außerdem Sofia und mindestens noch eine Person, da ich nur zehn Leute zählte. Als Silvan ein Handzeichen gab und sich die schweren Eisentore öffneten, sah ich ihn überrascht an.

„Wir laufen *draußen*?!“

Silvan öffnete den Mund, aber Fabio kam ihm zuvor. „Natürlich oder willst du eine Stunde lang um das Schloss rennen?“

Ich warf ihm einen schneidenden Blick zu, entschied aber, seine Bemerkung zu ignorieren. Er war ein fester Bestandteil des Teams, hatte nach Silvan das Kommando darüber. Es würde nur Ärger bringen, wenn ich mich auf seine Provokationen einließ. Mit etwas Glück wurde es ihm irgendwann zu blöd und er ließ mich in Ruhe.

„Was Fabio damit sagen will, ist, dass es am Morgen weitgehend ungefährlich ist, das Grundstück zu verlassen“, erklärte Silvan mit einem tadelnden Blick in dessen Richtung. „Es gibt einen Kodex unter Mafiosi: Tagsüber laufen die Drogengeschäfte und abends Mord und Prostitution. *Wenn* wir angegriffen werden, dann nachts.“ Als Silvan losjoggte und Fabio sich dicht hinter ihm hielt, nahm ich an, dass es beim Joggen eine hierarchische Ordnung gab. Als ich mich ans Ende der Kette zurückfallen lassen wollte, schüttelte der sympathische Samuele jedoch den Kopf. „Du läufst vor mir. Nur für den Fall, dass wir doch angegriffen werden.“

„Ist das denn schon mal passiert?“, fragte ich schaudernd.

„Nein, aber man weiß ja nie."

Wir konnten uns noch ein paar Minuten lang unterhalten, aber dann zog Silvan das Tempo so gnadenlos an, dass ich jeden Atemzug zum Laufen brauchte. Sport hatte im Zirkus zum guten Ton gehört, deshalb hatte ich keine Probleme, mit den Ex-Soldaten schrittzuhalten. Auch nicht, als meine Lungen anfingen, protestierend zu brennen. Das Gute war, dass man nur die berühmte Schwelle von 30 Minuten überschreiten musste, danach konnte man quasi stundenlang weiterlaufen. Und so joggten wir mal schneller, mal langsamer durch Pinienwälder, über Hügel und schmale Wasserstraßen, ebene Areale und an den hochaufragenden Gebirgen vorbei.

Nach dem Joggen brachten wir unseren Puls mit einem ausgedehnten Spaziergang wieder runter, und ich fühlte mich seit langer Zeit mal wieder richtig erleichtert. Auf dem Anwesen durften wir uns zwar frei bewegen, aber umgeben von meterhohen Mauern kam man sich auf Dauer wie in einem Hochsicherheitsknast vor. Doch hier, zwischen Vogelgesängen, dem sanften Rascheln der Blätter im Wind und den Gerüchen des Waldes konnte ich beinahe vergessen, dass die Menschen um mich herum meine Feinde waren.

An der Spitze hatten Fabio und Silvan die Köpfe zusammengesteckt, aber ich konnte nicht verstehen, worüber sie sprachen, da Samuele und Matteo hinter mir Witze rissen und mit ihrem Gelächter alle Stimmen übertönten. Mehrmals erwischte ich mich dabei, wie ich mitlachte, manchmal drehte ich mich auch zu ihnen um und kommentierte sie. Im Nachhinein betrachtet war es bescheuert, aber ich hatte mir die Eliteeinheit des Nachtprinzen immer als schattenhafte, gewissenlose Krieger vorgestellt, die wie Ninjas lautlos über Dächer huschten, ihre Zielperson töteten und dann wieder in den Schatten verschwanden, aus denen sie gekommen waren. Aber nun hatten sie Gesichter und Namen, und ich erkannte, dass sie gewöhnliche Menschen mit Träumen und Vorlieben waren.

Menschen, die ich schon bald verraten würde.

Und mit jedem Tag wollte ich es weniger.

Für mich endete das Training nach dem Joggen. Silvan entließ mich mit dem Lob, dass ich erstaunlich gut in Form wäre, und erinnerte mich daran, dass er mich morgen pünktlich um 7 Uhr in der Sporthalle erwartete. Zum Schießtraining im angrenzenden Raum. Vorher sollte ich mich bei Vincent melden, der beurteilen musste, ob ich auch seelisch dazu in der Verfassung war. Mich schauderte bei der Vorstellung, eine Waffe in die Hand nehmen und benutzen zu müssen, aber was tat man nicht alles für seine Tarnung? Silvan durfte keinen Zweifel daran hegen, dass ich es mit seinem Team ernst meinte, dass es mein größter Wunsch war, ihn zu den Außeneinsätzen zu begleiten. Erst, wenn er mich für fähig genug erachtete, wenn er mir bedingungslos vertraute, würde er mich in sein Team aufnehmen. Und dann würde ich endlich an den Prinzen herankommen

Silvan gab mir eine Aufgabe mit, bevor er mich wegschickte. Ich sollte nach dem Frühstück in die große Bibliothek gehen und einen Ratgeber über Schusswaffen lesen, damit ich morgen nicht gänzlich unvorbereitet zum Schießtraining käme. Das war doch mal eine angenehme Abwechslung zur hektischen Küchenarbeit.

Die Frühstückszeit war fast rum, als ich frisch geduscht und umgezogen die Kantine betrat. Daher wunderte es mich auch nicht, dass ich inmitten der überschaubaren Personenanzahl keine Maria entdeckte. Ihr blieben morgens nur zehn Minuten zum Frühstücken, dann musste sie im dritten Stock die Toiletten und Flure putzen und sich Etage für Etage nach unten arbeiteten. Unter dem üblichen Haufen großspuriger Wachleute, die wie immer die mittleren Tische beanspruchten, entdeckte ich wieder meinen unheimlichen Schatten. Inzwischen wusste ich, dass er zu ihnen gehörte, und natürlich hatte er mich ins Auge gefasst.

Schaudernd dachte ich an seine kryptischen Worte zurück, dass er *noch* nichts von mir wollte. Was sollte das bedeuten? Was könnte ein Wachmann von einem Neuling wie mir wollen? Und was noch viel beunruhigender war: Warum glaubte er, ich würde es ihm geben, beschaffen oder was auch immer?

Ich bediente mich an den Büfettresten, füllte mir traditionell eine große Tasse Kaffee ein und setzte mich an einen Tisch nahe der Küche. Jedes Mal, wenn die Schwingtür aufging, machte ich bei dem Versuch, meine Kolleginnen auf mich aufmerksam zu machen, den Hals lang, aber sie waren so in ihre Arbeit vertieft, dass sie Ewigkeiten brauchten, um mich zu bemerken.

Beim vierten Mal funktionierte es und Roberta kam mit umgebundener Schürze und einem Lappen zu mir.

„Und wie war's?", fragte sie und tat, als würde sie meinen Tisch wischen. Filippo mochte es nicht, wenn wir während der Schicht in der Kantine abhingen und quatschten, aber solange es aussah, als würden wir arbeiten, ließ er uns in Ruhe.

„Anstrengender als gedacht, aber es war befreiend, mal etwas anderes als die Schlossmauern zu sehen", antwortete ich und sah zu ihrem dunklen Lockenkopf hoch. Während der Arbeit musste sie einen Zopf tragen, was bedauerlich war, da sie eine beneidenswerte Lockenpracht hatte, die ihr bis über die Schultern fiel. Roberta war der Meinung, dass sie mit der schwarzen Brille und ihrem molligen Körper nie einen Freund finden würde, dabei fand ich sie total hübsch, und es gab genug Männer, die auf Kurven standen. Das hatte ich ihr auch so gesagt, leider schwärmte sie immer noch für diesen Schürzenjäger Gustavo, und der stand auf das genaue Gegenteil, was ihr Selbstbewusstsein nicht gerade stärkte. „Wie ist das eigentlich für dich? Du arbeitest schon so lange hier. Vermisst du nicht manchmal die sozialen Kontakte *außerhalb* dieser Festung?" Mit einer Geste schloss ich die Steinmauern um uns herum ein.

„Na ja, ich sag mal so: Wer seine Wochenenden am liebsten mit der Familie verbringt, ist hier wohl fehl am Platz. Und wie du weißt, habe ich nur noch meinen Vater, und der wird bestens von seinen drei Schwestern versorgt." Stimmt, ihre Mutter war schon vor Jahren gestorben. Unwillkürlich musste ich an Nino denken, für den ich das alles tat. Seit 17 Tagen hatte ich ihn nicht mehr gesehen. Solange befand er sich schon in den Klauen der *Corvi* und stand vermutlich Todesängste aus. Dieser Gedanke allein genügte, um die Zweifel, die ich vorhin gehabt hatte, wieder fortzuwischen. Ich musste das hier tun. Es hieß, *die* oder mein Bruder, und ich würde mich *immer* für Nino entscheiden, egal, wie schwer mir der Mord und der damit verbundene Verrat an meinen neuen Freunden fallen würde. „Ich habe mich freiwillig hierfür entschieden“, sprach Roberta weiter.

„Außerdem ist es ja nicht so, dass wir hier eingesperrt sind. Wer nicht mehr in der Probezeit ist, kann jederzeit *Urlaub* einreichen und für ein paar Tage oder Wochen nach Hause fahren. Ich war erst letzten Monat bei meiner Tante und hab das Wochenende dort übernachtet.“ Kurz wurde sie still, dann fragte sie: „Hey, alles okay?“

Ich schüttelte die düsteren Gedanken ab. „Ja, ich … frage mich nur, wann ich endlich Bescheid kriege, ob ich im Clan bin“, improvisierte ich. „Und wie mein Vertrag aussehen wird. Es gibt doch einen Vertrag, oder?“

Meine Ablenkung funktionierte. Roberta schmunzelte. „Du darfst natürlich keinen richtigen Arbeitsvertrag erwarten, aber ja, es gibt einen Vertrag, in dem deine Mitgliedschaft und dein Gehalt festgehalten sind.“

Fast wäre mir herausgerutscht, dass wir bei den *Corvi* von solchen Arbeitsbedingungen nur träumen konnten, als mein Blick zu meinem Beobachter glitt, dessen Aufmerksamkeit jetzt seinen Kameraden galt. „Sag mal, wer ist der beinahe kahlgeschorene Typ dahinten?“

Roberta tat, als würde sie weiterwischen, umrundete den Tisch und linste zu ihm herüber. „Du meinst Claudio? Wieso? Stehst du auf ihn?“

„Im Gegenteil, ich finde ihn gruselig“, gestand ich. „Weißt du etwas über ihn? Wie lange er schon hier ist zum Beispiel?“

Roberta überlegte. „Er hat auf jeden Fall nach mir hier angefangen. Ich würde schätzen, vor einem dreiviertel Jahr ungefähr. Wieso fragst du?“

„Ach“, winkte ich ab. „Er guckt mich nur manchmal so komisch an.“

„Vielleicht steht *er* ja auf dich“, überlegte sie grinsend.

Das glaubte ich weniger, aber um das Thema abzuhaken grinste ich zurück.

In den Weiten der Bibliothek suchte ich nach besagter Lektüre. Einen Bibliothekar hatte ich hier noch nie gesehen, aber irgendjemand musste die Regale beschriftet und die Bücher übersichtlich nach Kategorien sortiert haben. Wie üblich begeistert von der Bücherauswahl schlenderte ich durch die Regalreihen und fand im hinteren Bereich gleich ein ganzes Abteil mit Schusswaffenlektüre.

Ich zog ein Buch mit dem Titel *Grundlagen der Waffen- und Munitionstechnik* heraus, nahm auf einem Sessel Platz und begann, widerstrebend zu lesen. Ich hasste Schusswaffen. Hasste es, wie viel Leid und Terror die Menschen damit verursachten und wie schnell sie Leben damit auslöschten.

Jetzt könnte man wieder fragen, warum ich mich dann mit der Mafia eingelassen hatte. Ganz ehrlich? Diese Frage stellte ich mir seit drei Jahren. Ich fokussierte meine Gedanken auf die Lektüre und war überrascht, wie verständlich sie geschrieben war. Die Kapitel waren kurz und übersichtlich und enthielten auffallend wenig Fachbegriffe, sodass auch der letzte Depp das Geschriebene nachvollziehen konnte.

Irgendwann, ich blätterte gerade die Seite 64 um, ließ meine Aufmerksamkeit nach und mein Blick schweifte zum Computertisch ab. In dem Strudel aus Bildern, Anleitungen und Merksätzen in meinem Kopf begriff ich nicht sofort, was das bedeutete. Aber dann durchzuckte es mich wie ein Blitz. Ich war allein in der Bibliothek! Und direkt vor mir, nur drei Meter entfernt, standen die Computertische. Ich könnte Carlo eine E-Mail schicken. Könnte fragen, ob es Nino gutging und ihn wissen lassen, dass er sich keine Sorgen um mich machen brauchte.

Ich war schon halb aufgestanden, als sich meine Vernunft einschaltete. *Du willst ihm schreiben?*

Und was bitte? Carlo ist nicht dein Kumpel oder irgendein dahergelaufener Gangster. Wenn du es schon wagst, dem Clan-Chef eine persönliche Nachricht zu schicken, dann solltest du etwas Positives zu berichten haben. Wie etwa die Bekanntgabe, dass du kurz davor stehst, seinen Erzfeind zu ermorden. Frustriert plumpste ich in den Sessel zurück. Von Neuigkeiten dieser Art war ich noch weit entfernt. Auch, wenn alles in mir danach schrie, ein Lebenszeichen von Nino zu bekommen – ich ließ es bleiben.

Eine halbe Stunde später läutete es zum Mittagessen, und länger hätte ich es auch nicht mehr ausgehalten, meine Nase in das Buch zu stecken. Ich hatte noch nie drei Stunden am Stück gelesen, außer in der Schule vielleicht. Das spürte ich auch an dem unterschwelligen Druck im Kopf.

Die Lektüre nahm ich mit, so konnte ich nach dem Mittag- und Abendessen noch ein bisschen darin blättern, bevor es morgen an die Praxis ging. Ich machte in der Toilette im Erdgeschoss Halt und fragte mich, ob Silvan und Co. sich wohl gerade für den Einsatz heute Abend vorbereiteten. Beim Joggen vorhin hatte ich mitbekommen, wie Lorenzo und noch jemand sich darüber unterhalten hatten. Scheinbar lief heute Abend ein großes Ding, aber sie waren nicht näher ins Detail gegangen.

Ich betätigte die Klospülung und zog gerade meine Hose hoch, als die Eingangstür aufflog und ungebremst gegen die Fliesenwand knallte. Das Geräusch ließ mich zusammenzucken. Da hatte es aber jemand eilig. Ich verließ die Kabine in dem Moment, als die Person in die Nebenkabine stürzte, auf die Knie fiel und sich übergab. Schnell huschte ich zum Waschbecken und beeilte mich mit dem Händewaschen, um der Frau ihre Privatsphäre zu lassen. Wenn ich mich übergeben würde, würde ich auch keine Zuschauer haben wollen.

Aber dann warf ich einen Blick in den Spiegel und erkannte wellige Haare und knallgelbe Absatzschuhe. Das war doch Sofia! Scheinbar hatte sie nicht bemerkt, dass noch jemand im Bad war. Würgend und stöhnend rappelte sie sich wieder auf, drehte sich zu mir um und erstarrte.

Mit einer Hand auf ihrem Bauch.

Kapitel 9

Sofia wurde kreidebleich im Gesicht, und ich hatte so das Gefühl, dass es nicht am Erbrechen lag. Da man keine Wölbung erkennen konnte, musste sie sich in einer frühen Phase befinden, aber die Hand auf ihrem Bauch war unmissverständlich. „Ich … ich wusste nicht, dass du ...“

Ihr Blick wurde hart wie Granit. Mit einem mörderischen Ausdruck in den Augen sagte sie: „Wenn du auch nur einer Menschenseele hiervon erzählst“, sie deutete auf ihren Bauch, „bringe ich dich um!“

„Klar, okay. Ich sage kein Wort.“ In meinem Kopf rasten die Gedanken. Sofia war schwanger. Etwa von Silvan? Das würde erklären, warum sie nicht begeistert ausgesehen hatte, als sie uns neulich im Flur begegnet war, oder warum sie mich vor ihm gewarnt hatte. Aber wenn Silvan angeblich auf mich stand, hieß das dann, dass er von ihrer Schwangerschaft nichts wusste? Oder wusste er es und flirtete trotzdem vergnügt weiter? Ich entschied, draußen weiter darüber zu grübeln, und machte, dass ich aus der Damentoilette kam.

In der Kantine traf Maria nur wenige Augenblicke nach mir ein, und sie sah mir sofort an, dass ich durcheinander war. Mehrmals unterbrach sie unser Gespräch und fragte, warum ich heute so abwesend wirkte, und ich schob es jedes Mal auf die Lektüre, die ich in den letzten Stunden quasi inhaliert hatte. Den Rest unserer Mittagspause verbrachten wir in Marias Zimmer, wo ich erfuhr, dass Diego sie endlich angesprochen hatte. Insgeheim hatte sie schon gewettet, wann er den Mut dazu aufbringen würde, das Gespräch war allerdings kurz gewesen, da der Prinz aufgetaucht war und Diego mitgenommen hatte.

„Dieser Prinz ist echt unheimlich“, sprach Maria aus, was ich schon am ersten Tag gedacht hatte. „Er ist wie ein Geist, der einfach so hinter einem auftaucht und sich dann wieder in Luft auflöst. Mittlerweile darf ich ja die Zimmer putzen, aber ich habe ihn noch nie in seinem gesehen. Oder in einem anderen da oben. Und er spricht nie ein Wort, wenn Angestellte dabei sind, nur mit seinem Team, und ständig ist er von oben bis unten vermummt.“

„Glaubst du die Gerüchte über seine Verbrennungen?“, fragte ich und griff in die Chipstüte, die ich aus dem Snackautomaten im Flur hatte. „Ich nämlich nicht. Ich glaube, er leidet einfach unter heftigem Verfolgungswahn und verhüllt sich deshalb so."

„Na ja, verständlich, oder?" Sie langte in meine Tüte. „Immerhin müssen sich die beiden Clans Kalabrien und ihre Bewohner teilen und welche Verbrecherorganisation tut das schon gern? Die Anführer wollen sich schon seit Jahren tot sehen. Ich wette, der *Corvi*-Boss ist genauso paranoid."

Jep, das war er. Wenn er im Gegensatz zum Prinzen auch nicht seine Identität verbarg. „Aber komisch ist es trotzdem", sagte ich kauend. „Ich meine, warum spricht er nicht? Dass er sein Gesicht verhüllt, kann ich ja noch verstehen, aber das Stummsein? Hat er etwa Angst, dass man ihn an seiner Stimme …?" Und dann wurde es mir schlagartig klar.

„Oh, mein Gott! Was ist, wenn der Prinz jemand aus dem Elite-Team ist? Das wäre doch die perfekte Tarnung!" Als wäre ein Damm in mir gebrochen, sprudelten die nächsten Worte nur so aus mir heraus. „So wäre die Aufmerksamkeit seiner Feinde auf den Prinzen gerichtet, während er sich unmaskiert und anonym im Schloss bewegen kann. Das würde auch erklären, warum man ihn so selten sieht. Weil er nämlich die ganze Zeit vor unseren Augen ist und nur dann in die Rolle des Prinzen schlüpft, wenn es notwendig ist! Verdammt, das ist es!" Vor Aufregung überschlug sich meine Stimme beinahe.

„Hm, da könnte wirklich was dran sein.“ Maria musterte mich, und ich konnte nur erahnen, wie erhitzt mein Gesicht sein musste. Ich hatte des verdammten Rätsels Lösung! „Aber was wäre so schlimm daran?“

„Schlimm? Gar nichts, ich … es überrascht mich nur, dass ich nicht schon vorher darauf gekommen bin“, ruderte ich zurück. Mein Herz klopfte wie wild in meiner Brust, aber ich musste vorsichtig sein. Ich durfte mich vor meiner Freundin nicht so hinreißen lassen. Für Maria war diese Feststellung höchstens interessant, wohingegen sie für mich alles änderte. Denn jetzt musste ich nur noch achtgeben, welches Teammitglied fehlte, wenn der Prinz anwesend war, und schon kannte ich seine Identität!

Anstatt das Waffenbuch weiterzulesen, ging ich, nachdem Maria fort war, in Gedanken alle Gelegenheiten durch, bei denen ich den Prinzen gesehen hatte. Viele waren es nicht. Das erste Mal war in der Halle gewesen, aber da hatte nur Silvan sein Gesicht entblößt, während das restliche Team vermummt geblieben war. Silvan konnte ich damit ausschließen, den Doc mit seinen ellenlangen Beinen, wenn man ihn denn zum Team mitzählen wollte, ebenfalls, und Sofia auch. Samuele flog wegen seiner blonden Haare auch von meiner

Verdächtigenliste, genauso wie der glatzköpfige Waffenexperte, und da der Prinz aufgetaucht war, als Maria mit Diego gesprochen hatte, er ebenso.

Damit blieben acht Verdächtige, was ein gewaltiger Fortschritt war, wenn man sich die zurückliegenden, ergebnislosen Wochen anschaute.

Am Abend hing ich mit Elisa, Roberta, Maria und Luca im Gemeinschaftsraum ab, wo ich mir die teils schwärmerischen, teils missbilligenden Blicke der Köchinnen mitansehen musste, denn die Schönlinge Gustavo und Mario waren wieder heftig am Flirten. Diesmal mit den Mädchen aus der Reinigung. Um 23 Uhr kam Roberta auf die glorreiche Idee, noch einen Nachtspaziergang zu machen. Maria war müde und zog sich ins Bett zurück, Luca hatte auch keine Lust, nur Elisa schloss sich uns nach kurzer Überlegung an.

Zu dritt schlenderten wir über das Gelände, und ich erzählte den Mädchen von meiner Erleuchtung.

Elisa war weniger überzeugt von meiner Theorie, da im Laufe der Jahre immer wieder Elitemitglieder bei Einsätzen gestorben waren, was bedeutete, dass der Prinz selbst schon hätte tot sein können.

Ich hielt trotzdem an meiner Behauptung fest. Für mich war das die einzige plausible Erklärung, wie es ihm gelungen war, so lange unentdeckt zu bleiben, sogar unter seinen eigenen Leuten.

Roberta war weder für noch gegen meine These, sie sagte nur, dass es denkbar wäre.

Ich wollte sie gerade mit Argumenten auf meine Seite ziehen, als Tumult hinter uns erklang. Wir blieben stehen und drehten uns zu den lauten Stimmen um, die aus Richtung des schwerbewachten Tores kamen. Hunde fingen an, zu bellen, und sämtliche Scheinwerfer auf dem Anwesen richteten sich auf das Tor, sodass wir von der einen auf die andere Sekunde im Dunkeln standen.

„Was ist da los?“ Elisa wollte einen Schritt in die Richtung machen, aber Roberta hielt sie am Arm zurück.

„Bist du verrückt? Was, wenn wir angegriffen werden?“

„Keine Sorge, ich passe auf.“

„Elisa“, appellierte ich an sie, aber da befreite sie sich schon von Roberta und lief los. Wir hatten keine andere Wahl, als ihr zu folgen, wenn wir sie nicht allein gehen lassen wollten. Schon in der Vergangenheit war mir aufgefallen, dass Elisa die wagemutigere der beiden war. Manchmal stibitzte sie vor Filippos Augen Essen oder setzte sich während der Schicht zu den Wachleuten an den Tisch und plauderte mit ihnen.

Einmal hatte sie sich angeblich sogar unbemerkt in die zweite Etage und wieder zurückgeschlichen. Normalerweise konnte ich über ihre Aktionen lachen, aber jetzt nicht.

Das hier war kein Spaß!

Bevor wir nahe genug am Tor waren, um erkennen zu können, was vor sich ging, stellte sich uns ein bewaffneter Mann in den Weg, „Geht ins Schloss und bleibt dort bis auf Weiteres." Er drängte uns wieder zurück.

„Weißt du, was da los ist?", wollte Elisa wissen und linste an seinen breiten Schultern vorbei.

„Geht ins Schloss, habe ich gesagt!" Unter seinem schroffen Ton hörte ich Nervosität heraus. War es *so* ernst?

„Komm schon", sagte ich alarmiert und nahm ihre Hand. Ich war ja selbst neugierig, aber falls der Feind vor den Toren stand, wollte ich ungern ins Kreuzfeuer geraten. Wir kehrten um und gingen zügigen Schrittes in Richtung Schloss zurück. Immer mehr Wachen strömten jetzt über das Gelände zum Tor, einige brüllten Befehle in ihre Headsets. Das Letzte, was wir sahen, bevor wir durch die Eingangstür gingen, war, wie das massive Sicherheitstor hinter uns aufschwang, ein schwarzer Van hindurchbretterte … und ungebremst gegen den nächsten Baum krachte.

Angespannt wie Flitzebögen klebten wir an den milchigen Fenstern der Eingangshalle und versuchten, in der Ferne etwas zu erkennen. Leider war es nicht nur dunkel draußen, uns standen auch etliche Bäume im Weg, aber dort am Tor ging eindeutig etwas Ernstes vor sich. War der Einsatz schiefgelaufen? War Silvans Team bis hierher verfolgt worden?

Der Tumult auf dem Grundstück ließ nicht nach. Befehle wurden geschrien, um Hilfe gerufen und unablässig bellten die Hunde. Ich konnte sehen, wie Männer zu dem zertrümmerten Van rannten und die Insassen herauszogen, aber schwarz gekleidet und vermummt wie sie waren, konnte ich nicht erkennen, um wen es sich handelte. Elisa und Roberta spekulierten darüber, als mir einfiel, dass jemand dem Doc Bescheid geben sollte.

„Ich hole Vincent", informierte ich die Mädchen und rannte los. Ohne anzuklopfen stürmte ich in sein Büro hinter der Treppe, aber es war niemand da, auch nicht im Nebenraum. Dann musste er in seinem Zimmer sein. Zwei Stufen auf einmal nehmend hastete ich die große Treppe empor, in der ersten Etage stellten sich mir dann wie erwartet Wachen entgegen. „Ich muss sofort zu Vincent. Jemand aus dem Team ist zurückgekehrt, ich glaube, es gibt Verletzte", erklärte ich atemlos. Die Männer trugen keine Headsets, deshalb waren sie wohl noch nicht darüber informiert. Aber ich schien so aufgewühlt auszusehen, dass sie mir glaubten und den Weg freigaben.

Im dritten Stock fiel mir ein, dass ich mich eventuell nach Vincents Zimmernummer hätte erkundigen sollen, denn die Türen reihten sich auf dieser Etage nur so aneinander und ich hatte keine Ahnung, welches seins war. Ich wollte gerade nach ihm rufen, als ich sah, dass die Tür des Prinzen einen Spalt weit offen stand. Und … war das etwa eine Bewegung im Zimmer gewesen?

Mein Herz machte einen Satz.

Das wäre *die* Chance!

Von Maria wusste ich, dass Silvan nie seine komplette Crew zu den Einsätzen mitnahm, da er a) nicht immer alle brauchte und b) einige vom Kontrollraum aus arbeiteten, wie Diego, unser Computerexperte, zum Beispiel. Das hieß, dass einer der Hiergebliebenen der Prinz sein musste und der wanderte offenbar gerade in seinem Zimmer herum! So eine Gelegenheit würde ich nie wieder bekommen. Ich war allein hier und der Lärm da draußen ließ annehmen, dass die Wachen noch eine ganze Weile abgelenkt sein würden.

Aber jemand aus dem Team muss schwer verletzt sein, wenn er seinen Wagen um einen Baum wickelt, mischte sich eine besorgte Stimme in meine Gedanken. Für die Person könnte jede Sekunde zählen. Konnte ich das mit meinem Gewissen vereinbaren? Sicher, ich hatte vor, ihren Anführer zu töten, aber ich tat es, weil ich keine andere Wahl hatte, weil man mich mit dem Leben meines Bruders erpresste. Deshalb war ich noch lange kein Mensch, der so einfach über Leichen ging – mit Ausnahme der des Prinzen natürlich. Und nach allem, was ich bislang von Silvans Männern gesehen und gehört hatte, waren die meisten von ihnen gewissenhafter als alle Gangster in meinem Clan zusammen.

Ich wusste, dass ich es später bereuen würde, aber meine Moral siegte und ich rief nach dem Doc. Wenige Atemzüge später stand ein verschlafen aussehender Vincent mit verstrubbelten Haaren in der Tür gegenüber und blinzelte mich an. „Allegra, was ist los?"

„Das Team ist zurück. Es gibt Verletzte."

Sofort hellwach eilte er barfuß ins Zimmer zurück, kam Augenblicke später mit Brille und Schuhen wieder und folgte mir die Treppe hinunter. „Weißt du, was passiert ist?" Im Gehen steckte er sein Hemd in die Hose.

„Nein, die Wachen haben uns reingeschickt, bevor wir etwas erkennen konnten, aber es scheint ernst zu sein."

Wir erreichten das Foyer in dem Moment, als zwei Männer durch die Eingangstür stolperten. Es handelte sich um Silvan, der einen blutüberströmten Samuele stützte. Oh, Gott, Samuele! Ein

Angstschauer lief mir über den Rücken, als ich die Blutspur sah, die er auf dem Boden hinterließ.

Aber Silvan sah auch nicht besser aus. Eine stark blutende Platzwunde entstellte seine sonst makellose Stirn, das Blut lief an seinem Auge vorbei die Wange hinunter, und so wie er sich mit der freien Hand die Seite hielt, schien er dort verletzt zu sein.

Wir waren nur noch wenige Stufen entfernt, als Samuele in der Eingangshalle zusammenbrach. Silvan, der ihn scheinbar nicht mehr halten konnte, ging mit ihm in die Knie.

„Ihr beiden. Geht runter und sagt allen, sie sollen dort bleiben, bis euch jemand das Okay gibt, wieder hochzukommen“, wies der Doc meine kreidebleichen Kolleginnen an, bevor er Samuele unter die Arme griff. Zu mir sagte er: „Du hilfst mir.“ Ich nickte, und gemeinsam hievten wir den Verletzten auf die Beine. Stöhnend rappelte Silvan sich neben uns auf und wollte mir Samuele abnehmen, aber Vincent schüttelte den Kopf. „Vergiss es, du kannst selbst kaum stehen. Allegra macht das. Schnell jetzt! Ins Krankenzimmer mit ihm, bevor er uns verblutet!“

Samuele war mittlerweile kaum noch ansprechbar und hing schlaff in unseren Armen, sodass wir uns sein komplettes Gewicht teilen mussten. Lebte er überhaupt noch?! Da er schwarz trug war seine Wunde am Bauch kaum zu erkennen, aber das Blut färbte großzügig auf mein helles Shirt ab, was mir eine Heidenangst machte. Eilig manövrierten wir den Verletzten an der Treppe vorbei, und ich warf einen Blick über die Schulter zu Silvan, der uns, die Zähne fest zusammengebissen, folgte. Gut, er konnte allein gehen. Das machte mir Hoffnung, dass es ihn nicht so schlimm erwischt hatte wie den Sprengstoffexperten.

„Wo sind die anderen?", wollte Vincent schnaufend wissen. Mit der Schulter stieß er die Tür zum Krankenzimmer auf, und wir verfrachteten Samuele auf die Liege.

Silvan kickte die Tür hinter sich zu und folgte uns auffallend schwerfällig in den Raum. „Kommen noch. Wir konnten nicht alle gemeinsam zurückfahren, da sie aus allen Rohren auf uns geschossen haben. Einige mussten die Stellung halten, damit ich Samuele da rausschaffen konnte."

Er ließ sich auf den Bürostuhl fallen und gab ein Geräusch von sich, das halb Knurren halb Stöhnen war. Besorgt sah ich zu ihm rüber, aber da erwachte Samuele plötzlich aus seiner Ohnmacht und begann, wild herumzuzappeln.

Als Silvan Anstalten machte, sich hochzustemmen, kassierte er vom Doc einen mahnenden Blick. „Du bleibst da gefälligst sitzen und rührst dich so wenig wie möglich!" Silvan erwiderte seinen Befehl mit einem grimmigen Blick, gehorchte aber. Wobei ich nicht das Gefühl hatte, dass er es freiwillig tat, sondern weil ihm seine Verletzung so zu schaffen machte. „Und du pass auf, dass er nicht von der Liege fällt. Halt ihn am besten an den Schultern fest."

„Und was jetzt?" Ich konnte es kaum ertragen, Samuele so leiden zu sehen. Stöhnend wand er sich in meinen Armen, die Augen fest zusammengepresst.

„Jetzt narkotisiere ich ihn."

Der baumlange Vincent ging zu einem Schrank und bereitete eine Spritze vor. Dann kam er zurück, injizierte Samuele das Zeug und wartete ab. Es dauerte nicht lange, dann beruhigten sich seine Atemzüge und sein Gezappel ließ nach. Erleichtert, dass er keine Schmerzen mehr hatte, strich ich ihm die blonden, klebrigen Haare aus der Stirn, dabei bekam ich nur am Rande mit, wie Vincent den Pullover seines Patienten aufschnitt und seine Wunde behandelte.

„Dieses ganze Blut", hauchte ich. „Wird er es schaffen? Braucht er nicht eine Bluttransfusion?"

„Ja und nein. Er hat eine Menge Blut verloren, aber es ist noch an der Grenze zum Kritischen. Sobald ich ihn zugenäht habe, sollte er in vier, fünf Tagen wieder auf den Beinen sein." Vincent schaute zu Silvan, und purer Hass loderte in seinem Blick. „Wer war das? Wer hat ihm das angetan?"

„Emilio und Cristian!“, kam es knurrend von Silvan. „Irgendwoher wussten diese Bastarde ganz genau, wo die Sache heute Abend steigt. Wir sind ihnen direkt in die Falle gelaufen!“

Alles in mir erstarrte. Emilio hatte das getan! Carlos Attentäter! Der Mann, der mich ausgebildet hatte, um den Nachtprinzen zu töten. Gepaart mit einer Reihe von Flüchen gab Silvan die Geschehnisse wieder. Wo sie gewesen waren, wie Emilio und Cristian sie in einen Hinterhalt gelockt hatten, aber ich hörte nicht zu. In meinen Ohren rauschte das Blut.

„Setz dich, Allegra“, drang Vincents Stimme durch meinen Gedankennebel. „Du siehst aus, als klappst du gleich zusammen, und ich kann mich nicht um drei Patienten kümmern.“

„Mir geht's gut“, behauptete ich und schluckte das Entsetzen hinunter. „Ich … ich kümmere mich um Silvan.“

Da Vincent keine Einwände erhob, ging ich zu ihm und blieb dicht vor ihm stehen. „Darf ich?“

Silvan musterte mich, als wollte er abwägen, ob ich überhaupt in der Verfassung war, ihn zu behandeln, dann nickte er langsam, und ich begann mit zitternden Händen, seine Jacke aufzuknöpfen. Selbst im Sitzen überragte er mich noch. Ich spürte seinen Blick auf mir und seinen Atem an meiner Stirn. Silvan roch nach einer Mischung aus Schweiß, Blut, einem Hauch seines Parfüms und verschossener Munition. Vorsichtig streifte ich ihm die Jacke ab, aber so tapfer er auch die Zähne zusammenbiss, er konnte nicht verhindern, dass ihm dabei ein Laut des Schmerzes entschlüpfte.

„Den werde ich aufschneiden müssen“, sagte ich mit einem Blick auf seinen darunterliegenden, schwarzen Pullover. Vincent zeigte mir, wo die Scheren lagen, dann packte ich den Saum und schnitt langsam nach oben. „Jetzt tut's noch mal weh“, warnte ich Silvan vor und klappte die zwei Hälften des Pullovers auf. Er nickte mit zusammengebissenen Zähnen, dann zog ich ihm das Kleidungsstück aus … und keuchte. Silvans Oberkörper war ein Gedicht aus Muskeln, Wölbungen und straffer Haut, der von etlichen Narben gezeichnet war. Aber das war es nicht, was mich so schockierte.

„Oh Gott, was ist das?!“ An seiner Seite klaffte ein horizontaler Schnitt, aber es war kein gerader, sondern ein gezackter, als wäre das Ziel Verstümmelung und Qual anstatt der Tod gewesen.

„Hast du schon mal eine Wunde genäht?“, überging er meine Frage. Sprachlos schüttelte ich den Kopf und sah ihm wieder in die Augen. Welche Klinge verursachte eine dermaßen grauenvolle Wunde? Und wie konnte er dabei so gefasst bleiben? Die Schmerzen mussten kaum auszuhalten sein! „Allegra“, sagte er sanft. „Hol eine Schüssel warmes Wasser und säubere zuerst die Wunde.“

Silvans ruhiger Tonfall holte mich aus meinem Schockzustand. Er sprach mit mir, als wäre ich eine psychisch labile Patientin. Als wäre *ich* diejenige, die hier behandelt werden musste.

Reiß dich zusammen!, befahl ich mir und nickte.

Vincent, der die Kugel seines Patienten offenbar schon entfernt hatte und sich jetzt ans Nähen machte, schaute von seiner Arbeit auf und nickte zu dem Glasschrank am Fenster. „Saubere Schüsseln sind im zweiten Fach. Im obersten findest du sterile Lappen und Verbandszeug."

Wieder bei Silvan zögerte ich, als ich mit dem nassen Lappen über seine Wunde wischen wollte. „Wenn ich dir zu sehr wehtue, sagst du es, ja?"

Sein Körper wurde von einem Lachen geschüttelt, woraufhin er scharf die Luft zwischen die Zähne einzog. „Ist ja nicht so, als würde mir nicht die ganze Zeit schon alles wehtun", sagte er mit schmerzverzerrtem Gesicht. Meine Wangen erröteten. Er hatte recht, den Kommentar hätte ich mir sparen können. Als ich ihm in die Augen sah, lächelte er gequält. *Du schaffst das*, schien sein Blick mir zu sagen.

In den nächsten Minuten folgte ich konzentriert seinen Anweisungen. Säuberte, desinfizierte und nähte seine Wunde. Nun ja, vielleicht nicht ganz so konzentriert, denn sein nackter Oberkörper lenkte mich zunehmend ab. Mit jedem seiner Atemzüge hob und senkte sich seine gewölbte Brust, seine Arme hatte er seitlich auf die Stuhllehnen gestemmt, wodurch seine Muskeln hervortraten und mein Unterarm kam beim Nähen immer wieder gegen seine Bauchmuskeln. Vor Verlegenheit musste mein Kopf wie ein Hochofen glühen. Meine Nervosität nahm zu und damit mein Händezittern.

„Ich mache dich nervös", stellte Silvan amüsiert fest.

Mein Herz beschleunigte, und ich schüttelte peinlich berührt den Kopf. „Was? Nein, ich …"

„Wenn du mich fertiggenäht hast, kannst du mich so lange angucken wie du willst", bot er leise an. Schockiert sah ich auf, um ihm zu versichern, dass er sich irrte, aber der Ausdruck in seinen Augen fegte jeden Einwand fort. Wie ein Magnet hielt sein Blick meinen gefangen, und ein Schwarm Schmetterlinge stieg in meinem Bauch auf. Wie konnte er in so einer Situation flirten? *Er will sich nur von seinen Schmerzen ablenken*, sagte ich mir. *Und dich ins Bett kriegen.*

„Danke, aber … ich glaube, ich habe genug gesehen", brachte ich möglichst gefasst heraus.

„Bist du sicher? Da gibt es noch die eine oder andere Stelle ..."

„Leute! Wenn ihr nicht wollt, dass ich mich auf meinen Patienten übergebe, solltet ihr woanders flirten!", maulte Vincent.

Silvan lachte leise und stöhnte auf, als seine Wunde sich wieder bemerkbar machte. *Geschieht dir recht*, dachte ich und nähte kopfschüttelnd weiter. Die darauffolgende Stille nutzte ich, um über seinen sengenden Blick hinwegzukommen, der drauf und dran gewesen war, meine inneren Schutzmechanismen lahmzulegen. Ich fühlte es, wie man eine herannahende Erkältung spürte. Meine Barrieren gegen Silvan bröckelten, trotz mehrfacher Warnung vor ihm. Er war wie ein Virus, der unbemerkt in einen eindrang und langsam aber sicher sein zerstörerisches Werk ausübte.

Hofften wir, dass meine Mauern lange genug standhielten, bis ich meinen Auftrag erledigt hatte. Denn eine Affäre mit dem Feind war das Letzte, was ich jetzt gebrauchen konnte.

Kapitel 10

Am nächsten Morgen brodelte die Gerüchteküche, und das, obwohl ich gestern sämtliche Fragen beantwortet hatte. Nachdem ich das Krankenzimmer verlassen hatte und mit blutverschmierten Sachen in den Keller gekommen war, hatten die Leute mich mit Fragen bombardiert.

Was ist da draußen geschehen? Wer wurde verletzt? Stimmt es, dass jemand einen Van zu Schrott gefahren hat? Waren die Corvi vor den Toren? Sind wir hier noch länger sicher?

Ich hatte bestimmt eine halbe Stunde gebraucht, um mein Zimmer zu erreichen. Aber von Ruhe war keine Rede gewesen, denn Roberta, Maria und Elisa hatten dort schon auf mich gewartet und die Berichterstattung war von vorn losgegangen.

Wenn es hochkam, hatte ich vielleicht vier Stunden geschlafen. Dementsprechend gerädert fühlte ich mich, als ich auf dem Weg zum Krankenzimmer war. So früh waren die Gänge normalerweise menschenleer, aber an diesem Morgen trieben sich erstaunlich viele Leute herum und gefühlt alle hatten tuschelnd die Köpfe zusammengesteckt und starrten mich an.

Die, die dabei gewesen war.

Wenigstens wurde ich nicht wieder wie eine Zitrone ausgequetscht, dafür schienen die Leute über Nacht ihre eigenen Geschichten kreiert zu haben. So schnappte ich im Vorbeigehen Gerüchte auf, dass Samuele auf der Krankenstation gestorben sein sollte, dass noch immer Teammitglieder in der Stadt feststeckten und dass sogar welche von den *Corvi* gefangengenommen sein sollten. Tatsächlich waren gestern alle Teammitglieder mehr oder weniger wohlbehalten zurückgekehrt. Vincent hatte mich ins Bett schicken wollen, aber ich hatte darauf bestanden, mit Silvan und ihm zu warten, bis alle eingetroffen waren. So hatte ich erfahren, dass Sofia wegen Unwohlseins im Schloss geblieben war und von dem Ganzen nichts mitbekommen hatte.

Insgeheim hatte ich gehofft, dass Silvan die Schießübungen heute ausfallen lassen würde, aber scheinbar war ein nervenaufreibender Schusswechsel kein Grund für ihn, ein anstehendes Training abzublasen. Das rief mir in Erinnerung, dass ich es hier mit Profis zu tun hatte, die sich von so einem *kleinen* Rückschlag nicht den Trainingseifer nehmen ließen.

Samuele hatte Besuch. An seinem Bett saß Valentina, eine Hand auf seine Brust gelegt, und sprach leise mit ihm. Diese Geste wirkte vertraut, aber ich glaubte nicht, dass die beiden ein Paar waren, es schien mehr, als wären sie enge Freunde. Beide sahen in meine Richtung, als ich die Tür hinter mir schloss, und es erleichterte mich, Samuele wieder bei Bewusstsein zu sehen. Er war scheinbar auf bestem Wege, wieder gesund zu werden. Genau wie Vincent es gesagt hatte.

„Ich schaue heute Abend noch mal vorbei", sagte Valentina, drückte seine Hand und erhob sich. Auf halsbrecherischen High Heels – inzwischen erkannte ich sie allein an deren Klängen – lief sie an mir vorbei und berührte kurz meine Schulter, dann ging sie aus dem Zimmer.

„Guten Morgen, mein Schutzengel", begrüßte Samuele mich und wollte sich hochstemmen. Als er stöhnend innehielt, eilte ich zu ihm und griff ihm unter die Arme.

„Jetzt übertreib nicht, ich habe doch kaum was gemacht."

„Da sagt Vincent aber etwas anderes."

Verlegen richtete ich das Kopfkissen hinter ihm, und Samuele sank vorsichtig dagegen. „Die eigentliche Arbeit hat er gemacht, ich habe ihn nur gerufen", stellte ich richtig.

„Allegra ist zu bescheiden", erklang es da hinter mir. Ich drehte mich zu der Stimme um und sah Vincent aus dem Nebenzimmer kommen. Seine Haare waren verstrubbelter als sonst, die Schatten unter den Augen unübersehbar und er trug noch dieselben Klamotten wie gestern. Hatte er überhaupt ein Auge zugemacht? „Wäre sie nicht gewesen, hätte ich erst Minuten später von deiner Schusswunde erfahren, und dann wäre es zu spät gewesen.“ Er trank einen Schluck Kaffee, dann stellte er die Tasse auf den Schreibtisch und sagte lächelnd zu mir: „Nimm das Lob ruhig an, du hast es verdient.“

Wenn die beiden so weitermachten, würde ich noch ganz rote Ohren bekommen. Mit prickelnden Wangen drehte ich mich wieder zu Samuele um. „Wie fühlst du dich?“

„Wie durchgekaut und ausgespuckt. Ich könnte alle fünf Minuten ein Nickerchen machen, aber ich will mich nicht beschweren. Unser Doc hier hat die ganze Nacht an meinem Bett rumgehangen, war fast schon wieder nervig“, sagte er träge lächelnd. Dann nahm er meine Hand und fügte ernst hinzu: „Danke, kleine Messerwerferin. Hast was gut bei mir.“

„Gern geschehen.“ Ich drückte seine Hand und folgte dann Vincent, der mich in den angrenzenden Raum winkte. Es handelte sich um eine Mini-Version des Krankenzimmers, ganz spartanisch mit einer Liege, einem Nachttisch und einem Bürostuhl ausgestattet.

„Warum hast du Samuele nicht hierhergebracht, wo es ruhiger ist?“, fragte ich und nahm, seiner Geste folgend, auf dem Bett Platz. Im Behandlungszimmer herrschte doch ständig Verkehr und Samuele brauchte Ruhe, um zu genesen.

Vincent machte die Tür hinter sich zu und erklärte leise, während er sich setzte: „Nachdem ihr alle gegangen wart, hat es … Komplikationen gegeben. Kurz sah es sehr schlecht um ihn aus, deshalb musste ich ihn rund um die Uhr beobachten.“

Alles Blut wich mir aus dem Gesicht. Der Gedanke, dass Samuele über Nacht hätte sterben können, während ich ahnungslos in meinem Bett gelegen hatte, war grauenvoll. „Wie schlimm war es?“, wollte ich wissen.

Doch Vincent schüttelte den Kopf und rollte dann mit dem Stuhl nahe an mich heran. „Ich will dich nicht mit Einzelheiten belasten. Wichtig ist nur, dass er jetzt außer Gefahr ist.“

Mein Herz schlug trotzdem wie wild in meiner Brust. So gesehen kannte ich Samuele kaum oder jemand anderen hier, aber schon in dieser kurzen Zeit war er mir ans Herz gewachsen, und das lag nicht nur daran, dass er und Diego mich jedes Mal vor Fabio verteidigten. Ich betrachtete Vincents braune, müde Augen, in denen sich die Strapazen der vergangenen Nacht spiegelten, und mein Herz wurde schwer. „Und was ist mit dir?“, fragte ich.

„Wer kümmert sich um dich, während du den anderen das Leben rettest?“

Erstaunen flackerte in seinen Augen auf, dann wurde sein Blick weich. „Langsam verstehe ich, was Silvan an dir findet. Du bist mutig, zielstrebig, kannst dich durchsetzen und hast das Herz am rechten Fleck.“

Sofort bekam ich wieder heiße Wangen. Ich hatte noch nie gut mit Komplimenten umgehen können, und damit meinte ich persönliche Komplimente, keinen Beifall oder anerkennende Blicke, weil ich so gut mit Messern werfen konnte. Aber wann hatten Silvan und er bitte über mich gesprochen? „Ich glaube nicht, dass Silvan …“

„Du brauchst nichts zu sagen.“ Schmunzelnd tippte Vincent sich an die Schläfe. „Ich habe Augen im Kopf. Und ich kenne Silvan lange genug, um unterscheiden zu können, wann er nur oberflächliches und wann er echtes Interesse hat.“ Ich war froh, dass er den Blick auf das Stethoskop senkte, das um seinen Hals lag. So entging ihm mein überraschter und peinlich berührter Gesichtsausdruck. „Aber das geht mich auch gar nichts an, entschuldige.“ Vincent nahm das Diagnosewerkzeug, setzte das kühle Metallstück oberhalb meiner Brust an und verlangte, dass ich mehrmals tief ein und ausatmete. Nachdem ich das getan hatte, fragte er: „Wie geht’s dir heute?“

„Gut.“

Sich das Stethoskop wieder umlegend musterte er mich. „Was ist mit gestern? Fühlst du dich trotz der Ereignisse dazu imstande, am Schießtraining teilzunehmen?“

Wenn er damit fragen wollte, ob ich Albträume gehabt hatte und meine Aversion gegen Waffen seit gestern exponentiell gestiegen war, dann war die Antwort ganz klar ja. Aber ich musste taff sein, die anderen im Team waren es auch, deshalb nickte ich. „Ja.“

Vincents erfahrene Augen studierten mich, dann nahm er den Fragebogen, den er offenbar schon bereitgelegt hatte, vom Tisch, und der Eignungstest begann. Zuerst erkundigte er sich nach Erbkrankheiten, Seh- oder Hörschwächen und verschreibungspflichtigen Medikamenten.

Dann nach meinen Hobbys, Bildungsstand, soziale Kontakte und wie ich finanziell aufgestellt war. Zum Schluss folgten eine Reihe geschlossener Fragen, also Fragen, die ich nur mit ja oder nein und aus dem Bauch heraus beantworten durfte.

Darunter so seltsame Fragen wie, ob ich schon mal Tiere gequält hätte oder ob ich mein Geld in unsichere Geschäfte investieren würde, wenn sie hohe Gewinne versprächen.

Über manche Fragen konnte ich nur den Kopf schütteln, aber sie mussten erforderlich sein, sonst würde er sie nicht stellen. Jedenfalls bestand ich den Test, und da ich so früh gekommen war, hatten wir sogar noch Zeit zum Plaudern.

„Hast *du* schon mal geschossen?“, wollte ich von ihm wissen, nachdem Vincent den Fragebogen weggelegt und mir eine dampfende Tasse Kaffee gebracht hatte.

Die Arme hinter dem Kopf verschränkt lehnte er sich auf dem Bürostuhl zurück und legte einen Knöchel auf das andere Knie. „Häufiger als mir lieb ist, und trauriger Weise bin ich richtig gut darin“, erzählte er mit dem Fuß wippend. „Bevor ich mich dazu entschieden habe, die Leute hier zu verarzten, war ich in Silvans Außenteam.“

Überrascht senkte ich die Tasse. Vincent und eine Pistole in der Hand, das konnte ich mir nur schwer vorstellen. „Warum bist du ausgestiegen? Wenn dir das nicht zu persönlich ist.“

Er lächelte, aber es erreichte seine Augen nicht. „Ich war es leid, Menschen zu töten. Auch, wenn sie unsere erklärten Feinde sind, wollte ich meine Energie lieber darauf verwenden, Leben zu retten, anstatt sie auszulöschen.“ Vincent musterte mein Gesicht. „Ich weiß nicht, wie viel ich dir erzählen darf, und ich sage dir das auch nicht, um dir Angst zu machen – letztendlich entscheiden wir selbst, wie wir unserem Clan am besten dienen wollen –, aber sei dir bewusst, dass es kaum einen Außeneinsatz gibt, bei dem es *nicht* zu Schießereien kommt. Silvans Team hat unter anderem die Aufgabe, unsere Feinde von diesem Anwesen fernzuhalten, und das geht nun mal nicht ohne Gewalt." Er nahm das angewinkelte Bein herunter und wechselte die Seiten. „Ich konnte das irgendwann nicht mehr ertragen, aber ich wollte auch nicht aussteigen, also habe ich meine Schießkünste gegen meine medizinischen Fähigkeiten eingetauscht. Aber weißt du, was dir niemand sagt?" Jetzt beugte er sich zu mir vor und betrachtete mich aus flackernden Augen. „Dass du die Bilder der Toten nie wieder loswirst. Bedenke das, bevor du dich Silvans Einheit anschließt."

Seine Worte katapultierten mich zu dem Tag zurück, an dem Silvan uns befreit hatte. An dem seine Leute unsere Geiselnehmer erschossen hatten. Damals hatte ich sie nicht gekannt. Jetzt fragte ich mich unwillkürlich, wer abgedrückt hatte. Silvan, die rechte, skrupellose Hand des Nachtprinzen? Die taffe, knallharte Sofia? Das großspurige Arschloch Fabio oder der liebenswürdige Samuele?

„Ich weiß deine Warnung zu schätzen", sagte ich. „Aber ich muss es tun. Ich hoffe, du denkst deswegen nicht schlecht von mir." *Nicht schlecht von dir denken? Schon bald wird er MEHR als nur schlecht von dir denken, und du sitzt hier und plauderst mit ihm, als wärt ihr Freunde! Damit machst du es dir nur selbst schwerer*, schalt ich mich. Und obwohl ich das wusste, war es mir wichtig, was Vincent von mir hielt. Ich mochte ihn, deshalb wollte ich, dass er mich auch mochte. Wenigstens für die kurze Zeitspanne, die mir bis zum Showdown noch blieb.

Kopfschüttelnd lehnte er sich wieder zurück. „Ganz und gar nicht. Wenn, dann bewundere ich dich dafür. In Silvans Einheit zu kämpfen bedeutet, eine große Bürde zu tragen, und irgendjemand muss unsere Feinde ja in Schach halten." Schmunzelnd fügte er hinzu: „Solange du nicht zu so einer Schießwütigen wie Sofia wirst, brauchst du dir keine Sorgen um dein Image zu machen. Sogar Silvan hat Respekt vor ihr, wenn sie eine Waffe in die Hand nimmt. Aber sie ist eine gute Lehrerin. Ich bin mir sicher, du wirst beim Schießtraining viel von ihr lernen."

„Aber darf sie das überhaupt?", erkundigte ich mich stirnrunzelnd. „Ich hab' mal irgendwo gelesen, dass Schießtraining während der Schwangerschaft nicht gut fürs …"

Alles in mir erstarrte.

„*Was* hast du gerade gesagt?", fragte Vincent und blinzelte mich fassungslos an.

Oh, nein, nein, nein! „Ich … gar nichts ..."

Aber da hatte er schon die Arme heruntergenommen und fragte stockend: „Sofia ist schwanger?!"

„Nein, ich … es tut mir leid. Ich hätte nichts sagen sollen", stammelte ich entsetzt. „Vergiss einfach, was du gehört hast." Aber als ich aufstehen wollte, packte er mich an den Schultern und das so energisch, dass ich fast den Kaffee verschüttete. „Antworte mir!" Der fiebrige Glanz in seinen Augen ließ vermuten, dass ich mich in Silvan und Sofia geirrt hatte. War Vincent etwa der Vater? Sein Griff um meine Schultern wurde fester. Jegliche Freundlichkeit war aus seinen Augen gewichen.

„Ja. Ja ist sie", seufzte ich resigniert, denn er würde nicht lockerlassen. Im nächsten Moment war Vincent aufgesprungen und stürmte aus dem Raum. „Warte! Vincent!" Schnell stellte ich die Tasse ab und rannte ihm hinterher. Nur am Rande registrierte ich, wie Samuele, der offenbar eingeschlafen war, irritiert den Kopf hob. Aber da waren wir schon durch das Behandlungszimmer in den Flur gerannt.

Das würde in einer Katastrophe enden! Sofia würde mir den Kopf abreißen! Mit seinen langen Beinen war Vincent viel schneller als ich. Zielsicher steuerte er den Trainingsraum an, riss die Tür auf und marschierte hinein. Als ich in der Halle war, hatte Vincent sie schon halb durchquert, hielt direkt auf Sofia zu, die ahnungslos gegen einen Sandsack boxte. Silvan stand nicht weit von mir und unterhielt sich mit Fabio. Diego, Matteo und Lorenzo wärmten sich auf der großen Matte auf. Alle trugen sie Schulterholster mit Pistolen, bereit, mit dem wöchentlichen Training zu beginnen, aber es waren noch nicht alle aus dem Team anwesend.

„Wie lange weißt du es schon?!“, rief Vincent, als er nur noch wenige Meter von Sofia entfernt war. Alle im Raum hielten inne und drehten sich zu ihm um. Vincent schien es nicht mitzukriegen, oder er war so aufgewühlt, dass es ihm egal war. „Wie lange weißt du, dass du schwanger bist?!“

„Scheiße“, hörte ich Silvan murmeln. Er ahnte wohl, dass die Sache übel enden könnte, denn er eilte zu den beiden hinüber. Sämtliche Teammitglieder starrten Sofia jetzt mit offenem Mund an, während ihr Blick sich mit tödlicher Präzision auf mich heftete.

„Es tut mir so leid. Wir haben über das Schießtraining gesprochen und da … ist es mir rausgerutscht“, stammelte ich ernsthaft beunruhigt.

„Das ist jetzt unwichtig“, verwies Vincent mich und baute sich vor Sofia auf. „Ist das Kind von mir? Sag es mir!“

Kreidebleich sah sie wieder zu ihm – er war so groß, dass sie den Kopf in den Nacken legen musste –, aber trotz ihres offensichtlichen Schocks regte sich Widerstand in ihrem Gesicht. „Das geht dich einen Scheiß an!“

„Willst du mich verarschen?“ Als Sofia ihm den Rücken zukehren wollte, packte Vincent sie nicht gerade sanft am Oberarm.

„Vincent“, warnte Silvan ihn, und auch andere aus dem Team protestierten hörbar. Weder der Doc noch Sofia beachteten sie. So aufgebracht hatte ich Vincent noch nie gesehen. „Du warst erst letzte Woche auf einem Einsatz. Schwanger, verdammte Scheiße!“ Bebend holte er Luft. „Ist das Kind von mir, Sofia?!“

„Natürlich ist es von dir!“, fauchte sie jetzt und riss sich von ihm los. „Denkst du, ich vögele hier wild durch die Gegend herum? Sehe ich etwa so aus wie Silvan?!“

Der Angesprochene zog eine Braue hoch, wirkte aber nicht beleidigt, sondern schlug ruhig und besonnen vor: „Klärt das doch woanders, unter vier Augen.“

Gegensätze zogen sich ja bekanntlich an, offenbar sogar solche extremen wie der Doc und die Strategin, nur, was war bei den beiden schiefgelaufen, dass es in so einem Drama endete? Dass eine werdende Mutter sich dazu entschied, es dem Kindesvater zu verheimlichen? Sofias kleiner Wutausbruch hatte ihr die Tränen in die Augen getrieben. Hasserfüllt starrte sie Vincent an und presste dabei fest die Lippen zusammen, als könnte sie nur so verhindern, in Tränen auszubrechen.

Dann schwenkte ihr Blick wieder zu mir, und ich ahnte Schlimmes. „Ich habe eine bessere Idee.“ Sie kam zu mir, zog im Gehen die Waffe aus ihrem Holster und richtete den Lauf auf meine Stirn. Alles in mir erstarrte. Dass die anderen wild durcheinanderriefen, nahm ich nur gedämpft wahr. All meine Sinne konzentrierten sich auf die Mündung der Pistole, die jetzt nur Zentimeter vor meiner Stirn schwebte.

„Bist du wahnsinnig? Nimm die Waffe runter!“, knurrte Silvan in einem Ton, der mir eiskalt unter die Haut kroch. Nie würde ich wollen, dass er so mit mir sprach. Die Hände erhoben sah ich aus dem Augenwinkel, wie er langsam näher kam, als würde er sich anpirschen. Die anderen standen in einem lockeren Halbkreis um uns herum und schienen zwiegespalten zu sein, wie sie sich verhalten sollten. Die Neue beschützen, die mit einer Waffe bedroht wurde, oder aus Loyalität zu ihrer Kameradin stehen, obwohl sie offenbar gerade nicht klar denken konnte.

„Was habe ich dir gesagt, was passiert, wenn du es jemandem verrätst, Miststück?“, fauchte sie mich, Silvans Worte ignorierend, an. Bedacht schob er sich zwischen uns, was sie leider nicht davon abhielt, weiter die Waffe auf mich zu richten. Mir wurde heiß und kalt zugleich. Ich traute mich nicht einmal, zu tief einzuatmen, aus Angst, es könnte sie noch mehr reizen.

„Sofia“, beschwor nun auch Vincent sie. „Das war keine Absicht von ihr. Du hättest ihr Gesicht sehen sollen. Sie war selbst schockiert, als es ihr herausgerutscht ist.“

„Klappe halten! Ihr alle!“, rief sie und fixierte mich mit einem wilden Flackern in den Augen. Mir wurde klar, dass ich Sofia falsch eingeschätzt hatte.

Ja, sie war kühl und abgebrüht, aber vor allem war sie total durchgeknallt. Vincents Anmerkung, dass selbst Silvan vor ihr Respekt hätte, hätte mir Warnung genug sein sollen. Er hatte auch gesagt, dass die Einsätze auf Dauer auf die Psyche gingen, und nun waren auch noch Schwangerschaftshormone im Spiel – sie würde mich so was von abknallen!

Die Hände erhoben beschwor ich sie mit Blicken, unfähig, auch nur ein Wort über die Lippen zu bringen. Es gab ohnehin nichts, was ich hätte sagen können, um ihr die Blöße zu nehmen, denn wie es aussah, hatte niemand von ihrer Schwangerschaft gewusst, und das hätte wohl noch eine Weile so bleiben sollen. Vor mir ragte Silvans breiter Rücken auf, die Waffe zeigte jetzt auf ihn, und Vincent war so dicht an Sofia herangerückt, dass er sie, wenn er schnell genug wäre, entwaffnen könnte.

So weit würde es hoffentlich nicht kommen.

„Du würdest also für sie sterben?“, fragte sie höhnisch und eine Spur bitter.

„Du wirst nicht abdrücken“, kam es selbstsicher von Silvan.

„Ach, und warum nicht?“

„Weil du deine Prinzipien hast. Und eine unbewaffnete Frau zu töten, nur, weil sie sich verplappert hat, gehört nicht dazu. Und jetzt hör auf mit dem Scheiß und steck die Waffe weg, bevor *ich* sauer werde.“

Sie schien seine Warnung ernst zu nehmen, denn sie senkte die Waffe und steckte sie ins Holster zurück. „Silvan hat recht“, wandte sie sich nun wieder in gewohnter Kühle und Beherrschtheit an Vincent. „Klären wir das woanders.“ Ohne seine Antwort abzuwarten, marschierte Sofia aus der Halle, und Vincent folgte ihr.

„Sofia …“, hob ich an, aber Silvan brachte mich mit einem Kopfschütteln zum Schweigen.

Niemand sagte etwas. Alle lauschten wie erstarrt den sich entfernenden Schritten. Als die Tür hinter ihnen zufiel, stieß Fabio ein Lachen aus. „Fuck. Du bist ja so was von am Arsch.“ Langsam drehte ich den Kopf in seine Richtung und begegnete seinem schadenfrohen Grinsen. *Dieser Typ muss mich wirklich abgrundtief hassen*, dachte ich, aber ich war zu betäubt, um etwas zu erwidern.

„Sie wird sich wieder beruhigen“, versprach Silvan mir, aber da hatte ich so meine Zweifel.

„Du hast gesehen, wie sie mich angeguckt hat“, sagte ich an ihn gewandt. „Ich glaube, ich muss Fabio ausnahmsweise zustimmen.“

„Sofia neigt zur Übertreibung. Sie würde wegen so etwas niemals ein Leben beenden. Trotzdem würde ich sie an deiner Stelle in nächster Zeit nicht ansprechen oder ihr nur zu nahe kommen. Nur zur Sicherheit."

Stück für Stück nahm der Schrecken ab. „Scheiße", murmelte ich und wischte mir übers Gesicht. „Ich würde doch niemals absichtlich so ein Geheimnis herumposaunen! Schon gar nicht, nachdem sie mich ausdrücklich gebeten hat, es *nicht* zu tun."

„Spielt keine Rolle mehr. Jetzt ist die Katze aus dem Sack." Silvan musterte mich, und ein sanfter Stromschlag fuhr durch meinen Körper, weil ich unpassenderweise an seine brennenden Blicke von gestern denken musste. „Woher weißt du es?", wollte er wissen.

Ich erzählte es ihm, dann fragte ich: „Wusstest *du* davon?"

Da schnaubte er. „Nein, und sobald sie das mit Vincent geklärt hat, bekommt sie eine Ansage von mir! Sie ist zum Einsatz mitgefahren, obwohl sie zu dem Zeitpunkt vermutlich schon schwanger war – ich fasse es nicht!"

Das Schießtraining fand ohne Sofia statt, und dank meiner Vorkenntnisse durch das Waffenbuch konnte ich Silvans Anweisungen ohne viel Nachhaken durchführen. Nur, als es an die Praxis ging, geriet ich kurz ins Stocken. Ich brauchte mehrere Anläufe, ehe ich mich traute, den ersten Schuss abzugeben. Überraschenderweise drängte Silvan mich nicht dazu, sondern wartete ab, bis ich so weit war. Mein persönlicher Ausbilder ließ mich während des Trainings keine Sekunde aus den Augen. Dicht stand er hinter mir, sodass ich seinen Geruch und seinen Atem im Nacken wahrnahm, und korrigierte immer wieder meine Haltung. Ich brauchte wohl nicht zu erwähnen, dass seine Berührungen mehr ablenkend als hilfreich waren, aber mit der Zeit wurde ich konzentrierter – zumal ich ihn unbedingt zufriedenstellen und die Markierungen auf den Pappfiguren treffen wollte. Dabei stellte ich mich entgegen meiner eigenen Erwartungen gar nicht so schlecht an.

Wie im Rausch feuerten die anderen um mich herum ihre Magazine leer, sodass mir nach einer Weile trotz Gehörschutz der Schädel dröhnte. Zwei Stunden später erlöste Silvan mich von meinem Leid, und ich *durfte* wieder arbeiten gehen. Das war mir nur recht. Lieber verbrachte ich meine trainingsfreie Zeit schwatzend und herumblödelnd in der Küche, als einsam in der Bibliothek zu sitzen und Waffenbücher zu studieren. Egal, wie die Mordsache ausgehen würde, die Zeit mit meinen Küchenkollegen konnte mir niemand mehr nehmen.

Draußen wurde es langsam dunkel, und wir bereiteten auf Hochtouren das Abendessen vor. Es brannte mir auf der Zunge, meinen Kameraden von Sofia und ihrem *kleinen* Ausraster zu erzählen, allein schon, um ihre Meinungen darüber zu hören, aber ich hielt mich zurück. Für heute hatte ich genug Schaden angerichtet – machte ich es nicht noch schlimmer.

Unter Lucas Aufsicht bereitete ich gerade einen gigantischen Topf Polenta zu, als Filippo mit einem beladenen Tablett zu mir kam. „Silvan möchte, dass du ihm das raufbringst."

Irritiert sah ich zu ihm hoch, rührte aber weiter. Seit wann verlangte Silvan, dass ich *ihm* Essen brachte? „Das muss ein Irrtum sein. Letztes Mal sagte er, jemand anderes solle hochgehen."

„Tja, jetzt verlangt er aber nach *dir*." Ungeduldig wie immer stellte er das Tablett neben mir ab. „Sein Zimmer ist auf der linken Seite des Gangs. Parallel zu dem des Prinzen."

„Aber …" *Was ist mit diesem Köter?* Doch da hatte Filippo sich schon abgewandt und verschwand in den Dampfschwaden.

„Gib her", sagte Luca und nahm mir den Schneebesen aus der Hand. „Ich mache weiter."

Angesäuert nahm ich das Tablett und ging zum Fahrstuhl. Was sollte das? Silvan wusste doch, dass ich Angst vor Rocky hatte! Und seit wann musste ich ihn bedienen? Wollte er mich für irgendetwas bestrafen?

Der Aufzug brachte mich in die dritte Etage. Als die Fahrstuhltüren aufglitten, streckte ich prüfend den Kopf hinaus und sah mich nach links und rechts um. Wehe, dieses Vieh tauchte wieder auf, dann konnte Silvan sein Dinner vom Boden essen, weil ich es nämlich fallenlassen und direkt wieder in den Fahrstuhl springen würde!

Aber die Luft schien rein zu sein.

Filippos Richtungsanweisung folgend wandte ich mich nach links und steuerte Silvans Zimmer an, dessen Tür einen Spalt offen stand. Als ich näher kam, wurden Stimmen darin laut.

„Du kennst die Regeln, Sofia. Kinder haben hier nichts verloren, erst recht keine Babys. Sobald du im 6. Monat bist, schicke ich dich nach Hause, Ende der Diskussion. Und dass Außeneinsätze und Kampfübungen ab sofort für dich tabu sind, brauche ich wohl nicht zu erwähnen."

„Du wirfst mich also wirklich raus?" Sie klang aufgelöst.

„Was erwartest du denn von mir? Du bist schwanger, Herrgott! Du hast jetzt eine Verantwortung deinem Kind gegenüber. Glaubst du ernsthaft, ich lasse euch hier in dieser Zielscheibe leben? Das Schloss mag gut bewacht sein, aber es ist kein Ort für ein Kind."

„Und du denkst, außerhalb des Schlosses wäre es sicherer für mich? Unser Feind kennt unsere Gesichter. Wenn du mich von hier fortschickst, kannst du mir auch gleich eine Zielscheibe auf die Stirn malen! Das Schloss, die Leute hier, sind mein Zuhause! Ich habe sonst niemanden“, sagte sie verschnupft. Es klang, als würde sie weinen.

„Du hast Vincent“, entgegnete er jetzt sanft. „Und natürlich bekommst du ausreichend Schutz von uns.“

Das Tablett in den Händen stand ich unschlüssig da. Einerseits wollte ich keine Lauscherin sein und Sofia noch mehr Grund geben, mich zu verachten, andererseits interessierte mich, was sie darauf erwidern würde. Vincent war so ein liebevoller, kluger, charmanter Mann. Was könnte dagegen sprechen, mit jemandem wie ihm zusammen zu sein?

„Vincent und ich“, sagte Sofia nach kurzem Schweigen, „das hat nur eine Zeit lang funktioniert. Du weißt, dass er nicht mehr derselbe ist, seitdem er aus dem Team ausgestiegen ist. Nicht alle sind wie du und ich. Nicht alle ertragen die Gewalt und den Tod. Wir sind zu verschieden … wie du ja weißt.“ Jetzt klang sie vorwurfsvoll. „Und trotzdem willst du mich fortschicken.“

„Sofia“, sagte Silvan, und ich konnte hören, wie er sich bewegte. „Es tut mir leid, aber so sind die Regeln. Keine Babys oder Kinder im Schloss.

Aber vielleicht tröstet es dich, dass ich eine mögliche Nachfolgerin gefunden habe."

„Wer? Die Klatschtante Allegra?! Wenn ich die in die Finger kriege …!"

„Hör auf", ermahnte er sie ruhig. „Sie hat es nicht mit Absicht getan."

Ein abfälliges Schnauben war zu hören. „Und das weißt du so genau, weil du sie fickst, oder wie?"

Ich bewunderte Silvan für seine Gelassenheit. Von Fabio, der ja schon häufiger Sprüche über mich hatte fallenlassen, ließ er sich auch nie aus der Fassung bringen. Hatte er das beim Militär gelernt? Besonnen bat er: „Nimm sie unter deine Fittiche. Nutze die Monate, die dir hier noch bleiben und mach aus ihr eine unverzichtbare Soldatin, so wie du eine warst. Und ich werfe dich ja nicht aus dem Clan. Das könnte ich auch gar nicht. Einmal *Nero*, immer *Nero*, schon vergessen? Außerhalb dieser Mauern gibt es genügend Aufgaben, die du für uns erledigen kannst. Aufgaben, die mit keinem hohen Risiko verbunden sind."

„Du weißt, dass ich nur in einem gut bin: im Töten von *Corvis*!" Jetzt klang sie wie eine gefechtsbereite Soldatin.

„Ich weiß, aber darauf wirst du ein paar Jahre verzichten müssen. Im besten Fall wirst du irgendwann erkennen, dass du es um deines Kindes Willen nicht mehr tun willst. Tut mir leid, aber das ist mein letztes Wort. Daran wird auch der Prinz nichts ändern."

Tief atmete Sofia durch, und obwohl ich ihr nie verzeihen würde, dass sie eine geladene Waffe auf mich gerichtet hatte, empfand ich Mitleid für sie und ihre Situation. „Ich werde darüber nachdenken."

Schritte waren zu hören, dann wurde die Tür aufgezogen und ich stand Sofia gegenüber, in ihren Augen funkelten Tränen. Verdutzt starrte sie erst mich, dann das Tablett in meinen Händen an. Ich öffnete den Mund, um mich bei ihr zu entschuldigen, aber da stolzierte sie auch schon mit gerecktem Kinn an mir vorbei und stieß mich mit der Schulter an.

Ich widerstand dem Drang, ihr nachzulaufen, und betrat das Zimmer, das identisch wie das des Prinzen eingerichtet war, nur spiegelverkehrt und weniger prunkvoll ausgestattet. Auch hier gab es ein Himmelbett und ein angrenzendes Masterbad.

„Hier ist dein Essen", informierte ich Silvan und hielt ihm das Tablett hin. Dankend nahm er es mir ab und stellte es auf den runden Glastisch. „Warum wolltest du, dass ich es dir bringe? Hatten wir nicht entschieden, dass es das Beste wäre, wenn ich mich von dieser Etage fernhalte?"

Anstatt zu antworten, führte er mich ins Nebenzimmer. Es war dreimal so groß wie die Schlafräume im Keller und mit allem ausgestattet, was man zum komfortablen Wohnen benötigte. Einschließlich einem eigenen Bad. „Zuerst möchte ich mich bei dir bedanken“, sagte er und blieb in der Mitte des Zimmers stehen. Seine Trainingssachen von heute Morgen hatte er durch eine schwarze, seidene Hose und ein schwarzes Hemd ersetzt, das verboten eng an seinem Körper anlag. „Dafür, dass du mich zusammengeflickt hast.“

Ich folgte ihm über den rotgemusterten Teppich, der sich über den gesamten Boden erstreckte. „Da gibt es nichts zu danken. So gesehen habe ich ja nur stumpf deine Anweisungen befolgt.“

„Außerdem hat Vincent mir erzählt, dass du es warst, die ihn geholt hat“, überging er meinen Einwand. „Wärst du nicht so geistesgegenwärtig gewesen, wäre Samuele jetzt vielleicht tot.“

Innerlich schüttelte ich den Kopf. Warum stellten mich alle als Heldin dar? Ich wollte nicht, dass sie mich als solche sahen. Je mehr sie mich in den Himmel lobten, desto schmerzhafter würde mein Verrat für sie werden. Ich schob den Gedanken beiseite und sah mich um. „Wo sind wir hier?“

„In deinem neuen Zimmer.“

Mein Kopf flog in seine Richtung. „*Wie* bitte?“

„Was könnte ein größerer Loyalitätsbeweis sein, als einem meiner Leute das Leben zu retten? Zudem kannst du Schlösser knacken, bist körperlich in Topform, und beim Schießen stellst du dich auch nicht so dämlich an. Natürlich kann ich dir noch keine eigene Waffe anvertrauen, aber ich wüsste nicht, was noch dagegen sprechen sollte, dich ins Team aufzunehmen."

Mir fehlten die Worte. Soeben war ich meinem Ziel wieder einen großen Schritt näher gekommen. Vor Freude hätte ich Luftsprünge machen können. „Und … die anderen?", fragte ich nach einem Moment des Schweigens. „Hatten sie nichts dagegen?"

„Du meinst Fabio? Doch, aber von ihm hatte ich nichts anderes erwartet. Lorenzo und Stefano waren auch dagegen, und Sofia hat sich überraschenderweise enthalten. Aber alle anderen waren für dich, womit deine Gegensprecher überstimmt wurden. Du bist ab sofort Mitglied meines Teams, und als solches steht dir ein eigenes Zimmer in der dritten Etage zu." Feierlich deutete er um sich, als mir etwas auffiel.

„Mein Zimmer liegt direkt neben deinem."

Um seine Mundwinkel zuckte es. „Ist das ein Problem?"

Und ob das ein Problem war! Ein gewaltiges sogar! Wenn man Sofia, Roberta und nun auch Vincent glauben durfte, wollte Silvan mich flachlegen. Und alles, was jetzt noch zwischen uns stand, waren zwei Türen und meine sowieso schon wankende Besonnenheit. „Nein, alles gut", log ich, woraufhin seine Mundwinkel noch etwas höher wanderten. Schweigen legte sich über uns, und ich fühlte mich unter seinen unverblümten Blicken hilflos. Dann runzelte er allerdings die Stirn und kam näher.

„Wie geht es deinem Hals?“

„Meinem … Hals?“, echote ich von seiner Nähe überrumpelt.

„Ich neige dazu, es beim Training zu übertreiben. Ist eine alte Angewohnheit, die ich noch von meiner Ausbilderzeit beim Militär habe. Tut mir leid, dass ich so grob war. Samuele hatte recht, das war übertrieben.“

Automatisch fasste ich mir an die Stelle, an der er zugedrückt hatte. Reue war in seinem Blick zu sehen, als er der Bewegung folgte. „Ach, ist längst vergessen“, behauptete ich leichthin. *Könntest du dann bitte wieder zurücktreten, damit ich mich wieder entspannen kann?*

Doch seine dunklen Augen musterten mich skeptisch. „Bist du dir sicher? Denn wenn ich dir zu nahe komme, so wie jetzt, sehe ich Furcht in deinen Augen, und das gefällt mir nicht.“

„Ich … ich habe keine Angst vor dir. Wie kommst du darauf?“

Silvan machte einen weiteren Schritt auf mich zu, stand jetzt so dicht, dass sich unsere Körper berührten. Und da spürte ich, wie sich innerlich etwas in mir verkrampfte, so wie jedes Mal, wenn er in meiner Nähe war. Weil er der Feind war.

Weil ich, obwohl ich mich körperlich zu ihm hingezogen fühlte, Angst davor hatte, was er mir antun würde, wenn er herausfand, wer ich war und was ich vorhatte. „Seit ich mir damals die Sturmhaube vom Kopf gezogen habe, hast du diesen Anflug von Panik in den Augen, wenn du mich ansiehst“, murmelte er wie zu sich selbst. „Wie gesagt, ich bin es gewohnt, dass fremde Leute Furcht vor mir haben, aber normalerweise legt sich das, sobald sie mich kennengelernt haben. Bei dir nicht. Und jetzt fürchte ich, dass ich es mit dem Training noch schlimmer gemacht habe.“ Er neigte den Kopf und sah mir tief in die Augen, als wollte er mich hypnotisieren. „Warum hast du Angst vor mir, Allegra? Was ist es, wovor du dich so sehr fürchtest?“

Mein Puls stieg rasant an. Er war der Wahrheit gefährlich nahe. Wenn er nur einen Moment intensiv darüber nachdenken würde, könnte er darauf kommen! Das durfte nicht passieren. Ich musste umgehend handeln, also tat ich das Einzige, das mir spontan einfiel.

Ich küsste ihn.

Meine Lippen trafen auf weichen, faszinierenden Widerstand. Falls Silvan überrascht von dem Kuss war, so merkte man es ihm nicht an. Schon öffnete er die Lippen und seine Hand wanderte in meinen Nacken, um mich näher heranzuziehen. In seinem Kuss lag ein Verlangen, das mir den Boden unter den Füßen wegriss.

Eben noch hatte ich die Kontrolle gehabt, in der nächsten Sekunde spürte ich die Wand im Rücken und hatte keine Ahnung, wie ich hierhergekommen war. Silvan küsste fordernd, leidenschaftlich und doch sanft. Seine Barstoppeln kratzten über mein Kinn, während sein Körper sich jetzt der Länge nach an mich presste und seine Hände sich auf meine Hüften legten. Ich spürte Silvan überall, und ich verbrannte regelrecht vor Lust. Was sollte mich davon abhalten, hier und jetzt mit ihm zu schlafen? Seine Küsse versprachen Zärtlichkeit, Hingabe und garantiert den besten Sex meines Lebens.

Als er meinen Kopf zur Seite drehte und seine Lippen sich meinem Ohr widmeten, drohten meine Gedanken, sich aufzulösen. Ein Kuss unterhalb meiner Ohrmuschel, geschicktes Knabbern an meinem Ohrläppchen und dann diese neckenden Laute, die er von sich gab, während seine Erektion hart und bereit gegen meinen Schoß drückte. Ich hielt das nicht mehr aus und krallte mich keuchend an seinen Schultern fest. Scheiße, das war jetzt schon unfassbar gut! Meine Hände erkundeten seine Trizepse, seine Unterarme und schließlich seinen Oberkörper. Als ich sein Hemd hochschob und seinen Bauch ertastete, diese einzigartige von straffer Haut überzogene Muskellandschaft – wobei ich die Wunde mit dem Verband bewusst mied –, antwortete sein Körper mit einem Zittern. Sollte Silvan Schmerzen verspüren, so ließ er sich nichts anmerken.

Zügellos presste er seine Lippen wieder auf meine, dann nahm er meine Hand … und drückte sie auf seinen Schritt. Von ihm gelenkt packte ich zu, fühlte ihn durch die seidene Stoffhose und wie er sich mir entgegendrängte. Silvans Küsse wurden intensiver, ein Stöhnen vibrierte durch seinen Mund direkt in meinen Körper.

Ich wusste nicht mehr, wo oben und unten war oder was ich hier überhaupt tat. Mein Verlangen nach ihm übernahm die Kontrolle und ließ mich instinktiv handeln.

Wie in Trance fummelten meine Finger an seinem Hosenschlitz herum, um ihn aufzuziehen. Um zu spüren, wie Silvan sich anfühlte. *Wenigstens einmal*, dachte ich am ganzen Körper schaudernd. Aber genau dieser Gedanke wirkte wie eine kalte Dusche auf mich.

Was tust du da, Mädchen?

Du bist drauf und dran, mit der rechten Hand des Nachtprinzen zu schlafen!

Ernüchterung schwappte über mich. Im nächsten Moment hauchte ich ein „Nein" gegen seine Lippen und drückte ihn weg.

„Nein?" Irritiert hob Silvan den Kopf. Meine Hände gegen seine Brust gedrückt, starrten wir einander atemlos an. Jede Faser in mir verlangte, dass ich mich auf das Bett warf und mich von Silvan um den Verstand vögeln ließ. Das Brennen in meinem Schritt war unerträglich. Aber langsam, ganz langsam sickerte die Vernunft in meinen Verstand zurück, und Silvan schien es mir anzusehen.

Stöhnend ließ er den Kopf auf meine Schulter fallen. „Und das fällt dir erst ein, *nachdem* du mich geküsst hast?" Seine tiefe Stimme vibrierte an meiner Haut.

„Tut mir leid", murmelte ich und wusste plötzlich nicht mehr, wohin mit meinen Händen. Ihn weiter zu berühren war riskant. An Silvan war einfach alles zu verlockend, selbst das bloße Gefühl seiner warmen, glatten Haut. „Ich weiß nicht, was in mich gefahren ist."

„Na, *ich* jedenfalls nicht", hörte ich ihn murmeln.

Gefangen zwischen Belustigung und Empörung boxte ich ihm für diesen dreisten Spruch gegen die Schulter. Daraufhin kam Silvan wieder hoch und grinste träge auf mich herunter. Fast reichte es aus, um mich wieder schwach werden zu lassen, aber dann fragte ich: „Du schmeißt mich deswegen jetzt aber nicht wieder raus, o-der?“

Sein Grinsen erlosch. Langsam senkte er die Hand. „Das denkst du von mir? Dass ich dich aus dem Team werfen würde, nur, weil ich dich nicht kriegen konnte?“ Sich durch die Haare fahrend machte er einen Schritt zurück, gab mir wieder Raum zum Atmen. „Keine Sorge, ich bin ein großer Junge. Ich kann eine Abfuhr ertragen.“ Das Feuer in seinen Augen war noch nicht ganz erloschen und flammte wieder etwas auf. „Auch wenn ich dir mitteilen muss, dass dich das nur noch begehrenswerter macht.“

Wow, als begehrenswert hatte mich, glaube ich, noch nie ein Mann bezeichnet. Ein weiterer Grund, schleunigst Abstand zwischen uns zu bringen. „Ich sollte wieder in die Küche zurück. Lass dir dein Abendbrot schmecken“, sagte ich und ging rückwärts aus der Tür. Silvans Blick sagte mir, dass er sich am liebsten *mich* schmecken lassen würde, aber den Spruch verkniff er sich zum Glück. Dafür rief er mir, als ich schon im Flur war, nach: „Werde ich. Und, Allegra? Ich mag Herausforderungen.“

Noch lange nachdem ich ins Bett gegangen war, spürte ich Silvans Lippen auf meinem Mund, seine fordernden Berührungen und wie er sich an mich gedrängt hatte. So ungezügelt, ja, fast ausgehungert. Um Roberta nicht zu wecken, stöhnte ich in mein Kopfkissen. Wie sollte ich ihm je wieder unter die Augen treten, ohne daran denken zu müssen, wie er seine Erektion an mir gerieben hatte? Wie ich dabei gekeucht hatte? Ja, ich hatte Silvan ablenken müssen, aber hatte es unbedingt ein Kuss sein müssen? Hätte ich nicht einen Ohnmachtsanfall oder so vortäuschen können? Jetzt fühlte er sich in seinem Bestreben, mich herumzukriegen, doch nur bestärkt.

Als ob ihm das nicht längst gelungen wäre, höhnte eine Stimme in mir. *Du bist in seinen Armen doch wie Butter zerlaufen.* Aber, verdammt, es war schon so lange her, dass ich guten Sex gehabt hatte, dass mein Körper seitdem pausenlos nach mehr schrie. Denn jetzt wusste er, was Silvan ihm geben konnte. Wozu seine Hände und seine Zunge in der Lage waren. Um ein Haar wäre ich in seinem Bett gelandet. Oder besser gesagt mit ihm in meinem. Das wäre auf so vielen Ebenen falsch gewesen. Nicht nur, weil er der Feind war, sondern weil er längst nicht mehr nur körperliche Reaktionen in mir hervorrief. Silvans Berührungen waren so verhängnisvoll wie sein Ruf gnadenlos.

Und ich stand ganz oben auf seiner Eroberungsliste.

Kapitel 11

Am nächsten Morgen wechselte ich mit Silvan nur die nötigsten Worte. Ich war sauer auf ihn. Na ja, nicht wirklich, denn ich konnte ihm schlecht vorwerfen, dass er den Kuss erwidert hatte, aber hatte er gleich eine halbe Pornonummer daraus machen müssen? In diesem Schloss gab es genügend Frauen, die willig waren, und wenn er wollte, könnte er bestimmt jeden Tag Sex haben. Warum hatte es sich dann gestern angefühlt, als wäre er regelrecht ausgehungert nach Körperkontakt gewesen? Als würde er sich schon seit einer halben Ewigkeit nach mir verzehren? Da ich mir in seiner Nähe nicht mehr traute, reduzierte ich den Augenkontakt beim Training auf ein Minimum und beschränkte mich auf höflich distanzierte Antworten.

Was Silvan zu erheitern schien.

Seine Lippen waren quasi am Dauerzucken, und wenn nicht das, dann lachte er mich mit den

Augen aus. Die anderen schienen nichts zu bemerken – sie konzentrierten sich voll und ganz auf das Kampftraining –, nur Fabio warf mir hin und wieder scheele Blicke zu, aber das war bei ihm nichts Neues.

Nach dem Training teilte Silvan mir mit, dass der Nachtprinz meine Mitgliedschaft noch offiziell machen musste. Dies würde heute Abend in Form einer Zeremonie in der Halle geschehen. Ob ich dann endlich sein Gesicht sehen würde? Vielleicht war es doch nicht so verkehrt gewesen, Silvan zu küssen. Wenn der Prinz glaubte, dass ich ein Verhältnis mit seinem besten Mann hätte, vertraute er mir vielleicht genug, dass ich mit ihm allein sein und ihm den Todesstoß versetzen konnte.

Später in der Küche musste ich Roberta und Elisa haargenau den Trainingsablauf wiedergeben, wobei sie wie gebannt an meinen Lippen hingen. Dass ich fast mit Silvan geschlafen hätte, behielt ich, Elisa zuliebe, für mich, aber ich verspürte das dringende Bedürfnis, mit jemandem darüber zu sprechen, deshalb holte ich es am Abend in Marias Zimmer nach.

„Oh. Mein. Gott!", rief sie und hörte auf, an ihren Locken zu zupfen. „Das klingt so heiß, dass ich am liebsten dabei gewesen wäre!" Maria trug ein blau-weiß-kariertes Kleid, ich hatte mich ganz in Schwarz geworfen. Schwarzer Rollkragenpullover, schwarze Röhrenjeans, Stiefel, und die Haare zu einem strengen Pferdeschwanz gebunden. „Und er hat dich echt dazu gebracht, sein Ding anzufassen? Ganz schön forsch." Forsch, aber leider unfassbar scharf. Die Erinnerung daran ließ mein Gesicht rot anlaufen. „Und?", fragte sie mit den Augenbrauen wackelnd.

Lachend schüttelte ich den Kopf. „Darauf werde ich *nicht* antworten, du Perverse."

„Ich bin die Perverse? Wer hat ihm denn die Zunge in den Hals gesteckt? Und außerdem, wenn du es so bereust, warum hast du es dann überhaupt gemacht?"

Darauf konnte ich ihr leider keine wahrheitsgemäße Antwort geben, deshalb zuckte ich nur die Schultern und erntete ein schelmisches Grinsen. Auch, wenn ich nicht ganz aufrichtig zu ihr sein konnte, tat es gut, mit Maria darüber zu reden. Es lenkte mich von meiner inneren Unruhe ab, denn mit jeder Minute, die der Zeiger der Wanduhr sich bewegte, stieg auch meine Nervosität. In einer halben Stunde würde der Nachtprinz sich uns offenbaren. In einer halben Stunde würde ich hinter das bestgehütetste Geheimnis der *Neros* kommen. Das Geheimnis, das meinen Clan schon so viele Jahre beschäftigte.

Nur am Rande bekam ich mit, wie Maria das Thema wechselte. Fröhlich plapperte sie darüber, bald offiziell zum Clan zu gehören, und dass sie, sobald sie eine anerkannte *Nero* wäre, vielleicht sogar mit Diego zusammen sein könnte. Denn Neulingen, deren Loyalität noch nicht bewiesen war, war es untersagt, engere Beziehungen zu Clanmitgliedern zu pflegen.

„Hey“, sagte Maria irgendwann und legte schmunzelnd eine Hand auf mein wippendes Knie. Ich hatte mich auf ihr Bett gesetzt und starrte gedankenverloren die Wand an. „Dein Bein zappelt, als hättest du einen Zitteraal verschluckt. Warum so nervös? Das ist doch nur eine Einweihungszeremonie, kein Opferritual.“

Ich lachte angespannt. „Ja, sorry. Ich bin nur so aufgeregt, weil ich bald offiziell zum Team gehöre und dann zu den Einsätzen mitdarf.“

Maria schürzte missbilligend die Lippen. Sie verstand immer noch nicht, was mich daran reizte, eine – um es mit ihren Worten zu formulieren – menschliche Zielscheibe für die *Corvi* zu spielen, aber wenigstens hatte sie es aufgegeben, es mir ausreden zu wollen. Ich war so hibbelig, dass ich noch zweimal auf die Toilette musste, dann holte uns endlich Valentina ab.

„Gratulation übrigens, dass du es in Silvans Team geschafft hast“, sagte sie zu mir, als wir auf dem Weg zur Halle waren. „Ich gebe zu, ich habe dich unterschätzt. Das nimmst du mir hoffentlich nicht übel.“

„Gar nicht“, sagte ich lächelnd und knetete nervös meine Finger. *Gleich bist du da! Gleich siehst du den Prinzen!* Ich konnte mich nicht daran erinnern, wann ich das letzte Mal so aufgeregt und gleichzeitig so besorgt gewesen war. Denn plötzlich kam mir in den Sinn, dass mir nicht gefallen könnte, was ich sehen würde. Was, wenn der Prinz jemand war, den ich mochte? So wie Samuele oder Diego zum Beispiel? Könnte ich ihn dann wirklich umbringen? Ihm hinterhältig ein Messer in den Rücken rammen?

Der Weg zur Halle kam mir ewig vor, die Stufen, die zum Erdgeschoss führten, endlos. Vergeblich bemühte ich mich, Marias und Valentinas Unterhaltung zu folgen, aber ich konnte nur an das Gesicht denken, das ich gleich sehen würde und dass es auf die eine oder andere Weise meinen Untergang bedeuten würde.

Physisch oder seelisch.

„Da wären wir." Valentina blieb vor der zweiflügligen Tür stehen und drehte sich, die Hände auf den Türknäufen ruhend, mit einem Lächeln zu uns um. „Bereit für eure Taufe?" Wir nickten, dann drückte sie die Türen auf und gewährte uns Einlass.

Das Erste, was ich sah, waren Kerzen. Eine Menge davon. Sie standen auf den Fensterbrettern, den elegant geschnitzten Kommoden, auf dem Boden, den Sockeln, selbst auf den beiden Stufen des Podests. Das flackernde Licht tauchte den ansonsten unbeleuchteten Raum in einen warmen Schein, der gerade so die Personengruppe vor dem Thron beleuchtete. In der Dunkelheit konnte ich weitere Menschen erkennen. Schemenhaft nur, da sie Schwarz trugen und mit den Schatten verschmolzen, aber sie waren da.

Eine Gänsehaut kroch über meinen Nacken. Wäre ich nicht so angespannt gewesen, hätte ich Maria neben mir einen strengen Blick zugeworfen. Von wegen kein Opferritual! Noch mehr Sektenfeeling hätte man mit dieser Kulisse nicht erzeugen können! Valentinas Absätze waren die einzigen Geräusche im Saal und hallten gespenstisch in der Stille wider. Sie führte uns auf das Podest zu, aber je näher wir den Personen, die davor standen, kamen, desto ungläubiger wurde mein Gesichtsausdruck.

Was zum Teufel …?!

Unbeweglich wie eine Statue saß der Nachtprinz auf seinem Thron. Er war noch immer maskiert, was zunächst nicht ungewöhnlich war, auch sein Eliteteam stand wie damals, als man uns ihm vorgestellt hatte, in Reih und Glied vor dem Podest. Beim Näherkommen sah ich allerdings, dass sie Masken trugen, und zwar exakt dieselben wie der Prinz. Ein Schauer kroch mir über den Rücken, als ich in 14 identische Gesichter blickte. Was hatte das zu bedeuten? Gehörte das zum Begrüßungsritual? Würden sie die Masken noch abnehmen? Oder war ich aufgeflogen und lief geradewegs in mein Verderben? Bittere Galle stieg in mir hoch, und ich musste die aufwallende Panik niederdrücken. *Jetzt bloß keine Dummheiten machen*, ermahnte ich mich. *Noch hat sich niemand bedrohlich verhalten, und du hättest eh keine Chance, von hier zu fliehen. Vielleicht ist das nur ein blöder Scherz. Ein Insider, den du noch nicht verstehst.*

Valentina lenkte uns in die Mitte der Einheit. Etwa zehn Schritte vor dem Podest sollten wir anhalten, und sie stellte sich hinter uns. Jetzt waren wir von maskierten Elitemitgliedern umzingelt, die ebenfalls starr wie Säulen dastanden. Niemand bewegte sich, nicht mal ein Räuspern oder Husten war zu hören, sodass ich unmöglich sagen konnte, wer wer war. Jemand löste sich aus der Reihe, trat vor Maria und mich und zog langsam seine Maske nach hinten. Ich wusste, dass es Silvan war, noch bevor er sein Gesicht entblößte. Ich erkannte ihn an der Art, wie er sich bewegte, eine Art, die ihn in meinen Augen von allen Menschen unterschied, denen ich je begegnet war. Amüsiert blickte er auf Maria und mich herunter. „Willkommen zu eurem Aufnahmeritual. Ihr müsstet mal eure Gesichter sehen."

Leises Lachen ging herum, durch die Masken wurde es auf unheimliche Weise verzerrt. Blinzelnd wechselten Maria und ich Blicke, und ich sah, dass sie genauso wachsam und fragend dreinschaute wie ich. Als mein Blick zu Silvan zurückkehrte, zuckten seine Mundwinkel. Okay, ich schien nicht aufgeflogen zu sein. Aber was sollten dann die Masken? Ich dachte, wir wären jetzt vertrauenswürdig genug, um den Prinzen sehen zu dürfen.

„Kommt." Silvan führte uns die wenigen Schritte zum Podest heran. Als wir uns bewegten, erhob sich der Nachtprinz von seinem Thron, und ich sah ihn zum ersten Mal aufrecht stehen. Sofort hielt ich nach Merkmalen Ausschau, die mir bekannt vorkamen oder die ich zur späteren Identifizierung verwenden könnte, aber das schummerige Licht und seine schwarzen Sachen machten mir einen Strich durch die Rechnung. Frustriert widmete ich meine Aufmerksamkeit wieder Silvan, der sich schräg hinter den Prinzen stellte und eine schwarze Schachtel aus seiner Hosentasche zog. Sah aus wie eine Ringschachtel, die man zur Trauung benutzte.

„Allegra Filice. Schwörst du dem Nachtprinzen, und nur ihm, deine unwiderrufliche Treue?", fragte Silvan mich.

Mein Blick wechselte zwischen den Männern vor mir hin und her. „Ich schwöre."

Daraufhin öffnete Silvan die Schachtel und zwei silberne Ringe kamen zum Vorschein. Die Ringe der *Neros*. Der Prinz nahm einen.

„Und schwörst du“, fragte Silvan weiter, „dass du seine Sache und seine Person mit deinem Leben verteidigen wirst?“

„Ich schwöre.“

„Dann knie nieder vor deinem Prinzen.“ Ich sank auf die Knie und verfolgte mit angehaltenem Atem, wie der Prinz meine linke Hand nahm. Er sagte kein Wort. Ich nahm auch kein Parfüm oder sonst etwas an ihm war, das mir einen Anhaltspunkt für seine Identität geben könnte.

Maria hatte recht, er war wie ein Geist, und es war zum Verrücktwerden, ihm so nahe zu sein und nicht zu wissen, wer sich hinter seiner Maskerade verbarg. Wortlos steckte er mir den Ring an den Mittelfinger, dann sah er mich aus kühlen Augen an, als ich zu ihm hoch schaute. Augen, die ich zu selten gesehen hatte, um sie mit den anderen vergleichen zu können.

„Und nun erhebe dich … als Mitglied des *Nero*-Clans.“ Ich tat es und atmete erleichtert auf, als der Prinz sich Maria zuwendete. Ich war nicht aufgeflogen. Dafür durfte ich mich endlich frei im Schloss bewegen.

Das war zwar nicht das, was ich mir von der Zeremonie erhofft hatte, aber jetzt fehlten nicht mehr viele Puzzleteile bis zu meinem Erfolg.

Nachdem auch Maria ihre Treue geschworen und einen Ring bekommen hatte, gingen die Lichter im Saal an, und ich sah mich nach der Männergruppe um, die im großen Abstand um die Elite herum stand. „Das sind unsere ranghöchsten Wachen und Sicherheitsleute. Sie sind hier, um eure Mitgliedschaft zu bezeugen und werden die Rangniederen darüber informieren. So stellen wir sicher, dass es nicht zu Missverständnissen kommt“, erklärte Silvan uns. In der Menge machte ich ein Gesicht aus, das mir mittlerweile vertraut war. Claudio, der unheimlich Typ aus der Gasse. Dass er zu den Wachen gehörte, hatte ich gewusst, aber nicht, dass er auch etwas zu sagen hatte. „Es gibt noch etwas zu verkünden“, richtete Silvan das Wort jetzt an die Wachen. „Mit dem heutigen Tag gehört Allegra zu meinem Team, und als Mitglied stehen ihr die oberen Etagen sowie alle Freiheiten des Elitetrupps zur Verfügung. Ich erwarte, dass ihr sie mit demselben Respekt behandelt, den ihr auch uns entgegenbringt. Gebt das an eure Kollegen weiter.“

Als die Wachen ein einstimmiges „Jawohl“ hören ließen, sah ich noch einmal zu Claudio. Jetzt bereute er es bestimmt, mich in der Gasse so erschreckt zu haben, denn von nun an stand ich im Rang über ihm. Aber da war weder Angst noch Missgunst in seinem Blick.

Nein, er lächelte mich triumphierend an.

Noch am selben Abend zog Silvan mich vom Küchendienst ab und ließ mein Bett in der dritten Etage beziehen. Maria und ich hatten gerade mal Zeit, uns gegenseitig zu beglückwünschen, dann brachte Valentina sie zurück, und ich wurde in den berühmten Speisesaal geführt, den wir *Bediensteten* nur vom Hörensagen kannten. Eine lange Tafel erstreckte sich in der Mitte des kleineren Saals, festlich drapiert und mit so vielen Köstlichkeiten beladen, dass sich unter der Tischdecke die Balken biegen mussten. Hierher gingen also die Delikatessen, die Filippo jeden Abend in seinem persönlichen Küchenbereich kreierte, dachte ich mit gemischten Gefühlen. Wie abgehoben war es bitte, an dieser Tafel zu speisen und in königlichen Zimmern zu schlafen, während wir anderen im Keller wohnen mussten? Andererseits setzten wir *anderen* auch nicht jede Nacht unser Leben aufs Spiel, so wie das Außenteam.

Sobald die Wachen gegangen waren und die Gruppe unter sich war, nahmen sie ihre Masken ab, und ich begriff, dass die Show des Prinzen nicht nur den Neulingen, sondern auch dem Rest der Schlossbewohner galt. Offenbar beschränkte sich sein Vertrauen nur auf Silvans Mannschaft. Ich wollte schon Luftsprünge machen, weil ich nun endlich sein Gesicht sehen würde, aber zu früh gefreut, der Prinz blieb als Einziger im Raum maskiert.

Sofia schien sich von ihrer Blöße noch nicht erholt zu haben, denn als wir alle an der Tafel saßen und über das Essen herfielen, war sie nicht anwesend. Auch Samuele, Vincent und die beiden Schützen Dario und Lorenzo fehlten. Dafür saß Fabio mir gegenüber, säbelte mit zusammengepressten Kiefern sein Steak in Scheiben und funkelte mich bei jedem Bissen über den Tisch hinweg an. Dass ich jetzt offiziell zum Team gehörte, schmeckte ihm natürlich nicht, aber ich würde seine Blicke und spitzen Bemerkungen auch weiterhin kommentarlos erdulden, denn ich hatte wichtigere Probleme.

Den Nachtprinzen zu meiner Rechten.

Ich hatte den Ehrenplatz bekommen, der sonst Silvan gehörte, wie man mir erklärt hatte, und saß nur eine Armlänge von meinem Ziel entfernt. Wie von einer fremden Macht gelenkt umschloss ich das Messer in meiner Hand fester. Es wäre so einfach.

Eine schnelle Bewegung, ein gezielter Stich, und mein Auftrag wäre erledigt. Nino und meine Mutter wären in Sicherheit und diese ganze Farce hätte ein Ende. *Ja, weil du dann nämlich tot wärst,* gemahnte eine innere Stimme mich. *So leicht wie du den Prinzen erstechen würdest, so leicht würden die Anwesenden es mit dir tun und du willst doch bestimmt lebend aus dieser Sache herauskommen.* Ich lockerte den Griff wieder, atmete tief durch und trank einen Schluck Weißwein, um meine Nerven zu beruhigen. Überrascht leckte ich mir die Lippen und nahm einen größeren Schluck. Zum Abendessen standen uns Bewohnern vier verschiedene Weine zur Auswahl, aber dieser edle Tropfen hier stellte sie alle in den Schatten.

Der Prinz beteiligte sich weder an den Gesprächen noch am Essen. Die Unterarme auf den Tisch gelegt und die behandschuhten Hände verschränkt saß er kerzengerade da und überblickte die Tafel. Seine Nähe machte mich nervös. Lieber hätte ich am anderen Ende des Tisches neben Silvan gesessen und seine neckenden Blicke ertragen, aber mit dem stummen Prinzen und dem feindseligen Fabio an meiner Seite hatte ich nicht viel zu lachen. Und so lauschte ich still vor mich hin kauend den Tischgesprächen, die so ausgelassen und teilweise vulgär waren, dass es mich einfach nur irritierte.

Wüsste ich es nicht besser, hätte ich gesagt, ich säße inmitten einer Männer-WG und nicht zwischen dem Elitetrupp des Prinzen. Zudem schien sich niemand an dessen Unheimlichkeit zu stören. Oder war es etwa normal, wie eine geschnitzte

Holzfigur dazusitzen und sich kein einziges Mal zu rühren? Die ganze Zeit über glaubte ich seine Blicke auf mir zu spüren, aber ich wagte es nicht, auch nur den Kopf in seine Richtung zu drehen, geschweige denn ihn anzusprechen.

Rund zwei Stunden später war das Gelage endlich vorüber.

Und ich hatte einen im Tee.

Vor lauter Unwohlsein hatte ich mir bestimmt viermal Wein nachgeschenkt. Jetzt drehte sich in meinem Kopf alles, als ich den Stuhl zurückschob und aufstand. Das Team verstreute sich rasch, und es beruhigte mich, zu wissen, dass ich nicht die Einzige war, die zu tief ins Glas geguckt hatte. Lallend verkündete Diego, dass er sich aufs Ohr hauen würde, während Fabio um diese Uhrzeit tatsächlich noch in die Trainingshalle wollte, und die anderen erzählten etwas von einem Filmabend. Ich wartete darauf, dass Silvan seine Unterhaltung mit Stefano beendete, damit er mir hoffentlich sagen würde, dass ich endlich schlafen gehen durfte, als zwei bekannte Gesichter den Speisesaal betraten.

Jeweils einen Servierwagen vor sich herschiebend hielten Roberta und Elisa direkt auf mich zu. Richtig, sie deckten ja dreimal täglich die Tafel für das Eliteteam und räumten sie anschließend wieder ab. Einmal hatte ich – in der Hoffnung, einen Blick auf den Prinzen erhaschen zu können – Filippo gefragt, ob ich mitgehen durfte, aber er hatte nur in gewohnt maßregelnder Art geantwortet, dass ich hier als Neuling nichts zu suchen hätte. Und nun stand ich hier und wurde von meinen Kolleginnen bedient, was mir mehr als unangenehm war.

„Hey“, begrüßte ich die beiden, glücklich darüber, wieder Menschen um mich zu haben, mit denen ich mich wohlfühlte. Doch bevor ich sie in ein Gespräch verwickeln konnte, sagte Roberta im Vorbeigehen und mit einem entschuldigenden Lächeln: „Hey, sorry, aber jetzt ist kein guter Zeitpunkt zum Plaudern.“ Ich drehte mich mit ihr mit. „Lass uns nachher reden. Wobei …“ Sie hatte den Wagen an den Tisch geschoben und hielt inne. „Du schläfst ja ab heute nicht mehr bei mir. Na ja, dann ein anderes Mal.“ Damit wandte sie sich ab und begann, das schmutzige Geschirr und die Essensreste auf den Servierwagen zu laden. Essensreste, über die wir uns normalerweise in der Küche, sofern sie nicht angeknabbert waren, gemeinsam hermachten.

Damit war jetzt Schluss. Von heute an würde ich meine Mahlzeiten in diesem Saal einnehmen. Nicht mehr in der Küche und auch nicht in der Kantine. Geknickt beobachtete ich wie Elisa, die nur Augen für Silvan hatte, auf die andere Seite des Tisches ging, und fühlte mich, als hätte ich die beiden verraten. Was unsinnig war, da ja relativ schnell festgestanden hatte, dass ich ins Außenteam wollte.

Silvan trat neben mich und fragte: „Kommst du? Alle anderen sind schon weg.“

Ich sah mich um und stellte fest, dass mit *alle* auch der Prinz gemeint war. Für meine Unachtsamkeit hätte ich mich ohrfeigen können. Was, wenn er eine Geheimtür benutzt hatte, die mir später hätte nützlich sein können? Ich durfte nicht unachtsam werden – besonders jetzt nicht, da ich zum engeren Kreis gehörte.

Kapitel 12

Über die Haupttreppe brachte Silvan mich ins Obergeschoss, aber der Aufstieg gestaltete sich unerwartet anstrengend. Mit jeder Stufe wurde der Schwindel in meinem Kopf penetranter. Die offensichtliche Quittung dafür, dass ich mein Unbehagen im Alkohol ertränkt hatte.

„Alles in Ordnung?", fragte Silvan plötzlich mit einer Hand auf meinem Rücken. Hatte ich gewankt?

„Ja, hab' nur ein bisschen viel getrunken", murmelte ich. Mit der einen Hand hielt ich mich am Geländer fest, mit der anderen rieb ich mir müde das Gesicht. „Der Prinz ist schuld", platzte es im nächsten Moment aus mir heraus. „Er und seine unheimliche Art!"

Silvan lachte leise. „Aha."

Wir hatten die zweite Etage erreicht, und ich musste eine Schwindelpause einlegen. Mit dem Rücken lehnte ich mich an die Balustrade und sah zu Silvan hoch, der vor mir stehen geblieben war.

„Was ist mit ihm? Kann er nicht sprechen, oder warum ist er so stumm? Ist er überhaupt ein Mensch?“ Es war erstaunlich, wie schnell ein paar Gläser Wein meine Zunge lockerten. Nüchtern hätte ich ihm diese Fragen niemals gestellt. Noch erstaunlicher war allerdings, dass Silvan darauf antwortete.

„Er *ist* ein Mensch, und als ich das letzte Mal mit ihm geredet habe, konnte er noch sehr gut sprechen.“ Erheiterung und noch etwas anderes funkelten in seinen Augen. „Wie viel hast du getrunken?“

„Drei oder vier Gläser. Ich wusste nicht, was ich sonst machen sollte. Unsere Hoheit ist ja nicht sehr gesprächig, und Fabio hat mich die ganze Zeit mit Blicken seziert!“ Ich warf einen Blick zur nächsten Treppe hoch. „Ich glaube, es geht wieder. Wir können weiter.“

Doch Silvan rührte sich nicht, er sah mich nur amüsiert an. „Was?!“, fragte ich mit hochgezogenen Brauen und eine Spur gereizter als beabsichtigt. Zu viel Alkohol machte mich immer leicht bissig, aber Silvan schien es zu erheitern. „Gar nichts. Mir ist nur gerade etwas klar geworden.“

Verunsichert musterte ich ihn. „Und das wäre?“

Anstatt zu antworten wurde sein Blick durchdringender, verkeilte sich mit meinem, was dazu führte, dass sich meine Atmung beschleunigte.

Wie schön er ist!, dachte ich, aber dann nahm ein viel gefährlicherer Gedanke in meinem Kopf Gestalt an. Ich wollte, dass er sich wieder an mich drückte und so leidenschaftlich küsste wie gestern. Ich wollte seine Lippen schmecken, seinen heißen Atem an meinem Ohr spüren, seinen stählernen Körper auf meinem. Stattdessen fasste er an meinen Rücken, drehte mich halb und schob mich dann langsam die Treppe hoch. „Dass du dringend schlafen solltest", kam seine verspätete Antwort.

Irritiert ließ ich mich in die dritte Etage bringen. Was waren das denn für neue Töne? War mich rumzukriegen nicht genau das, was er die ganze Zeit gewollt hatte? Nun, das war seine Chance. So unvernünftig wie jetzt würde ich garantiert kein zweites Mal sein, denn ich trank nicht oft Alkohol – aus genau diesen Gründen. Doch Silvan schien keinerlei Interesse zu haben. Beharrlich schob er mich die Treppe hinauf, es wirkte fast, als wollte er mich so schnell wie möglich loswerden. Oder bildete ich mir das nur ein? Vor lauter Grübeln hätte ich fast die Kreatur übersehen, die uns im Gang entgegenkam.

Rocky, der Dobermann.

Ich erstarrte.

„Ganz ruhig", sagte Silvan, die Hand noch auf meinem Rücken. „Er tut dir nichts. Geh einfach weiter." Er drängte mich nicht, sondern wartete, bis ich von mir aus losging. Tief durchatmend setzte ich einen Fuß vor den anderen, aber diese schwarzen Knopfaugen verfolgten jede meiner Bewegungen, deshalb klammerte ich mich kurzerhand an Silvans Arm fest.

Als Rocky näherkam, um mich zu beschnuppern, schickte er ihn mit einem knappen Befehl weg, und der Dobermann gehorchte. Erleichtert atmete ich auf, aber ich ließ Silvan erst los, als wir in meinem Zimmer in Sicherheit waren. „Woher kommt deine Angst vor großen Hunden?", wollte Silvan wissen und lehnte die Tür an.

Ich wankte zum Bett, plumpste auf die frisch bezogene Decke und ließ mich auf den Rücken fallen.

„Als Kind wurde ich von unserem Nachbarhund gebissen. Er war riesig, aber eigentlich immer lieb zu den Leuten. Keine Ahnung, was sein Problem gewesen war, aber er hat mich in den kleinen Finger gebissen. Hier", sagte ich und hielt ihm meine linke Hand hin. „Man kann die Narbe immer noch sehen."

Silvan kam zum Bett und nahm meine Hand, wobei er sich herunterbeugen musste. Dass ich bei seiner Berührung schlucken musste, entging ihm hoffentlich, während er meine Hand inspizierte.

„Aber vor kleinen Hunden hast du keine Angst?" Er ließ mich wieder los, und ich schüttelte den Kopf.

„Mit allem, was mir bis zu den Knien geht, komme ich klar." Während ich sprach, nahm der Schwindel wieder zu. „Okay, auf dem Rücken zu liegen ist vielleicht nicht so gut", stellte ich fest. „Kannst du mich hochziehen?"

Silvan tat es, und ich musste mehrmals blinzeln, ehe sein Gesicht wieder feste Konturen annahm. Na ja, halbwegs fest. Mit unergründlichem Blick sah er auf mich herunter, als ich wieder aufrecht saß, schien über etwas nachzudenken. Ich wollte schon fragen, worüber, als er einen Blick auf seine Armbanduhr warf.

„Gehst du etwa schon?" Ich konnte meine Enttäuschung nicht verbergen.

Ein Anflug von Spott kehrte in seine Augen zurück, und noch etwas anderes. „Ich wüsste nicht, warum ich bleiben sollte. Morgen früh ist Ausdauertraining. Du solltest schlafen, damit du fit dafür bist."

Aber ich wollte nicht. Ich wollte mich lieber noch etwas an seinem schönen Gesicht ergötzen. Mit dem Blick zeichnete ich seine ausgeprägten Wangenknochen nach, seine dichten Augenbrauen, die gerade Nase und geschwungenen Lippen … die jetzt verdächtig zuckten.

Es war mir egal, dass ich ihn so offensichtlich anhimmelte. In diesem flockig leichten Zustand verspürte ich weder Scham noch Sorgen, und das genoss ich.

„Erzähl mir etwas über dich“, bat ich und klopfte auf den freien Platz neben mich. Silvan fuhr sich durch die schwarzen Haare – deutlicher hätte er nicht zeigen können, dass er lieber gehen wollte –, aber ich sah ihn auffordernd an, und schließlich setzte er sich.

„Was willst du wissen?“

„Wie alt bist du? Wo lebt deine Familie?“

Silvan stützte die Arme auf das Bett und lehnte den Kopf nach hinten. Äußerlich deutete bei ihm nichts darauf hin, aber in dieser Pose wirkte er sehr erschöpft auf mich. Zum ersten Mal dachte ich darüber nach, wie anstrengend es für ihn sein musste, *er* zu sein. Alle hier schauten zu ihm auf. Nach dem Prinzen war Silvan der mächtigste Mann im Clan, und damit trug er auch eine große Verantwortung. Immer musste er stark und souverän auftreten, durfte sich nie Schwäche anmerken lassen. Das musste kräftezehrend sein. „33. Meine Familie lebt in Florenz.“

„Florenz? Das ist ein ganzes Stück von Kalabrien entfernt. Wie bist du hier unten gelandet?“

Da verdüsterte sich sein Blick. „Durch meinen Bruder.“

An seiner veränderten Stimmlage hätte ich merken müssen, dass etwas nicht stimmte. Leider hatten die Gläser Wein meine Rezeptoren stark beeinträchtigt, deshalb fragte ich neugierig: „Lebt er auch hier im Schloss?“

„Nein.“ Silvan knurrte jetzt beinahe. „Er lebt nicht hier. Er wurde getötet.“

Und da erst machte es Klick. Tief bestürzt öffnete ich den Mund. „Oh, Gott, ich bin so dumm! Tut mir leid, ich hätte nicht fragen sollen. Das war … tut mir leid.“

Den Kopf in den Nacken gelegt sah er zu mir. „Schon gut. Du konntest es nicht wissen.“

Aber sein Gesichtsausdruck sprach eine andere Sprache. Gar nichts war gut. In meiner Beschwipstheit hatte ich eine schmerzhafte Wunde aufgerissen, dabei hatte ich mich nur nett mit ihm unterhalten wollen.

Mehrere Atemzüge lang sagte niemand etwas, dann beantwortete Silvan von sich aus, was ich mich nicht zu fragen traute. „Es war ein *Corvi*. Er hat ihn auf offener Straße erschossen. Aus Rache, weil … Mein Bruder war vom Wesen her sehr aufmüpfig, musst du wissen“, erklärte Silvan stockend.

„Hat sich schon als Kind gern mit den Großen und Starken angelegt. Nach der Schule ist er nach Reggio Calabria gezogen, wo er sich mit den *Corvi* eingelassen hat. Ich kannte sie damals nur vom Hörensagen, aber er muss etwas sehr Dummes angestellt haben – vermutlich hatte er Schulden gemacht. Jedenfalls fand man ihn eines Tages am Straßenrand liegend. Ohne Geld in der Brieftasche, dafür mit einem Loch in der Brust.“

Vor lauter Entsetzen hatte ich die Hände vor dem Mund zusammengepresst. Als er nicht weitersprach, fragte ich schluckend: „Was ist aus seinem Mörder geworden?"

Ich konnte sehen, wie Silvan sich verkrampfte. Er senkte den Kopf und drehte ihn dann langsam in meine Richtung „Warum fragst du?"

„Weil ... wenn es mein Bruder gewesen wäre, ich versucht hätte, Rache zu üben. Egal, ob es richtig oder falsch wäre." *Für meinen kleinen Bruder würde ich alles tun*, hätte ich beinahe laut gesagt. Das war vielleicht nicht richtig, aber allein der Gedanke, Nino könnte leblos am Straßenrand liegen, reichte aus, um mir das kalte Grausen zu bescheren. Für meinen Bruder würde ich über Leichen gehen. Und schon bald würde das leider nicht mehr nur eine Redewendung für mich sein.

Silvan sah mich lange an, und die verschiedensten Emotionen tanzten in seinen Augen. Da war Verblüffung, Unglaube, aber auch Argwohn und so etwas wie Anerkennung. Schließlich beugte er sich nach vorn, legte die Arme auf die Knie und sagte, den Blick an die Tür geheftet: „Willst du nicht wissen."

Ich glaubte ihm und beließ es dabei. „So bin ich jedenfalls bei den *Neros* gelandet", sprach er dann weiter. „Ich wollte, dass nie wieder ein unschuldiger Mensch durch die Hand der Mafia stirbt. Ein lächerlicher Gedanke, da jeden Tag

Menschen durch sie sterben, ich weiß, aber ich wollte dem zumindest entgegenwirken."

Ich ließ mir seine Worte durch den Kopf gehen. „Aber warum hast du dich dann einer anderen Mafiaorganisation angeschlossen? Warum hast du nicht eine Laufbahn als Polizist oder so eingeschlagen?"

Mit hochgezogenen Brauen sah er zu mir. „Macht die hiesige Polizei auf dich etwa den Eindruck, als würde sie mit der Mafia zurechtkommen? Mit all den Morden, Erpressungen und Gewaltdelikten? Manchmal kann man Feuer nur mit Feuer bekämpfen, und wie du vielleicht selbst schon gemerkt hast, sind wir nicht wie unsere Feinde. Jeder *Nero* hat auf die eine oder andere Weise durch die *Corvi* gelitten. Entweder, indem er jemanden verloren hat, seines Geldes oder Eigentums beraubt wurde, mit Schutzgeld erpresst wurde ... Oder nimm dich und Maria. Sie wollten euch verkaufen und versklaven, und jetzt hast du entschieden, dich zu rächen. Nichts anderes tun wir hier. Wir rächen uns an denen, die uns Leid zugefügt haben.

Ich behaupte nicht, dass wir die Guten sind, auch wir gehen über Leichen, aber wir würden niemals Unschuldige töten. Sieh uns als eine Art Widerstand an. Wir halten die *Corvi* in Schach, verhindern, dass sie sich noch weiter ausbreiten, und helfen damit denen, die durch Gesetze und

Moralvorstellungen gebunden sind und sich deshalb nicht richtig wehren können."

Und der Prinz stellte ihnen dafür sein Schloss und vermutlich auch seine Mittel zur Verfügung.

Um den Bösen die Stirn zu bieten.

Dem *Corvi*-Clan.

Die Erkenntnis riss mich wie ein Strudel mit. All die Horrorgeschichten, die man uns über die *Neros* erzählt hatte. War das etwa alles gelogen gewesen? Hatte man uns absichtlich auf sie gehetzt, damit wir sie als Konkurrenten und nicht als das ansahen, was sie offensichtlich waren? Und der Prinz? Ich hatte mich an den Glauben geklammert, dass er ein genauso übler Mensch war wie mein Boss.

Ein geldgieriger, skrupelloser, reicher Mann, der andere für sich morden und arbeiten ließ. Und jetzt musste ich erfahren, dass er der verdammte Robin Hood der Unterwelt war! Das stellte meine gesamte Welt auf den Kopf. Wie sollte ich ihn mit diesem Wissen jetzt noch umbringen können? Denn ich glaubte Silvan mit jeder Faser. Es deckte sich mit dem, was ich in den Wochen hier erlebt und gesehen hatte.

Ohne wirklich darüber nachzudenken, legte ich meine Hand auf Silvans. Zum einen, um mich selbst zu beruhigen, denn mein Herz raste angesichts der erschütternden Erkenntnisse, zum anderen, um ihm meine Anteilnahme auszudrücken. „Das mit deinem Bruder tut mir sehr leid."

„Danke", sagte Silvan und betrachtete einen Augenblick meine Hand, die seine streichelte. Als er wieder Anstalten machte, zu gehen, hätte ihn ziehen lassen sollen, aber etwas in mir brachte es nichts übers Herz. „Bleib doch noch ein bisschen."

Schmunzelnd nahm er meine Hand und legte sie in meinen Schoß zurück. „Du bist todmüde, Allegra. Deine Augen fallen gleich zu."

„Aber es ist so schön, sich mit dir zu unterhalten."

Verblüfft hielt Silvan inne, dann lachte er leise. „Wow! Ich glaube, du hast wohl eher *zehn* Gläser getrunken."

„Na gut, aber beantworte mir noch eine Frage", bat ich. „Warum hast du mich vorhin auf der Treppe nicht geküsst?"

Silvan wirkte immer erstaunter, und ich konnte ihn verstehen, war ich ihm die meiste Zeit über doch aus dem Weg gegangen. Er wägte wohl ab, ob sich eine Antwort bei meinem Zustand überhaupt lohnte, aber schließlich sagte er: „Weil du es schon beim letzten Mal, als du nüchtern warst, bereut hast. Stell dir vor, wie du dich morgen fühlen würdest, wenn du mit einem Kater aufwachst."

Überrascht blinzelte ich ihn an. „Aber dir kann doch egal sein, wie ich mich fühle."

Silvans Lächeln verschwand. „Du scheinst ja eine glänzende Meinung von mir zu haben."

„Ich weiß, dass du hier der Frauenheld bist", sagte ich schulterzuckend. „Ich wette, du hast schon jedes Höschen in diesem Schloss gesehen."

Schnaubend schüttelte er den Kopf. „Tatsächlich habe ich das noch *nicht*, nein."

„Tja, meins wirst du jedenfalls *nicht* sehen", sagte ich und verschränkte entschieden die Arme vor der Brust.

Sein Lachen vibrierte durch die Luft. „Dir ist aber schon klar, dass du mich vor ein paar Minuten noch küssen wolltest, oder? Und dass es mir ein Leichtes gewesen wäre, auf der Treppe über dich herzufallen."

„Das war nur ein Test", behauptete ich eiskalt. „Um zu sehen, ob du meinen Zustand ausnutzen würdest."

Jetzt grinste er. „Du bist lustig."

„Und du bist nicht so unwiderstehlich, wie du denkst." *Was redest du da? Er ist der heißeste Mann auf diesem Planeten! Aber wie sind wir von so ernsten Themen eigentlich beim Flirten gelandet?*

Jetzt zeigte Silvan seine Zähne, und in seinen Augen flammte etwas von der Begierde von gestern Abend auf. „Ich würde dir unheimlich gern das Gegenteil beweisen. Zu deinem Glück stehe ich nicht so auf betrunkene Frauen.“ Er beugte sich so weit zu mir herüber, dass sich unsere Nasenspitzen berührten, und hauchte an meine Lippen, so dicht, dass ich seine fast schmecken konnte: „Aber ich komme gern auf dein Angebot zurück. Sobald du wieder nüchtern bist.“ *Angebot? Welches Angebot?*

Mein Körper schrie enttäuscht auf, als Silvan sich erhob, und seinem wissenden Blick nach zu urteilen, schien mir diese Enttäuschung deutlich ins Gesicht geschrieben zu stehen. „Träum was Schönes“, sagte er mit samtweicher Stimme.

Dann ließ er mich allein.

Kapitel 13

Silvan behielt Unrecht. Ich wachte nicht mit einem Kater auf, dafür mit brennenden Wangen, als ich an unsere gestrige Unterhaltung dachte. Ich hatte ihn nicht wirklich nach dem Grund gefragt, warum er mich nicht geküsst hatte, oder? Das war nicht nur abgrundtief peinlich, es war vor allem schwachsinnig, denn das mit uns hätte keine Zukunft.

Nicht, dass Silvan überhaupt der Typ dafür wäre, Hand in Hand mit ihm dem Sonnenuntergang entgegen zu spazieren, er würde ohnehin bald nach meinem Leben trachten. Wenn ich klug wäre, schlug ich ihn mir aus dem Kopf. Aber noch während ich das dachte, wallten die Erinnerungen an unseren ersten Kuss wieder auf, und mein Körper erschauderte.

Seufzend wollte ich mein Gesicht schon ins Kissen drücken, als mir einfiel, dass ich nicht mehr im Keller, sondern in meinem neuen Zimmer lag. Allein. Ich konnte meinen Gefühlen also freien Lauf lassen. Das Bett war doppelt so groß wie mein altes und der Bezug seidig und angenehm kühl auf der Haut.

Mein schlechtes Gewissen klopfte an.

Nachher musste ich unbedingt nach Elisa und Roberta sehen und mich vergewissern, dass zwischen uns alles in Ordnung war. Ich könnte es nicht ertragen, wenn sie mich jetzt mit anderen Augen betrachten würden oder sogar neidisch auf mich wären.

Noch etwas matschig im Kopf kletterte ich aus dem Bett, schlurfte zu dem bodentiefen, gewölbten Fenster und schaute auf den Garten hinaus. Ein Lächeln stahl sich auf meine Lippen. Was für eine Aussicht! Mein Wecker lag noch im Keller und ein Handy hatte ich nicht, deshalb konnte ich nur erraten, wie spät es war.

Die Sonne war jedenfalls schon aufgegangen, aber die Strahlen waren so schwach, dass es noch nicht lange her sein konnte.

Es war erstaunlich, wie schnell sich die innere Uhr umstellte. Drei Wochen in diesem Schloss und schon hatte mein Körper offenbar vergessen, dass er gern und lange schlief.

Eilig sprang ich unter die Dusche, trocknete mich danach ab und föhnte nur flüchtig meine Haare, sodass sie noch feucht waren, als ich sie zu einem Dutt band.

Ich schlang mir gerade den schwarzen Bademantel um, der an einem Bügel am Heizkörper gehangen hatte, als es an der Zimmertür klopfte.

„Ja?“, rief ich und band ihn am Bauch zu. Die Tür ging auf, und Silvan trat in voller Trainingsmontur herein.

„Einen wunderschönen guten Morgen.“ Er ließ seinen Blick über mich gleiten.

„Guten Morgen. Bin ich zu spät?“

„Nein“, sagte er mit einem Blick auf seine Armbanduhr. „Du hast noch 20 Minuten, aber ich dachte mir, nach der kleinen Trinkeinlage gestern überprüfe ich lieber, ob du schon wach bist. Unpünktlichkeit wird bei mir mit zehn Runden ums Schloss bestraft.“ Ich speicherte diese Information ab, denn er schien sie ernst zu meinen. „Wie fühlst du dich?“, fragte Silvan und lehnte sich, die Arme vor der Brust verschränkt, an den Türrahmen. Stirnrunzelnd ging ich zu ihm, da ich es verstörend fand, aus dieser Entfernung miteinander zu sprechen, da wir uns doch gestern so nahe gewesen waren. Warum kam er nicht herein? Man könnte fast meinen, er hätte Angst, ich würde über ihn herfallen.

„Gut genug, um dich beim Ausdauertraining abzuziehen.“

Silvan legte den Kopf in den Nacken und lachte. Ein wunderbarer Klang. „Die Herausforderung nehme ich gerne an.“

„Super.“ Ich ließ mir meine Verlegenheit nicht anmerken und ging zum Stuhl, wo meine Anziehsachen lagen. Ja, ich hatte ihn vorgestern geküsst und es gestern in meinem Rausch fast wieder getan, aber wir waren nicht im Kindergarten. Ich war eine erwachsene Frau und würde zu meiner sexuellen Anziehung zu ihm stehen. „Vorher muss ich aber noch meine Sachen aus dem alten Zimmer holen.“

„Mach das. Wir treffen uns mit den anderen am Tor.“

Nach dem Ausdauertraining, bei dem Silvan leider *mich* abzog, folgte mein erstes Frühstück im Speisesaal. Der Prinz glänzte durch Abwesenheit, und als ich mich bei Diego deswegen erkundigte, erklärte er mir, dass er sich meistens nur zu formellen Treffen zeigte und ansonsten allein speiste.

Stefano und Matteo fehlten auch, und so langsam zweifelte ich an meiner Theorie, dass der Prinz einer aus dem Team sein musste. Gestern war mein Verdächtigenkreis auf die vier Personen geschrumpft, die gefehlt hatten, aber heute saßen zwei davon am Tisch und andere fehlten dafür.

Während Silvan sich wieder an seinen Platz setzte, nahmen Diego und Luigi mich in ihre Mitte und bespaßten mich mit Witzen. Das endete allerdings, als Sofia in den Speisesaal schlenderte. Die Gespräche verstummten so abrupt, als hätte man den Männern die Stimmbänder durchgeschnitten, und alle im Raum, ich eingeschlossen, starrten sie an. Luigi, der früher im Kampfsportbereich tätig gewesen war und einen schwarzen Gürtel in Karate hatte, versuchte, die gekippte Stimmung mit einer witzigen Bemerkung über das Training heute zu retten, aber erfolglos – die Stille war erdrückend.

Sofia störte sich nicht daran. Auf knallig leuchtenden Absätzen nahm sie am Ende der Tafel Platz und studierte mit einem schon beinahe spöttischen Gesichtsausdruck die Auswahl auf dem Tisch. „Gibst du mir mal die Marmelade?“, wandte sie sich dann, als wäre nie etwas gewesen, an Fabio. Der reichte sie ihr wortlos. „Danke.“ Sie nahm die Marmelade und bestrich großzügig ein Hörnchen damit. Möglichst unauffällig beobachtete ich, wie sie sich danach Kaffee eingoss, dann fragte sie provozierend unschuldig in die Runde: „Habe ich gestern was Spannendes verpasst?“

Silvan schnaubte. „Wir haben ein neues Mitglied, wie du ja weißt.“ Als er auf mich deutete, sprangen die Blicke der Männer zwischen uns Frauen hin und her, als erwarteten sie jeden Augenblick einen Bitchfight. Fast hätte ich über ihre wachsamen Gesichter gelacht, aber dann nahm Sofia mich ins Visier und es blieb mir im Hals stecken. Mit Blicken versuchte ich, ihr mitzuteilen, wie leid mir das Ganze tat. Falls sie die stumme Botschaft verstand, so ließ sie sich nichts anmerken. „Gratuliere“, sagte sie nur ausdruckslos und biss dann von ihrem Hörnchen ab.

Die Gespräche flammten allmählich wieder auf, und als ich zu Silvan rüber sah, zwinkerte er mir aufmunternd zu. *Läuft doch ganz gut*, schien er mir damit sagen zu wollen, und ich nahm es tatsächlich als gutes Zeichen, dass Sofia mit mir gesprochen hatte.

Als sich die Ersten aus dem Speisesaal zurückzogen, fragte ich Diego, was als Nächstes auf dem Plan stand. In der Küche arbeitete ich ja nicht mehr, und Silvan hatte mir nie gesagt, womit sein Team sich die Zeit vertrieb, wenn sie nicht gerade trainierten oder auf Einsätze fuhren.

„Gar nichts“, sagte er, trank seinen Kaffee aus und schob den Stuhl zurück. „Giovanni und ich observieren seit ein paar Tagen ein Lagerhaus und eine Gruppe *Corvi*. Alles deutet darauf hin, dass dort bald eine große Übergabe stattfinden wird, aber wir warten noch auf die Bestätigung unseres Informanten. Sobald wir die haben, schlagen wir zu, aber ich bezweifle, dass das heute noch passieren wird. Ich denke also, wir haben frei. Zumindest die anderen, ich muss ja an der Gruppe dranbleiben." Mit diesen Worten schlenderte er davon.

Silvan bestätigte seine Vermutung, als ich mich bei ihm erkundigte. Doch gerade als ich dachte, ich würde nach so vielen Wochen endlich mal einen Tag frei haben, rief Sofia hinter mir: „Allegra, Luigi, mitkommen. Es wird Zeit für ein bisschen Kampftraining."

Kampftraining? Aber das stand doch erst übermorgen wieder an. Irritiert wandte ich mich an Silvan, aber der nickte Sofia nur anerkennend zu. Vorgestern hatte er sie gebeten, dass sie mich unter ihre Fittiche nehmen sollte, und das tat sie hiermit offenbar. Von ihm war also keine Rettung zu erwarten.

Fantastisch.

Sofia war noch erbarmungsloser als Silvan. Bevor es ans Kämpfen ging, scheuchte sie mich über einen Hindernisparcours, der es in sich hatte. Als ich mich kaum noch auf den Beinen halten konnte, denn ich hatte ja schon eine Stunde Ausdauertraining hinter mir, *durfte* ich dann endlich gegen den Kampfsportler antreten. Oder besser gesagt, mich in einer schmerzhaften Endlosschleife von ihm auf die Matte befördern lassen. Es war offensichtlich, dass Sofia mich bestrafte, aber besser so, als wenn sie mir wieder eine Waffe an den Kopf hielt. Jedes Mal, wenn ich hart auf der Matte aufschlug, sagte ich mir diese Worte wie ein Mantra auf, aber es half nur bedingt gegen die Schmerzen.

Irgendwann landete ich auf dem Rücken und rührte mich nicht mehr. Schluss. Aus. Ich war am Ende meiner Kräfte. Mit zufriedener Miene trat Sofia an mich heran und blickte unbarmherzig auf mich herunter. „Morgen um dieselbe Uhrzeit. Sollte ich mitkriegen, dass du dich bei Silvan über meine Methoden beschwerst, verdopple ich die Trainingsstunden."

Mit diesen Worten stolzierte Sofia davon. Luigi, dem das Mitleid ins Gesicht geschrieben stand, war so freundlich, mir aufzuhelfen, aber ich konnte nicht sagen, wie lange meine schlotternden Beine mich würden tragen können. Wie ein Zombie schleppte ich mich über die Treppe in die dritte Etage, um mich in meinem Zimmer zu duschen. Dort erwartete mich eine freudige Überraschung.

„Maria", sagte ich verblüfft, als ich sie über mein Bett gebeugt sah.

„Hey." Mit meinem Kopfkissen in den Händen richtete sie sich strahlend auf, nur, um dann einen spöttischen Hofknicks vor mir zu machen. „Ich bin jetzt dein Zimmermädchen. Wie abgefahren ist das denn bitte?"

Peinlich berührt ging ich zu ihr und nahm ihr das Kissen aus der Hand. „Lass das, das mach ich selbst."

„Nichts da.“ Sie riss es wieder an sich. „Das ist mein Job, dafür werde ich bezahlt.“

„Aber das ist mir unangenehm. Ich will nicht, dass du mein Zimmer putzt!“

Ungerührt legte sie das Kissen auf mein bereits gemachtes Bett und klopfte es zurecht. „Das macht mir nichts. Und sieh es mal positiv: So sehen wir uns jetzt häufiger, nicht mehr nur abends nach der Arbeit. Ach ja.“ Sie griff in die Tasche ihrer Schürze und fischte ihr Handy heraus. „Ich hab‘ heute Morgen endlich mein Handy wiederbekommen, aber irgendwas stimmt mit dem Akku nicht, denn es geht immer wieder aus. Jedenfalls ist die Nachricht leider schon ein paar Tage alt.“

„Die Nachricht?“

Sie tippte darauf herum, dann reichte sie es mir. „Von deiner Mitbewohnerin.“

Perplex nahm ich das Handy und las den Text.

Hey, Allegra,

keine Ahnung, wo du schon wieder steckst, aber da du nicht an dein Handy gehst, versuche ich es über die Nummer, unter der du mir als Letztes geschrieben hast. Nach langer Überlegung haben Berenice, Maia und ich entschieden, dass es wohl besser ist, wenn du die WG verlässt. Ich will nicht, dass wir uns im Bösen trennen, ich finde nur, zu einer funktionierenden Wohngemeinschaft gehört, dass man sich mehr als nur zweimal im Monat sieht. Ich hoffe, du verstehst das. Wir haben auch schon eine neue Mitbewohnerin gefunden. Bitte hole deine Sachen innerhalb der nächsten drei Tage ab. Alles Liebe, Viola.

„Scheiße", sagte ich und gab ihr das Handy zurück. Die Nachricht war drei Tage alt, damit lief die Frist heute ab, und es gab etwas, das ich auf keinen Fall dort lassen konnte: den Schreibtisch meines Vaters. Er war alles, was mir von ihm geblieben war. Er war mir heilig. „Denkst du, sie lassen mich für ein paar Stunden in die Stadt fahren und meine Sachen holen?"

„Ich denke schon." Maria steckte das Handy wieder ein. „Uns stehen ja Urlaubstage zu und du gehörst jetzt immerhin zur Elite."

„Okay, ich springe schnell unter die Dusche und suche dann Silvan", sagte ich, kramte im Schrank nach sauberen Klamotten und ging ins Bad. Als ich angezogen wieder herauskam, war Maria immer noch da und saugte den Teppich. „Gibt es irgendeine Möglichkeit, dich davon abzubringen, meine Putzfrau zu spielen? Das ist mir echt total unangenehm", jammerte ich.

„Keine Chance", sagte sie lachend. „Und jetzt geh."

„Na gut, aber wehe, du putzt mein Klo, das mache ich schön allein!"

Das letzte Mal hatte ich Silvan im Speisesaal gesehen, aber ich bezweifelte, dass er noch dort war. Also schaute ich eine Etage tiefer nach, dort, wo sich der Kontrollraum und andere wichtige Zimmer befanden. Die Wachen, die ich vor wenigen Tagen noch als Hindernis angesehen hatte, ließen mich jetzt kommentarlos passieren. So erreichte ich ungehindert die massive Stahltür des Kontrollraums und fragte die Männer davor nach Silvan.

Der kleinere klopfte, ohne sich umzudrehen, gegen die Tür, woraufhin sie von innen geöffnet wurde. Zuerst kam mir eine Wolke Zigarettenqualm entgegen, die ich mir hustend aus dem Gesicht wedelte. Als sich diese gelegt hatte, offenbarten sich mir bestimmt zwei Dutzend Monitore, die nebeneinandergereiht und übereinandergestapelt jeder ein anderes Bild zeigten. Ich sah Gebäude, Parks, Straßen, enge Gassen, Hinterhöfe, sogar Eingänge von Geschäften.

Silvans Gesicht schob sich in mein Blickfeld, und zu meiner Überraschung winkte er mich ins verqualmte Innere. Trotz des offenen Fensters bekam ich in dem kleinen Raum kaum Luft. Ein Blick auf die überquellenden Aschenbecher und ich wusste, dass Diego und Giovanni hier wie die Schlote rauchten. Ob Maria das auch so sexy finden würde, wenn ich ihr das erzählte? Die Bildschirme erhellten den ansonsten dunklen Raum und ließen die roten Streifen auf den schwarzen Gamingstühlen der Computerexperten neonartig leuchten.

Diego drehte sich auf seinem futuristischen Stuhl zu mir um. „Wie ich sehe, hast du Sofias Training überlebt“, sagte er grinsend und zog an seiner Zigarette.

„Bin halt nicht so leicht kleinzukriegen“, behauptete ich augenzwinkernd, was eine glatte Lüge war. Ich war buchstäblich am Arsch, aber ich musste heute dringend noch etwas erledigen. Auf meinen geliebten Mittagsschlaf, den ich nach dieser Boot Camp-Erfahrung erst recht nötig hätte, musste ich unglücklicherweise verzichten.

„Da kommt wieder einer“, sagte Giovanni, dem der Pony tief in die Stirn hing, und deutete auf einen der Bildschirme. Wie er durch diesen schwarzen Vorhang etwas erkennen konnte, war mir ein Rätsel, aber Silvan und Diego lehnten sich interessiert zu ihm herüber.

„Ist das das Lagerhaus, das ihr beobachtet?“, fragte ich und verengte die Augen, um die Person erkennen zu können, die es gerade verlies. Da es sich bei den Observierten um *Corvi* handelte, war es nicht unwahrscheinlich, dass ich die Person kannte. Doch sie war aus dem Kamerawinkel verschwunden, ehe ich sie identifizieren konnte.

„Jup. Unser Kontaktmann hat unbemerkt eine Kamera am gegenüberliegenden Gebäude angebracht. So können wir sie rund um die Uhr bewachen“, sagte Diego. Ich fand es erstaunlich, wie selbstverständlich die Elite mich mit einem Mal in ihre Geheimnisse und Operationen einweihte. Quasi mit einem Fingerschnippen. Davon hätte ich noch vor einer Woche nur träumen können.

Ich beugte mich zu Silvan hinüber, der breitbeinig und mit verschränkten Armen dastand und konzentriert auf den Bildschirm stierte, und fragte ihn: „Kann ich dich kurz sprechen? Draußen?“

Er nickte und sagte zu den anderen: „Sagt Bescheid, sobald es Neuigkeiten gibt.“ Dann folgte er mir in den Flur, wo wir uns so weit von den Wachen entfernten, dass wir ungestört reden konnten.

„Sorry wegen des Rauchs“, sagte Silvan, als ich, in der Hoffnung, den Gestank loszuwerden, meine Strickjacke auflockerte. „Ich habe den beiden schon tausendmal gesagt, dass sie da drinnen nicht rauchen sollen, aber sie behaupten, dass sie sich so besser konzentrieren können, und sie sind nun mal meine Besten, deshalb …“ Er zuckte die Schultern. „Was kann ich für dich tun?“

„Das ist mir ein bisschen peinlich“, eröffnete ich, „aber meine WG-Mitbewohnerinnen haben mich rausgeschmissen, und jetzt habe ich nur noch ein paar Stunden, um meine Sachen abzuholen, bevor sie vermutlich auf der Straße landen. Ich wollte fragen, ob ich in die Stadt fahren darf, um sie zu holen. Danach komme ich sofort wieder zurück."

Silvan warf einen Blick auf seine Uhr. „Reggio Calabria war das, richtig?" Als ich nickte, sagte er: „Gib mir 30 Minuten, dann fahre ich dich."

Verdutzt starrte ich ihn an. „Du kommst mit?"

„Soll ich nicht?"

„Doch … ich meine … wenn du willst. Ich dachte nur, du hast vielleicht Wichtigeres zu tun", stammelte ich überrumpelt.

Ich hatte erwartet, dass er mir einen Fahrer oder ein Auto zur Verfügung stellen würde, aber dass er mich gleich persönlich kutschierte?

„Habe ich auch, aber ich wäre morgen sowieso in die Stadt gefahren, um etwas zu erledigen. Das kann ich auch heute machen."

„Okay, dann … wo treffen wir uns?" Die Aussicht, allein mit Silvan weg zu fahren, brachte mich nicht nur aus dem Konzept, es bescherte mir auch ein unangebrachtes Bauchkribbeln. Nach dem Kuss hatte ich eigentlich wieder etwas mehr Abstand zwischen uns bringen wollen und jetzt würde er mir quasi beim Umzug helfen, was das genaue Gegenteil von Abstand halten war.

„An den Garagen, seitlich des Schlosses.“

„Alles klar, dann bis gleich.“

Kapitel 14

Ich nutzte die halbe Stunde und ging in die Küche, um nach meinen alten Kollegen zu sehen. Filippo war zur Pause, deshalb konnten wir ungehindert schwatzen. Erleichtert stellte ich dabei fest, dass sich zwischen uns nichts geändert hatte. Luca betete immer noch die Hälfte der männlichen Elitemitglieder an, allen voran Silvan, und Elisa und Roberta foppten sich, wo sie nur konnten. Pünktlich stand ich 30 Minuten später vor der Garage. Bisher hatte ich sie nur von außen gesehen, aber aus Erzählungen wusste ich, dass sie riesig war und mehr als 20 Autos beherbergte. Als das Garagentor hochfuhr, trat ich zur Seite, damit Silvan herausfahren konnte.

Und stutzte.

Denn es war kein Van oder eines der schwarzen Schlachtschiffe, mit denen sie auf ihre Einsätze fuhren, sondern ein schnörkelloser, unauffälliger Fiat in einem blassen Grün, der an mir vorbeirollte. Halb lachend, halb stirnrunzelnd musterte ich Silvan durch das heruntergekurbelte Fenster. Auch er sah nicht so aus wie erwartet. Seine schwarze Mähne steckte unter einem roten Basecap, und statt der üblichen dunklen, figurbetonten Klamotten trug er ein weites, kariertes Hemd und eine ausgewaschene Jeans. Er sah aus wie ein Werkstattmitarbeiter. So unscheinbar und gewöhnlich wie das Auto, das er fuhr.

„Spring rein", sagte er sichtlich erheitert über meinen Gesichtsausdruck.

Ich ging zur Beifahrerseite und sagte, als ich neben ihm saß: „Das nenne ich mal eine gelungene Tarnung. Du bist gar nicht mehr wiederzuerkennen. Gehst du immer so raus?"

„Nur manchmal." Er fuhr los. „Reggio Calabria ist *Corvi*-Gebiet. Würde ich die Stadt immer in denselben Klamotten betreten, würde ich irgendwann auffallen, daher ist das nur eine von vielen Verkleidungen."

„Ist auf jeden Fall eine lustige Abwechslung", sagte ich grinsend und schnallte mich an. Im nächsten Moment erlosch es. „Warte mal, ich musste mich nicht umziehen. Soll das heißen, ich sehe so uninteressant aus, dass ich sowieso nicht auffalle?"

Silvan warf mir einen teils amüsierten, teils eindringlichen Blick zu, der mich trotz der milden Temperaturen schaudern ließ. „Du bist vieles, aber nicht uninteressant." Sein Blick wanderte an mir herunter zu meinen Sachen. „Aber da du hauptsächlich Basics trägst, fand ich es nicht erforderlich, dir extra eine Tarnung zu verpassen."

Da hat er sich gerade noch mal gerettet, dachte ich mit glühenden Wangen und einem Bauchkribbeln, das ich am liebsten erstickt hätte.

Am Tor ließ man uns ohne Fragen zu stellen durch, und kaum hatten wir das Anwesen des Nachtprinzen verlassen, machte sich eine Leichtigkeit in mir breit, wie ich sie lange nicht mehr verspürt hatte. Es war, als würden all meine Sorgen und Verpflichtungen mit Überschreiten der Grundstücksgrenze von mir abfallen. Das Gefühl war berauschend. Als würde ich schweben. Beschwipst von dieser Losgelöstheit betrachtete ich Silvan aus dem Augenwinkel, der routiniert den Löchern und Unebenheiten im Boden auswich. Die weite Kleidung mochte seinen ansehnlichen Körperbau verstecken, aber das markante Gesicht und die ausdrucksvollen Augen konnte es nicht kaschieren. Er war noch immer der außergewöhnlichste Mann, der mir je begegnet war, und ich bezweifelte, dass irgendein Kleidungsstück auf diesem Planeten, sei es noch so herkömmlich, etwas daran ändern könnte.

„Du hast gesagt, Reggio Calabria sei *Corvi*-Gebiet, und ich gehe mal davon aus, dass sie die Ein- und Ausgänge der Stadt genauso gründlich kontrollieren wie ihr in euren Städten. Wie willst du dort reinkommen?", fragte ich, um mich von meinen Gedanken abzulenken.

„Wir haben Spitzel in ihren Reihen, die den Nordeingang bewachen. Sie werden uns durch die Kontrolle lassen."

„Und wer sagt dir, dass es in euren Städten nicht auch Spitzel gibt, die genau das Gleiche tun?"

„Niemand." Er warf mir einen kurzen Blick zu und schaute dann wieder nach vorn. „Wir wissen, dass wir Spione haben. In unseren Städten, Dörfern, im Schloss … Was glaubst du, warum auf dem Anwesen so viele Wachen sind und nur Außerwählte in die oberen Etagen dürfen? Niemand von uns kann sich hundertprozentig vor seinen Feinden schützen – weder die *Corvi* noch wir. Deshalb müssen wir auch immer und überall wachsam sein."

Ich wandte den Blick zum Fenster ab, aus Angst, er könnte die Schuld in meinen Augen lesen. Seine Worte erinnerten mich daran, wie er blutend ins Schloss gestolpert war, in den Armen einen halbtoten Samuele.

Die letzten zwei Tage waren so turbulent gewesen, dass ich das fast vergessen hatte. „Wie geht's deiner Bauchwunde?"

„Gut. Dank einem Haufen Schmerztabletten spüre ich sie auch kaum."

„Und Samuele?"

„Dem geht's blendend. Vincent lässt ihn vorsichtshalber noch zwei Tage auf der Krankenstation, aber spätestens übermorgen ist er wieder einsatzbereit."

Einsatzbereit. Das erinnerte mich an etwas anderes. Etwas, das Valentina am Anfang zu mir gesagt hatte. *Ich arbeite schon sehr lange für den Prinzen, dabei habe ich so viele Teammitglieder gehen und nie mehr zurückkommen sehen, dass ich schon gar nicht mehr mitzähle.* Damals war sie entsetzt gewesen, dass ich dem Eliteteam beitreten wollte. Aber ich hatte erst wirklich begriffen, worauf ich mich da eingelassen hatte, als ich Silvans Wunde genäht hatte. Sie waren Soldaten, wurden bei Einsätzen verletzt, zusammengeflickt und stürzten sich dann wieder ins Gefecht, und das in einer Endlosschleife. Ich hatte Silvans Oberkörper gesehen. Die Narben, die ihn übersäten. Und trotzdem machte er weiter. Bis er vielleicht irgendwann auch nicht mehr zurückkehren würde.

Nach circa 20 Minuten fuhren wir auf eine Landstraße, und Silvan zog das Tempo an. Ich kurbelte das Fenster herunter und genoss den Fahrtwind im Gesicht, und Silvan versuchte, einen Radiosender zu finden, den man so weit draußen empfangen konnte. Ich erzählte ihm von meinen Mitbewohnerinnen und von dem eigentlichen Grund, weshalb ich dorthin wollte: dem Schreibtisch meines Vaters. In meinem Rausch gestern war es mir nicht aufgefallen, aber Silvan war ein angenehmer Gesprächspartner. Er war neugierig, aber nicht bohrend, und er schien genau zu wissen, wann er sich einem sensiblen Thema näherte, über das ich lieber nicht reden wollte. So manövrierte er uns geschickt um den Tod meines Vaters herum und erzählte mir irgendwann auch von seinen Eltern, die nichts von dem Mafia-Krieg ahnten, in dem er sich befand, und tatsächlich glaubten, er wäre noch bei der Armee.

Als wir in die Stadt fuhren – Silvan nickte seinen Schleusern im Vorbeifahren unauffällig zu –, ging in meinem Herzen die Sonne auf. Endlich wieder zu Hause. In der Stadt, in der ich aufgewachsen war und an der so viele Kindheitserinnerungen hingen.

Ich navigierte ihn durch die Straßen zur WG. Dort parkte er im Hinterhof. Das heruntergekommene Gebäude war fünfstöckig und beherbergte zehn Mietparteien, die Wohnung lag im Erdgeschoss. Leider parkte Silvan so dicht am Haus, dass er vom Auto aus, wo er taktvollerweise wartete, das Gespräch mitanhören konnte, das ich mit Viola, der Hauptmieterin, führte. Die Stimmung war einen Hauch angespannt, offenbar war es ihr unangenehm, mich vor die Tür setzen zu müssen, aber ich versicherte ihr, dass ich dafür Verständnis hätte. Die Abholfrist hätte zwar ruhig länger sein können, aber dank Silvan hatte es heute ja noch geklappt und ich wollte nicht im Schlechten mit ihr auseinandergehen.

Über meine Schulter hinweg warf Viola ihm einen neugierigen Blick zu, dann ging ich in mein Zimmer und stopfte meine Klamotten in die beiden Koffer. Viel gab es nicht einzupacken, hauptsächlich Anziehsachen und Hygieneartikel. Der Großteil meiner Habseligkeiten lag bei meiner Mutter zu Hause in meinem Kinderzimmer. Es passte mir nicht, dass ich nun dorthin fahren und den Schreibtisch abgeben musste, da Silvan bei mir war. Allerdings blieb mir nichts anderes übrig, wenn ich nicht wollte, dass das Möbelstück, sollte ich es hier im Hausflur stehen lassen, gestohlen werden würde. Niemand in diesem Viertel besaß viel Geld. Jeder hier würde das handgefertigte Sammlerstück mit Kusshand nehmen und für gutes Geld verhökern.

Ich brachte mein Gepäck zum Wagen, und Silvan lud es für mich in den Kofferraum. „Soll ich dir mit dem Tisch helfen?“, fragte er, als ich wieder reingehen wollte.

„Nein, ich schaffe das schon.“ Der Schreibtisch war nicht besonders groß. Damals hatte ich ihn auch allein getragen. Miete musste ich Viola keine zahlen, da ich ihr das Geld immer im Voraus gegeben hatte. Wenn, dann schuldete sie mir noch Geld, denn der Monat war noch nicht ganz rum, aber wegen der paar Tage wollte ich keinen Aufriss machen. Ich umarmte sie zum Abschied und versprach, mal vorbeizukommen und mit ihr und den anderen einen Kaffee zu trinken, dann hob ich den Schreibtisch an … und ließ ihn sofort wieder runter. Verdammt, was war denn jetzt?! Meine Arme zitterten, als hätten sie noch nie in ihrem Leben etwas angehoben.

„Soll ich dir helfen?", fragte Viola.

„Nein, nein, es geht schon." Aber gar nichts ging. Ich konnte das Teil keinen Zentimeter mehr heben.

Daran war Sofia schuld. Ihr Horrortraining hatte mich so ausgelaugt, dass mein Körper nicht mal mehr einen Tisch tragen konnte. Meine Muskeln schlotterten als hingen sie lose in meinen Armen!

„Ich mach das", sagte Viola und übernahm für mich.

„Nein, das …" *brauchst du nicht*, wollte ich protestieren, aber da trug sie den Tisch schon nach draußen. Ich eilte ihr hinterher, als das geschah, was ich hatte vermeiden wollen: Silvan kam ihr entgegen und nahm ihr den Tisch ab, den Blick fragend auf mich gerichtet.

„Wirklich, das … war nur ein kurzer Schwächeanfall", erklärte ich und wollte ihm das Ding abnehmen, aber er drehte sich weg und trug es zum Auto.

„Ist doch kein Problem“, sagte er dabei. Aber das war es, denn jetzt würde er auch darauf bestehen, den Tisch in mein Haus zu tragen, und dann bestand die Gefahr, dass er Nino über den Weg lief oder anhand des Bikes, das immer im Eingang stand, schließen würde, dass dort ein Teenager wohnte. „Silvan“, versuchte ich noch einmal. Zu spät. Er verstaute den Tisch auf dem Rücksitz und drehte sich dann zu mir um.

„Sofia, oder?“, fragte er nur. Als ich nicht antwortete, lachte er kopfschüttelnd. „Lass mich raten: Sie hat dich zwei Stunden lang durch die Hölle gejagt und dir dann verboten, dich bei mir zu beschweren? Du bist nicht ihr erstes Opfer. Wie ich die Sadistin kenne, hat sie es gründlich genossen, dich so zu drillen.“

„Ich sage kein Wort“, meinte ich und zog einen imaginären Reißverschluss über meine Lippen. Silvan lächelte, und ich erwiderte es. Sobald er ins Auto eingestiegen war, fielen meine Mundwinkel allerdings herab. Es führte kein Weg daran vorbei, ich musste mit der Sprache herausrücken. Silvan würde es sowieso erfahren. Langsam stieg ich ins Auto und drehte den Kopf zu ihm. „Ich muss dir etwas beichten. Als ich dir damals gesagt habe, dass ich keinen Bruder habe … war das gelogen.“ Silvan sagte nichts, er sah mich nur an. „Ich wusste nicht, woran ich bei euch bin. Ihr seid immerhin die *Neros*, die Mafia. Ich wollte nicht, dass er in meine Angelegenheiten mit reingezogen wird oder auf irgendeine Weise in euer Visier gerät. Es tut mir leid."

Silvan erwiderte meinen Blick noch einen Moment, dann sah er nach vorn und startete den Motor. „Ich hab' mich schon gefragt, wann du mit der Sprache rausrückst."

„Wa… Dann wusstest du es die ganze Zeit?"

„Natürlich. Ich sagte doch, dass wir eure Identität überprüfen werden, bevor wir euch in unserem Clan aufnehmen. Dachtest du, da finden wir nicht heraus, dass du einen Bruder hast?"

„Es tut mir leid", sagte ich noch einmal.

Silvan fuhr aus dem Hinterhof auf die Straße. „Ich verstehe, warum du es getan hast, und es gibt wirklich schlimmere Geheimnisse, die man haben kann. Aber, Allegra." Er warf mir einen flüchtigen Blick zu. „Lüge mich nie wieder an. Ich kann Unaufrichtigkeit in meinem Team nicht gebrauchen. Falls es da noch irgendetwas gibt, das du mir beichten willst, dann tue es jetzt." Er hielt an einer roten Ampel und sah mir forschend ins Gesicht. „Ist da noch etwas?"

Der Kloß in meinem Hals wurde so dick, dass ich das Gefühl hatte, jeden Moment daran zu ersticken. „Nein, das war alles."

„Gut, denn ich würde es sehr bedauern, wenn ich dich wieder rauschmeißen müsste." Als Silvan mich warmherzig anlächelte, zerbrach etwas in mir. In einer gerechten Welt hätte ich ihm gebeichtet, dass man mich erpresst hatte, seinen Boss zu töten. In einer gerechten Welt hätten wir gemeinsam einen Weg gefunden, meinen Bruder aus den Fängen der *Corvi* zu befreien und meine Familie in Sicherheit zu bringen. Aber das hier war Carlos Welt, und in der gab es keine Gerechtigkeit. Nur Leid und Tod für all diejenigen, die sich ihm widersetzten.

Unsere Wohnung lag in einem schäbigen Gebäude über einem noch schäbigeren Friseursalon in einer versteckten Seitenstraße. Für uns war die Abgelegenheit ein Segen, denn sie hielt uns die lärmenden Touristen vom Leib, für den Friseursalon eher weniger. Meine Mutter war seit über 20 Jahren mit der Inhaberin befreundet, und da diese auch Witwe war, kam sie fast täglich während der Siesta zu uns hoch, kochte mit meiner Mutter und spielte mit ihr Karten. Manchmal verbrachten sie die lange Mittagspause auch im Salon.

Seitlich am Gebäude führte eine Treppe in die zweite Etage. Silvan trug den Tisch für mich hinauf – die Anziehsachen würde ich ins Schloss mitnehmen – und obwohl ich einen Schlüssel hatte, kündigte ich unser Kommen mit einem Klopfen an. Meine Mutter und ich hatten ja nicht mehr das beste Verhältnis zueinander, deshalb mochte sie es nicht, wenn ich unangekündigt in ihre Wohnung platzte.

Durch die klapprige Holztür konnte ich ihre Schritte vernehmen, dann ging sie auf, und eine hochgewachsene Frau mit großen, ausdrucksvollen, braunen Augen und glatten, schwarzen Haaren sah auf mich herunter. Wenn man nicht wüsste, dass wir Mutter und Tochter wären, könnte man denken, sie wäre meine ältere Schwester, denn man sah ihr das Alter kaum an. Früher hatte meine Mutter immer gestrahlt, wenn sie mich angesehen hatte, aber kaum erkannte sie, wer vor ihrer Tür stand, wurden ihr Blick kühl und missbilligend. „Du lebst noch, sieh an." Ihr Blick ging zu Silvan, der ihr freundlich einen guten Tag wünschte, und ich fiel fast aus allen Wolken, als sie die Begrüßung erwiderte. Zwar ohne zu lächeln, aber für ihre Verhältnisse kam das einer stürmischen Umarmung gleich. Normalerweise verachtete sie die Kerle, mit denen ich ankam, daher konnte ich mir einen irritierten Blick in Silvans Richtung nicht verkneifen. Gab es auf diesem Planeten auch nur eine Frau, die seinem Charme *nicht* gleich erlag? Offenbar konnte er mit seinem Blick selbst das dickste Eis zum Schmelzen bringen.

„Ich bringe Papas Schreibtisch vorbei. Er soll wieder in mein altes Zimmer“, erklärte ich ihr nur das Nötigste. Meine Mutter, die schon vor Jahren aufgehört hatte, sich in meine Angelegenheiten einzumischen, hakte nicht nach.

„Du weißt ja bestimmt noch, wo es ist“, war alles was sie dazu sagte, bevor sie sich wegdrehte und in die Küche ging. Meine Mutter hatte ihr Talent, Seitenhiebe hinter einfachen Bemerkungen zu verstecken, nicht verlernt. Wie immer ließ ich sie kommentarlos über mich ergehen, denn sie hatte jedes Recht dazu, wütend auf mich zu sein. Meinetwegen steckte Nino in Schwierigkeiten, und das würde ich mir selbst nie verzeihen.

Auf mein Bitten hin trug Silvan den Tisch in mein Zimmer, sah sich flüchtig um und verließ es dann mit den Worten, im Auto zu warten. Ich bedankte mich bei ihm und betrachtete mit einem Anflug von Melancholie mein kleines Bett, den Kleiderschrank, dessen Türen fast aus den Angeln fielen, den menschengroßen Spiegel, der an der Wand lehnte, und die Bücher im Regal. Meine Schätze.

An der Rückseite der Tür hingen meine Handtaschen und Rucksäcke. Ich nahm die größte Tasche und packte all die Dinge ein, die ich während meines Aufenthalts im Schloss so vermisst hatte. Wie meine beiden Lieblingsbücher, mein Parfum, meinen Schlafanzug und mein Kokosöl, das ich gern für die Hände und Beine benutzte. Nur mein Handy ließ ich in der Schublade, denn darin waren alle meine *Corvi*-Kontakte gespeichert und das Risiko, das es einem *Nero* in die Hände fallen könnte, war zu groß.

Ich war fertig und hatte die Tasche schon geschultert, als mir etwas Entscheidendes auffiel.

Hastig verließ ich mein Zimmer, ging in die Küche und fragte meine Mutter: „Wo ist Nino?“

Um diese Uhrzeit spielte er normalerweise vor dem Fernseher Playstation oder machte am Küchentisch Hausaufgaben, deshalb hätte mir sein Fehlen gleich auffallen müssen.

Langsam drehte sie den Kopf zu mir, ihr Blick eine Mischung aus Kummer und Verachtung. „Sag du es mir. Du hast ihm die Schwierigkeiten schließlich eingebrockt.“

Ich wurde blass und ließ die Tasche wie betäubt zu Boden gleiten. „Mama, wo ist er?!“

Meine Mutter neigte sonst nicht zu Wutausbrüchen. Sie war wie ich und fraß den Ärger lieber in sich hinein. Aber irgendwann lief wohl auch das größte Fass über. Mit wutverzerrter Miene wirbelte sie jetzt ganz zu mir herum und knallte den Kochlöffel auf den Tresen, sodass die Tomatensauce daran in sämtliche Richtungen spritzte. „Mal überlegen. Um diese Uhrzeit müsste er durch die Stadt fahren und Drogen für deine

Freunde ausliefern, anstatt Hausaufgaben zu machen, so wie es normale Schüler tun!“

Mein Herz verkrampfte sich. Verdammt, woher wusste sie das? Ich hatte das doch in Ordnung bringen wollen, bevor sie Wind davon bekam!

Jetzt kam sie um den Tresen herum. „Wie konntest du ihm das antun, Allegra? Deinem 13-jährigen Bruder?! Dachtest du, ich merke es nicht, wenn mit meinem eigenen Sohn etwas nicht stimmt? Dachtest du, ich höre es nicht, wenn er jede Nacht wegen Albträumen schreiend aufwacht und nach seiner großen Schwester ruft? Mach mit deinem Leben, was du willst, du bist alt genug. Reite dich meinetwegen immer tiefer in die Scheiße, wie dein Vater es getan hat. Aber wie konntest du es wagen, deinen Bruder da mitreinzuziehen?“

„Denkst du etwa, ich wollte das?“, fragte ich tief getroffen von ihren Worten. „Denkst du, ich wollte, dass er in Angst und Schrecken vor der Mafia lebt? Sie haben mich …“

„Nein, aber es ist *deine* Schuld, dass er da reingeraten ist!“, fiel sie mir noch etwas lauter ins Wort.

„Du hast damals miterlebt, wie dein Vater unter der Mafia gelitten hat. Du wusstest vielleicht nicht, wer oder was sie waren, aber später, als du älter wurdest, schon. Und trotzdem bist du zu ihnen gegangen! Du, die ihren Vater an sie verloren hat!“

„Weil ich uns helfen wollte!“, wurde ich jetzt ebenfalls lauter. „Weil irgendjemand Papas Schulden bei ihnen begleichen musste!“

„Wage es ja nicht!“ Mit dem Finger auf mich zeigend machte sie jetzt einen drohenden Schritt auf mich zu. „Wage es nicht, deine Geldgier und deinen Materialismus damit zu rechtfertigen, dass du es nur für uns getan hast! Du hast es für dich getan. Du wolltest so leben wie dieser schmierige Drogendealer Paolo! Du hast dich von ihm blenden lassen, dich für das Geld seelisch prostituiert!“

Jedes ihrer Worte war ein gezielter Stich ins Herz und raubte mir die Kraft, mich noch weiter zu verteidigen.

Ja, ich hatte es aus Geldgier getan, aber nicht nur, und es tat weh, dass sie das nicht wusste. Oder sie wusste es, und es war ihr egal, weil sie Angst um ihren Sohn hatte und blind vor Wut war. Jedenfalls trieben ihre Worte mir die Tränen in die Augen. Die Vorstellung, dass Nino im Schlaf nach mir rief …

„Ich … ich bringe das wieder in Ordnung“, wisperte ich und wischte die Tränen mit zittrigen Händen fort. „Ich hole ihn da wieder raus, versprochen, und dann …“

„Tu das.“ Mit einem eisigen Gesichtsausdruck trat meine Mutter einen Schritt zurück, als wäre ich eine Bedrohung für sie. „Und danach will ich dich hier nie wieder sehen.“

Kapitel 15

Nachdem ich ein paar Mal tief durchgeatmet und mir die Augen trocken gewischt hatte, ging ich zum Wagen, aber die Betroffenheit musste mir noch ins Gesicht geschrieben stehen, denn ich war noch nicht ganz eingestiegen, da fragte Silvan schon: „Was ist passiert?“

„Gar nichts.“ Ich schnallte mich an und setzte ein gekünsteltes Lächeln auf. „Unser Gespräch ist nur nicht ganz so rosig verlaufen.“

„Willst du darüber reden?“

Wie gern ich das würde. Silvan klang aufrichtig interessiert, und ich könnte jetzt gut eine Schulter zum Ausweinen vertragen, aber das war leider unmöglich. Er war der Letzte, mit dem ich über meine Probleme reden konnte. „Versteh das bitte nicht falsch, aber ich denke eher nicht.“ Das war nicht gerecht. Silvan hatte mir auch von sich erzählt, er hatte mit mir sogar über seinen toten Bruder gesprochen, aber ich hatte jetzt keine Nerven, mir eine Lügengeschichte auszudenken. Meine Gedanken waren bei meinem Bruder und bei Carlo, der ihn offenbar tagtäglich durch die Straßen scheuchte. Ich hatte gewusst, dass die kommenden Wochen nicht leicht für Nino werden würden, dass er Angst haben würde. Aber was hatte das Schwein ihm angetan, dass er deswegen jede Nacht Albträume hatte?

Siedend heiße Wut kochte bei dem Gedanken in mir hoch. Carlo hatte gesagt, dass ich mich nur bei ihm melden sollte, wenn ich Ergebnisse hatte, aber darauf spuckte ich. Ich würde noch heute eine Möglichkeit finden, ihn anzurufen, und dann würde ich von ihm verlangen, dass er meinen kleinen Bruder gefälligst schonte!

„In Ordnung." Silvan wollte den Motor starten, als ich fragte: „Können wir irgendwo etwas essen gehen?

Sofias Training hat mich echt fertig gemacht, und außer den zwei Hörnchen zum Frühstück habe ich heute noch nichts gegessen." Um ehrlich zu sein war mir elend zumute. Das Gespräch mit meiner Mutter hatte mir auch noch den letzten Funken Kraft geraubt.

Wenn ich nicht bald neue Energie tankte, würde ich zusammenbrechen. Vor Erschöpfung, Wut und Verzweiflung.

Silvan warf einen Blick auf seine Armbanduhr. „Wir haben nur ein knappes Zeitfenster, in dem wir uns in der Stadt bewegen können. Bleiben wir länger als zwei Stunden, riskieren wir, aufzufallen – und ich muss noch was erledigen."

„Okay, ja, kein Problem. Dann warte ich, bis wir im Schloss sind."

Silvan warf mir einen prüfenden Blick zu. Vielleicht war es etwas in meiner Stimme oder ich sah so elend aus wie ich mich fühlte, aber er entschied: „Nein, wir machen es anders. Ich verlege den Treffpunkt in die Nähe eines Restaurants, dann kannst du etwas essen, während ich mich mit meinem Kontaktmann treffe."

Vor Dankbarkeit wären mir fast wieder die Tränen gekommen.

Unter der Bedingung, dass ich mich mit Essen beeilen und hier auf ihn warten würde, ließ Silvan mich vor dem Restaurant raus und fuhr dann weiter. Belinda winkte mir vom Tresen aus zu, als ich an ihr vorbei zu meinem Stammplatz ging, dann setzte ich mich und sah aus dem Fenster. Ich war schon so viele Male hier gewesen, dass ich die Speisekarte auswendig kannte. Das Essen war lecker, die Preise fair und die Besitzer eine der herzlichsten Familien, die ich kannte. Belinda, die Tochter der Eigentümer, die im gleichen Alter wie meine Mutter war, kam zu mir und nahm meine Bestellung von einer Paccheri Pasta mit Garnelen und einer Lemon Soda auf. Fürsorglich wie immer fragte sie mich, wie es mir ginge, und ich erkundigte mich nach ihren Eltern, die das Lokal früher geführt hatten. Schließlich gab sie meine Bestellung an die Küche weiter und kümmerte sich um die nächsten Gäste, die eingetroffen waren.

Keine Ahnung, wie sie das Essen immer so schnell zauberten, aber keine zehn Minuten später stand ein dampfender Teller Paccheri vor mir, und der köstliche Duft ließ mir das Wasser im Mund zusammenlaufen. In Windeseile hatte ich die Portion hinuntergeschlungen und rieb mir glücklich den Bauch.

Mein Bärenhunger war endlich gestillt. Da gab es nur ein Problem: Nach so einer großen Portion wurde ich immer hundemüde. Meine Augenlieder wogen mit einem Mal Zentner, und der Gedanke, meinen Kopf auf die Tischplatte zu legen, um ihn selbstverständlich nur *kurz* auszuruhen, wurde immer attraktiver. Mit regelmäßigem Nippen an meinem Getränk versuchte ich, diesem Sog zu widerstehen, und gerade als ich dachte, ich würde den Kampf verlieren, kam jemand an meinen Tisch. Blinzelnd schaute ich auf und erkannte Silvan, die Stirn unzufrieden gefurcht.

„Was ist los?“, fragte ich sofort alarmiert. „Gab’s Probleme?“

„Nein, es ist nur …“ Er nickte zum Tisch. „Der mittlere Fensterplatz ist so ziemlich der ungünstigste, an den man sich in einer feindlichen Umgebung setzen kann. “

„Oh.“ Ich sah mich unauffällig um.

„Lass uns die Plätze tauschen“, meinte Silvan mit zuckenden Lippen. „So kann ich wenigstens den Eingang im Auge behalten.“ Träge stand ich auf und ging auf die andere Seite des Tisches, Silvan setzte sich auf meinen Platz. „Geht’s dir besser?“, fragte er.

„Ja, danke, das habe ich gebraucht.“ Ich zog die Brause zu mir heran und musterte ihn, während ich daran nippte. „Konntest du alles erledigen?“

Silvan antwortete, ohne mich anzusehen. Aufmerksam scannte er unsere Umgebung und schien sich dabei jedes kleinste Detail einzuprägen. Sein Verhalten erinnerte mich an meinen Ex Paolo. Er hatte auch jedes Geschäft, in das wir gegangen waren, zuerst nach Gefahren und Fluchtmöglichkeiten sondiert. Das Schicksal eines Mafioso. Immer auf der Hut sein, immer mit dem Schlimmsten rechnen. „Ja, es gab keine Probleme. Aber wir sollten das Zeitfenster nicht unnötig ausreizen.“

„Von mir aus können wir los“, sagte ich, zog das Geld, das ich heute Morgen eingesteckt hatte, aus meiner Jeans und legte es großzügig aufgerundet auf den Tisch. Je schneller ich im Auto saß, desto eher konnte ich auf der Rückfahrt ein kleines Nickerchen halten, um dann heute Abend für das Telefonat mit Carlo fit zu sein. Ich wusste auch schon, von wessen Handy aus ich ihn anrufen würde: Marias. Jetzt, da sie offiziell zum Clan gehörte, hatte sie ihres wiederbekommen, was mir neue Möglichkeiten eröffnete. Ich würde ihr einfach sagen, dass meines kaputt wäre oder ich es nicht finden konnte und ich dringend eine Freundin anrufen müsste.

Vertrauensselig wie Maria war, würde sie keine schlechten Absichten dahinter vermuten. Diesmal ließ ich das schlechte Gewissen, das in mir hochsteigen wollte, gar nicht erst zu.

Schon als ich den einen oder anderen *Nero* ins Herz geschlossen hatte, war mir klar gewesen, dass ich denjenigen früher oder später würde hintergehen müssen. Es schmerzte mich, Marias Gutherzigkeit für meine Zwecke auszunutzen, aber das war der Preis, den ich für das Leben meines Bruders zahlen musste. Mit diesem freudlosen Gedanken verabschiedete ich mich von Belinda, dann verließen wir das Restaurant.

„Das Auto steht zwei Straßen weiter", informierte Silvan mich, wobei ich Mühe hatte, mit seinem zügigen Gang Schritt zu halten. Als wir in die Stadt gefahren waren, hatte er noch relativ entspannt gewirkt, aber jetzt mahlten seine Kiefer und sein Blick huschte wachsam von einer Straßenecke zur nächsten. Im Geiste überschlug ich die Minuten, die schon vergangen waren. 30 Minuten beim Umzug, inklusive Fahrt nach Hause, 10 Minuten bei meiner Mutter, 20 Minuten Fahrt zum Restaurant und noch mal 20 Minuten fürs Essen. Damit sollten uns noch gute 40 Minuten bleiben. Warum wirkte Silvan dann so angespannt? Hatte er etwas gesehen, das meinem ungeschulten Auge entgangen war?

Wir hatten den Fiat erreicht, als Silvan und ich synchron erstarrten.

Jemand hatte die Autoreifen zerstochen.

„Fuck!“ Alarmiert sah er sich um.

„Bitte sag mir, dass das ein Streich von irgendwelchen Jugendlichen ist“, bat ich beunruhigt.

„Ich fürchte nicht.“ Silvan drehte sich einmal um die eigene Achse, wobei er sich besonders für die Dächer um uns herum interessierte. Dabei zog er sein Handy aus der Hosentasche und hielt es sich ans Ohr. „Komm hinter das Auto.“ Ich gehorchte seinem ungewöhnlichen Befehl. Glaubte er etwa, dass jemand vom Dach aus mit einem Scharfschützengewehr auf uns feuern könnte? „Diego, schlechte Nachrichten: Wir sind aufgeflogen“, begrüßte Silvan den Computerspezialisten am anderen Ende der Leitung. Mit zusammengepressten Kiefern lauschte er dessen Worten, dann sagte er: „Im Süden der Stadt. In der Nähe der Dolce Bar.“ Wieder hörte er zu. „Negativ. Wir haben vermutlich nur noch Minuten, bis es hier von *Corvi* nur so wimmelt. So schnell schaffen wir es nicht aus der Stadt."

Mit jedem seiner Worte rutschte mir das Herz tiefer in die Hose. Wie hatte das passieren können? Er war doch so gut getarnt, und mir war auch kein bekanntes *Corvi*-Gesicht aufgefallen. „Ach was, das weiß ich selbst!", blaffte er jetzt auf etwas, das ich nicht verstehen konnte. „Für Klugscheißerei habe ich jetzt keine Zeit." Vollkommen überraschend ergriff er meine Hand und zog mich mit sich. „Auf keinen Fall! Wir werden die Nacht im Safe House verbringen müssen. Morgen früh holt ihr uns hier raus, *nicht* vorher. Ende." Ich hörte noch, wie Diego etwas sagte, aber Silvan legte einfach auf und schob das Handy in die Hosentasche zurück.

„Ihr habt ein Safe House hier?", fragte ich verblüfft.

„Nicht nur eins."

„Warum bist du dir so sicher, dass wir aufgeflogen sind? Könnten das nicht einfach –

keine Ahnung – Autodiebe gewesen sein, die zufällig unseren Wagen erwischt haben?" Immerhin hatte uns noch niemand angegriffen.

Doch Silvan zerstörte meine Hoffnungen. „Wenn du bei der Mafia und dazu noch in feindlichem Gebiet arbeitest, solltest du besser nicht an

Zufälle glauben. Und jetzt leise, ich muss mich konzentrieren."

Eine Stunde lange liefen wir durch Reggio Calabria. Huschten wie herumstreunende Katzen von einer Gasse zur nächsten, duckten uns hinter Autos, wenn Silvan es anordnete, und beobachteten manchmal minutenlang die Umgebung, bevor wir uns weiter voran wagten. Während der ganzen Zeit zog er mich wie ein Kleinkind hinter sich her, und meine Gedanken wechselten mal von panisch zu komplett unnötig. Mehr als einmal fragte ich mich, ob, wer auch immer uns verfolgte, wusste, dass ich ein Spitzel war, und wenn ja, ob es ihm egal wäre und er einfach durch mich hindurchschießen würde, um Silvan zu töten. Oder was geschehen würde, wenn wir es nicht zum Safe House schafften, ehe die Nacht hereinbrach. Gleichzeitig gingen mir so unnötige Dinge, wie, ob ich meine Klamotten im Auto je wiedersehen würde, durch den Kopf, wobei ich Gott dankte, dass ich wenigstens meine Tasche mit meinem wichtigsten Besitz bei mir trug.

„Jetzt ist es nicht mehr weit", erklärte Silvan. Er musste den Stadtplan auswendig gelernt haben oder er war schon oft genug hier gewesen, denn er hatte uns durch Gassen und Schleichwege geführt, die selbst mir als Einheimische nicht bekannt gewesen waren. Überglücklich, dass ich bald meine Beine würde ausruhen können, wollte ich schon erleichtert aufatmen, als sich uns jemand in den Weg stellte.

Eine Waffe auf uns gerichtet.

Bevor ich auch nur einen Gedanken fassen konnte, hatte Silvan schon reagiert und mich zur Seite gestoßen. Mit dem Bauch voran landete ich in einem Haufen grüner Müllsäcke und ritzte mir an irgendetwas Scharfem den Oberarm auf. Heißer Schmerz zuckte meinen Arm entlang, aber ich kam nicht dazu, nachzusehen, denn ein Schuss zerriss die friedliche Stille der Gasse. *Silvan!* Panisch wirbelte ich herum, doch es war nicht mein Begleiter, der leblos zu Boden sackte, es war der Angreifer.

Breitbeinig stand Silvan über ihm, eine Pistole auf seine Brust gerichtet, in der jetzt ein Loch klaffte. Woher hatte er so plötzlich die Waffe her? Hatte er sie etwa die ganze Zeit unter dem Hemd getragen? *Natürlich, du Leuchte!*, beantwortete ich mir die Frage selbst. *Denkst du, er betritt unbewaffnet feindliches Gebiet?* Mit wirrer Frisur und brennendem Arm rappelte ich mich auf und starrte auf den Toten herunter. Erst jetzt rekonstruierte mein Gehirn die Geschehnisse. Der Angreifer war wie aus dem Nichts um die Ecke vor uns getreten und hatte uns damit den Weg abgeschnitten. Als hätte er gewusst, dass wir hier entlangkommen würden.

Als hätte er schon auf uns gewartet!

„Bleib besser hinter dem Müllcontainer", riet Silvan mir, in seiner Stimme weder Entsetzen noch Bedauern darüber, dass er ein Menschenleben beendet hatte. „Es werden noch mehr ..." Ein Kugelhagel schnitt ihm das Wort ab. In letzter Sekunde rettete Silvan uns beide hinter den Container. Wieder waren Leute um die Ecke gekommen, diesmal eine ganze Gruppe. Er warf mich um, und ich dankte Gott für denjenigen, der die Müllsäcke achtlos in diese Gasse geschmissen hatte, denn sie federten unseren Fall ab und verhinderten, dass mein Hinterkopf auf dem Boden aufschlug. Die Luft wurde mir trotzdem aus den Lungen gepresst, als Silvan mit seinem gesamten Gewicht auf mir landete. Wir krochen bis zur Wand heran. Dort schirmte er mich mit seinem Körper ab, während ich mir wimmernd die Ohren zuhielt. Der Lärm, den die Schüsse verursachten, dröhnte mir im Schädel, aber vor allem fürchtete ich um unser Leben.

„Du bleibst unten. Egal, was passiert, rühr dich nicht vom Fleck", rief Silvan über die Schüsse hinweg. Dann kroch er bis zur Kante des Containers und schoss um die Ecke. Der folgende Schmerzensschrei sagte mir, dass er getroffen hatte, und mehr Ablenkung brauchte Silvan nicht. Todesmutig richtete er sich auf und begann, zu schießen.

Da ich unbewaffnet war, konnte ich nur mit angezogenen Knien dasitzen und mir die Ohren zuhalten, aber selbst wenn ich eine Pistole gehabt hätte, bezweifelte ich, dass ich den Arsch in der Hose gehabt hätte, damit auf Menschen zu schießen. Während des Trainings auf Pappfiguren zu feuern war eine Sache, auf lebendige Personen eine ganz andere.

Wie in einem Actionfilm streckte Silvan seine Feinde einen nach dem anderen mit gezielten Schüssen nieder. Wobei er sich wiederholt hinter den Container duckte, Ersatzmagazine aus seinen Hosentaschen zog, die Pistole nachlud, aufstand und dann weiter feuerte. Ich konnte nicht sagen, wie viele Kugeln er abfeuerte, aber die Gegenschüsse wurden weniger, bis sie schließlich verstummten. Ich zitterte inzwischen am ganzen Körper, mein Atem ging so hektisch, dass ich das Gefühl hatte, jeden Moment zu hyperventilieren. Das war eine echte Schießerei mit echter Munition gewesen! In all den Jahren, die ich für die *Corvi* gearbeitet hatte, hatte ich zum Glück nie einem Schusswechsel beiwohnen müssen, und jetzt hatte ich eine regelrechte Straßenschlacht miterlebt!

„Steh auf, wir müssen hier weg", unterbrach Silvan meine Gedanken. Umständlich raffte ich mich auf, meine Beine fühlten sich wie Wackelpudding an. Silvan kam zu mir und untersuchte mich flüchtig nach Verletzungen. Sein Blick verharrte an meinem Arm, der fürchterlich brannte, aber die Wunde schien ihn nicht zu beunruhigen, denn er fragte: „Ansonsten alles heil?"

„Äh … ja" Die Toten am Boden zogen meine Blicke an. Wie viele waren das? Sechs? Sieben?

„Sieh nicht hin", sagte Silvan, stieg über eine Leiche und spähte um die Ecke, von wo aus sie gekommen waren. Aber zu spät. Ich hatte in ihren verzerrten, teilweise blutverschmierten Antlitzen längst nach bekannten Gesichtern gesucht. Was hatte Vincent einmal zu mir gesagt? Dass man die Gesichter seiner Opfer niemals vergessen würde? Ich hatte keinen dieser Männer angerührt, ich kannte sie auch nicht, und doch brannten sich ihre leeren Blicke für immer in mein Gedächtnis ein. Wieder war es Silvans Stimme, die meine Gedankengänge unterbrach. „Das Safe House ist offensichtlich aufgeflogen. Wir müssen zu einem anderen."

Nutzlos stand ich da und verfolgte, wie er einem der Toten die Waffe abnahm, das Magazin überprüfte und dann mit den Kugeln einer anderen Pistole auffüllte. „Woher weißt du, dass sie dort nicht auch auf uns warten?", fragte ich mit bleischwerer Zunge. Das Reden fiel mir schwer. Gut möglich, dass ich unter Schock stand.

„Das hier ist eins der älteren Verstecke. Ein Spitzel aus dem Schloss muss an die Adresse gekommen sein. Das andere haben wir erst vor drei Monaten eingerichtet. Nur Diego, Giovanni und ich wissen davon. Wenn es noch einen sicheren Rückzugsort in der Stadt gibt, dann den." Fast schon routiniert tastete Silvan die toten Männer nach Ersatzmunition ab. So, wie er sich damit eindeckte, erwartete er wohl noch mehrere solcher Schusswechsel, ehe wir den Bunker erreichen würden. Ich war gerade dabei, mich von dem Schock zu erholen, als ein Geräusch hinter mir erklang und ich gleich den nächsten erlitt. Ich schaffte es nicht mehr, mich umzudrehen, da lag schon etwas Kühles an meiner Schläfe.

„Keine falsche Bewegung."

Silvan wirbelte zu mir herum und starrte den Mann, der wie aus dem Nichts hinter mir aufgetaucht war, entgeistert an. Wir beide waren so fixiert auf die Abzweigung gewesen, von der aus die Männer gekommen waren, dass wir nicht daran gedacht hatten, dass sich uns auch welche von hinten nähern könnten. Ein Fehler, wie sich nun herausstellte. Panik bohrte sich in mein Herz, als die Person einen Arm um mich schlang und mich fest an seine Brust drückte. Der Geruch nach kaltem Zigarettenrauch und einem unangenehm süßlichen Parfüm stieg mir in die Nase. Die Konzentration und Gleichgültigkeit, die Silvan beim Töten eben noch ausgestrahlt hatte, bekam Risse, als er die Person offenbar erkannte.

„So schnell sieht man sich wieder. Und wie es sich für einen Köter gehört, hast du wieder eine ordentliche Schweinerei angerichtet“, sprach der Mann hinter mir mit rauchiger, tiefer Stimme. Mein Magen verkrampfte sich, als ich sie wiedererkannte. Dieses unverwechselbare dunkle Timbre gehörte Cristian, einem von Carlos Schlächtern!

„Lass sie gehen“, forderte Silvan, die Waffe auf meinen Hintermann oder besser gesagt auf mich, das Schutzschild, gerichtet. Eine Schicht aus Kälte und Verachtung legte sich über Silvans makellose Gesichtszüge. Da war keine Menschlichkeit mehr, nur eisige Berechnung und der unbedingte Wille, zu töten. Die Mischung aus grausamer Schönheit, die er jetzt ausstrahlte, raubte mir den Atem. Silvan sah aus wie ein Racheengel, der kurz davor stand, seinen weltenverheerenden Zorn auf seine Feinde loszulassen.

„Aber selbstverständlich. Sobald du deine Waffe auf den Boden gelegt hast“, säuselte Cristian hinter mir. Gänsehaut kroch meinen Rücken hinauf, als sein Atem gegen mein Ohr schlug. Seine tiefe, kratzige Stimme strafte seine entgegenkommenden Worte Hohn.

Tu das nicht!, flehte ich Silvan mit Blicken an, während ich gleichzeitig gegen den Instinkt, wegzurennen, ankämpfte. *Er wird dich erschießen, ehe du sie ganz abgelegt hast!* Cristian war gnadenlos und heimtückisch, und soweit ich wusste, ging er nie ohne Begleitung aus dem Haus. Wo steckte seine Leibgarde? Schlich sie hier irgendwo herum oder waren das die Männer auf dem Boden? Und wenn ja, warum war er nicht abgehauen, als es schlecht um sie ausgesehen hatte? Warum stellte er sich Silvan allein?

Die Antwort auf meine Frage folgte, als Cristian hinter mir sagte: „Als mein Spitzel mir erzählt hat, dass du allein in der Stadt unterwegs bist, wollte ich es zuerst nicht glauben. Der Wachhund höchstpersönlich und ohne Verstärkung. Diese Chance konnte ich mir nicht entgehen lassen. Hab‘ angeordnet, dich nicht anzurühren, sondern nur dein Fluchtfahrzeug zu sabotieren, damit ich mich in Ruhe um dich kümmern kann.

Ich fürchte nur, wir haben nicht viel Zeit. Inzwischen dürfte der ganze *Corvi*-Clan wissen, dass der Wachhund des Nachtprinzen in unserer Stadt herumschnüffelt.

Und ich bin nicht der Einzige, der ein Stück von dir haben will, nicht wahr? Hast vielen von uns das Leben schwergemacht, aber das ist jetzt vorbei. Du hast dich mir quasi selbst auf dem Silbertablett serviert."

Silvan schnaubte nur. „Sei dir da nicht so sicher."

Cristian machte eine Bewegung hinter mir, dann sagte er deutlich weniger amüsiert: „Du und ich, wir haben noch eine Rechnung offen. Es hat 17 Stiche gebraucht, um den Schnitt zu nähen. Ein paar Zentimeter weiter und ich hätte mein Auge verloren!"

„Erwartest du jetzt Mitleid von mir, du Ratte?", fragte Silvan mit hochgezogenen Brauen. „Ich würde sagen, wir sind quitt, nachdem du mir fast den Bauch aufgeschlitzt hast." Ich starrte Silvan entgeistert an. Die grässliche Wunde stammte von Cristian?! Abgesehen von seinen zornfunkelnden Augen schien Silvan die Ruhe in Person zu sein, als er zu mir nickte. „Aber das ist eine Sache zwischen dir und mir. Sie hat damit nichts zu tun. Lass sie gehen."

„Oh, ich habe eine bessere Idee", schnurrte Cristian jetzt wieder vergnügt und drückte die Mündung fester gegen meine Schläfe. Vor Schmerzen und Angst kniff ich die Augen zusammen. „Wie wäre es, wenn ich deiner kleinen Freundin zuerst den Kopf wegpuste?"

„Dann steht nichts mehr zwischen dir und meiner Waffe."

Ich wünschte, ich könnte Silvans Besonnenheit teilen, aber ich kannte Cristian. Oder besser gesagt, ich hatte schon genug Horrorgeschichten über ihn gehört, um ernsthaft um mein Leben zu bangen. Er lebte dafür, seinen Feinden Schmerzen zuzufügen. Ob seelisch oder körperlich, das war ihm gleich.

„Willst du es wirklich drauf ankommen lassen?“ Cristian drückte fester zu, entlockte mir ein schmerzbedingtes Wimmern. Etwas Dunkles flammte in Silvans Blick auf, als ich flach ein und aus atmete. Konnte es sein, dass Cristian mich nicht erkannt hatte? Sonst würde er mich doch nicht ernsthaft bedrohen, und er wüsste auch, dass ich hier quasi in einer laufenden Mission war. Oder war es ihm egal und er wollte um jeden Preis seine Rechnung mit Silvan begleichen? „Na los, sei ein braves Hündchen und leg endlich die Waffe auf den Boden. Langsam natürlich.“

Silvan starrte erst Cristian an, dann mich. Dann beugte er sich langsam nach vorn. „Nicht!“, beschwor ich ihn und nahm in Kauf, dass Cristian warnend seine Finger in meine Taille bohrte.

Leider ignorierte Silvan meinen Einwand. „Schon gut“, sagte er zu mir. „Alles wird gut.“

Fassungslos starrte ich ihn an und dann seine Hand mit der Waffe, die dem Boden immer näher kam. Wie konnte er das sagen? Wie konnte er nur eine Sekunde lang glauben, Cristian würde mich gehen lassen? Gott, das lief alles so falsch! Der Nachtprinz sollte doch sterben, nicht seine rechte Hand! Nicht Silvan! Und dann passierten mehrere Dinge gleichzeitig. Silvan hatte die Pistole fast abgelegt, als Cristian wie erwartet handelte und die Waffe auf ihn richtete. Als er feuerte, löste sich ein spitzer Schrei aus meiner Kehle. Aber Silvan schien damit gerechnet zu haben, denn er rollte sich schon vorher nach vorn ab, sodass der Schuss ins Leere ging.

Blitzschnell riss er die Waffe hoch und feuerte zurück.

Direkt an mir vorbei.

So dicht an meinem Ohr zerriss Cristians Brüllen mir fast das Trommelfell. Er ließ mich los, die Waffe entglitt seiner Hand, und ich stolperte drei Schritte von ihm weg, bevor meine Beine unter mir nachgaben. *Silvan hat an mir vorbeigeschossen!*, wurde mir schockiert bewusst. Nur ein paar Zentimeter weiter rechts und er hätte mir das Gesicht weggepustet! So viele Übungsstunden mit Emilio, so viel mentale Vorbereitung auf mögliche Kampfsituationen, aber auf so etwas – auf die Realität – war ich nicht vorbereitet.

Silvan ließ keine Zeit verstreichen. Noch aus dem Schwung seiner Rolle heraus stieß er sich vom Boden ab und ging auf den Schlächter los, der sich mit schmerzverzerrter Miene die angeschossene Schulter hielt. Er kam nicht mehr dazu, wieder nach seiner Waffe zu greifen, denn wie durch Zauberhand blitzte ein Messer in Silvans Hand auf. Cristian sah es, und sämtliches Blut wich aus seinem Gesicht.

„Du dreckiger …“

Weiter kam er nicht, denn Silvan schnitt ihm mit einem kräftigen Ruck die Kehle durch.

Keuchend wandte ich mich ab, aber nicht schnell genug – ich hatte alles gesehen. Außerdem konnte ich hören, wie Cristian röchelnd zusammenbrach und in seinem Todeskampf Geräusche verursachte, die sich auf direktem Wege in meine Seele brannten. Silvan hätte ihn auch einfach erschießen können. Es wäre humaner und weniger blutig gewesen, aber er hatte sich bewusst für einen Kehlenschnitt entschieden. Übelkeit und Schwindel stiegen in mir hoch, vor meinen Augen begann es, weiß zu flimmern. Hätte ich nicht schon gekniet, wäre ich spätestens jetzt zu Boden gesackt, aber ich kroch noch ein paar Meter von dem Sterbenden weg, der noch immer Geräusche von sich gab.

Zumindest hatte ich das vorgehabt.

Silvan ließ mir keine Verschnaufpause. „Steh auf“, verlangte er und zog mich wieder auf die

Beine. „Wir müssen von hier verschwinden. Noch sind wir nicht in Sicherheit.“ Damit angelte er sein Handy aus der Hosentasche. Mit verschwommenem Blick verfolgte ich, wie er das Bild eines Stadtplans aufrief, aber ich konnte durch den Tränenschleier nichts Genaues erkennen. Tränen? Wann hatte ich angefangen, zu weinen? Von Cristian hörte man nichts mehr. War es vorbei? Wie von einer fremden Macht gelenkt drehte sich mein Kopf in die Richtung, um es zu überprüfen. Es war wie bei einem Autounfall. Man wusste, dass man es nicht sollte, aber man musste trotzdem hingucken. Glücklicherweise drückte Silvan mir in diesem Moment eine Pistole in die Hand, womit er wieder meine gesamte Aufmerksamkeit hatte. „Nur für den Notfall“, erklärte er, dann strich er mir die verirrten Haarsträhnen aus dem Gesicht und sah mir fest in die Augen. „Du musst noch ein bisschen durchhalten, ja? Ich bringe uns hier raus.“

Tief atmete ich ein und aus. „Ooo-kay, ja.“

Aber nichts war okay. Ich nahm alles gedämpft wahr. Als würde ich fünf Meter unter der Wasseroberfläche treiben, während die Ereignisse sich darüber abspielten. Silvan nahm wieder meine Hand, dann rannten wir los.

Weder konnte ich sagen, wie lange wir diesmal zum Safe House brauchten, noch, welchen Weg wir nahmen. Stumpf rannte ich Silvan hinterher, nach außen hin teilnahmslos, aber innerlich focht ich einen Kampf aus. Einen Kampf, um die grausigen Bilder in meinem Kopf loszuwerden, die mich zu erdrücken versuchten und die ich, immer wieder aufs Neue, mit aller Macht von mir schob. Denn ich wusste, wenn ich mich jetzt davon überwältigen lassen würde, würde ich heulend zusammenbrechen und keinen Schritt mehr machen können.

Als wir einen Copyshop betraten, nahm ich meine Umgebung zum ersten Mal wieder bewusst wahr. Draußen hatte sich die Sonne immer mehr zurückgezogen, deshalb stach mir das grelle Deckenlicht jetzt in die Augen. *Was machen wir hier? Ist das etwa das Geheimversteck?* Silvan zog mich am Ladenbesitzer vorbei durch eine Hintertür, überquerte mit mir einen winzigen, im Schatten liegenden Hof und schloss dann eine klapprige Tür auf. Sie sah nur von außen klapprig aus, erkannte ich, als er sie unter körperlicher Anstrengung aufzog.

In Wahrheit war sie massiv und schwer. Immer noch an Silvans Hand ließ ich mich in die Finsternis ziehen, die, als er die Tür hinter uns zumachte, uns mit Haut und Haar verschluckte. Mein Atem ging stoßweise vom vielen Laufen, aber auch, weil ich die Hand vor Augen nicht mehr sehen konnte. Ich ertrank förmlich in der Dunkelheit, aber Silvan schien genau zu wissen, wo es lang ging.

„Warte hier kurz“, sagte er, ließ mich los und entfernte sich mit hallenden Schritten. Ich konnte meinen rasenden Puls auf der Zunge schmecken und die getrockneten Tränen auf meinen Wangen spüren. Augenblicke später ging flackernd das Licht an, und Silvan sagte drei Worte, die wie Musik in meinen Ohren klangen.

„Wir sind da.“

Kapitel 16

Ungelenk machte ich ein paar Schritte in den fensterlosen Raum. Der Strom für das Licht kam von einem Generator, der, vor meinen Blicken verborgen, leise vor sich hin brummte. Die Luft war kalt und roch abgestanden, der nackte Boden ließ jeden meiner Schritte gespenstisch widerhallen. Offene Rohrleitungen führten über meinem Kopf an der Decke entlang. Davon abgesehen versprühten die Ziegelwände und die übereinandergestapelten Holzfässer links von mir einen Hauch von Weinkeller-Feeling.

Silvan nahm mir die Waffe ab und verschwand dann aus meinem Sichtfeld. Ich näherte mich dem hinteren Bereich, der wie ein Wohnzimmer eingerichtet war. Zwei Ledersofas standen sich dort gegenüber, auf der linken Seite stand noch ein großer Sessel und eine gebogene Stehlampe. An der Wand lehnte ein einfaches Regal mit unterschiedlich großen Holzkisten, die vermutlich mit nützlichen Dingen gefüllt waren, die man hier unten zum Überleben gebrauchen könnte. Ich ging dorthin, linste in die Kisten und sah meine Vermutung bestätigt. In einer fand ich Reinigungszeug, in einer anderen Wasserflaschen, Konservendosen und in der nächsten sogar Waffen und Magazine.

Von Komfort war in diesem *Wohnzimmer* nicht viel zu sehen, aber das war auch nicht der Sinn und Zweck dieses Verstecks. Es diente zum Überleben und Ausharren. Ich betete nur, dass Letzteres nicht allzu lange dauern würde, denn die Kälte in diesem Raum kroch mir unter die Haut. Leider waren auch die Ledersofas kalt, stellte ich mit einer flüchtigen Berührung fest. Unmöglich, sich mit den dünnen Klamotten darauf zu setzen, ohne eine Unterkühlung zu riskieren. Wenn ich wenigstens einen dicken Pullover angehabt hätte.

„Sind wir hier sicher?“, fragte ich in den weiten Raum hinein und betastete vorsichtig meinen verletzten Arm. Obenrum trug ich ein dünnes, langärmliges Top. Es lag so eng an, dass der scharfe Gegenstand geradewegs durch den Stoff in meine Haut geschnitten hatte. Ich hätte zwar nie gedacht, dass ich das einmal denken würde, aber ich konnte es kaum erwarten, wieder im Schloss zu sein und den Schnitt von Vincent untersuchen zu lassen. Wer wusste, an was für einem keimbelasteten Objekt ich mich geritzt hatte und ob sich die Wunde nicht entzünden würde.

Silvan kam mit Papiertüchern, Decken und einem Verbandskoffer zurück. Das rote Basecap hatte er abgesetzt. „Ja“, sagte er nur, zog mich zur Stehlampe, schaltete sie ein und legte die Utensilien auf den Sessel, bevor er meinen Arm untersuchte. „Ich fürchte, du musst den Pullover ausziehen.“

Das hatte ich mir schon gedacht. Ich trug zwar nur einen schwarzen BH darunter, aber meine Gesundheit war mir wichtiger als meine Schamhaftigkeit. Silvan war ein Ex-Soldat, er würde wissen, wie die Erstversorgung am besten durchzuführen war. Als ich mir das Oberteil über den Kopf ziehen wollte, schoss ein Brennen durch meinen Arm, und ich hielt zischend inne. Jetzt, da das Adrenalin verraucht war, kehrte der Schmerz doppelt zurück. Silvan und ich sahen uns an, und um seine Lippen zuckte es. „Sieht so aus, als könnte ich mich endlich für den zerschnittenen Pullover revanchieren.“ Ich wusste, dass er mich damit aufheitern wollte, dass er mir etwas von dem Schrecken nehmen wollte, der mir vermutlich noch ins Gesicht geschrieben stand, und es funktionierte, ich lächelte matt.

Silvan nahm eine Schere aus dem Erste-Hilfe-Koffer und machte sich daran, mein Oberteil aufzuschneiden. Er ging behutsam vor, aber ich zuckte trotzdem ein paar Mal zusammen. Als ich bibbernd in BH und Jeans vor ihm stand, sagte er:

„Wir haben auch einen Vorrat an Medikamenten hier. Sobald dein Arm versorgt ist, bekommst du ein paar Schmerztabletten."

„Gut", sagte ich, und schmunzelte über seinen Versuch, mir mit Smalltalk die Verlegenheit nehmen zu wollen. Das war nicht nötig. Meine Schamhaftigkeit war in meinen Jahren als Zirkusartistin quasi gen null gesunken. Aus Zeitmangel hatten Mädchen und Jungen sich zwischen den Aufführungen oft zusammen umziehen müssen, da war kein Platz für Verklemmtheit gewesen. Außerdem hielt Silvan den Blick diskret auf meinen Arm gerichtet.

Plötzlich musste ich daran denken, dass dieselben Hände, die jetzt so behutsam meine Wunde verarzteten, vorhin auf grausame Weise einen Menschen getötet hatten – mehrere, um genau zu sein –, und mein Lächeln gefror. Ob gerechtfertigt oder nicht, es hielt mir vor Augen, was für eine Killermaschine Silvan war und dass ich mich aus gutem Grund vor ihm fürchten sollte.

Ich merkte erst, dass ich ihn anstarrte, als er von seiner Arbeit aufsah. Ertappt senkte ich den Blick, aber damit verriet ich ihm nur, was ich gerade gedacht hatte. Mit zusammengepressten Kiefern machte Silvan weiter, die ohnehin schon kalte Raumtemperatur schien noch einmal um fünf Grad zu sinken. Es brannte kurz, als er die Wunde desinfizierte, dann folgte das Pflaster.

„Das war's schon", sagte Silvan und wandte sich abrupt ab.

„Danke", rief ich ihm kleinlaut hinterher, aber da war er schon aus meinem Blickfeld verschwunden, um die blutigen Tücher zu entsorgen. Mein Starren hatte ihn offenbar verärgert oder verletzt, und das tat mir leid, weil er mir das Leben gerettet hatte.

Die Gedanken rückten jedoch in den Hintergrund, als die Erschöpfung, die ich schon den ganzen Tag über verspürte, mit aller Macht zurückkehrte.

Ich muss mich hinsetzen, bevor mein Körper endgültig den Geist aufgibt, dachte ich und wankte zum Sofa. Mit Silvan und dem Erlebten musste ich mich später auseinandersetzen.

Er hatte nur zwei Decken mitgebracht, deshalb nahm ich an, dass der Bestand nicht mehr hergab. Ich breitete eine über dem kalten Ledersofa aus, dann ließ ich mich kraftlos darauf plumpsen. Es wäre gesünder gewesen, mir etwas überzuziehen, aber ich hatte nirgends Ersatzklamotten gesehen, und Silvan wollte ich nicht fragen, weil ich nicht wusste, ob er unter dem Hemd etwas trug, dass er entbehren könnte.

Überhaupt war ich jetzt viel zu erschöpft, um mir Gedanken darüber zu machen. Meine einzige Priorität war es jetzt, meine müden Knochen auszuruhen.

Ein Geräusch ließ mich hochschrecken. War das ein Niesen gewesen? Einen Moment orientierungslos sah ich mich blinzelnd um, dann kehrten die Erinnerungen zurück, und ich entdeckte Silvan auf dem Sofa gegenüber. Breitbeinig und den Kopf nach hinten gelehnt saß er da und telefonierte mit jemandem.

Ich entspannte mich wieder und sackte in mich zusammen, als ich die zweite Decke auf mir bemerkte, die vorher nicht dagewesen war. Mein Blick kehrte zu Silvan zurück. Er hatte auf seine verzichtet und sich auf das kalte Sofa gesetzt, damit ich es warm hatte. „Ich melde mich später noch mal“, sprach er ins Telefon. Dann legte er auf und sagte zu mir: „'Tschuldige. Ich habe dich geweckt.“

Noch etwas belämmert blinzelte ich Silvan an. „Warum bin ich überhaupt eingeschlafen? Ich wollte das gar nicht.“

Meine Frage entlockte ihm ein Schmunzeln, aber es reichte nicht, um auch seine Augen aufzuhellen. „Ich schätze, weil dein Körper es gebraucht hat.“ Damit beugte er sich zu mir herüber und reichte mir eine kleine Wasserflasche. „Trink das. Ich habe meine eigene.“

„Danke.“ Ein Gähnen unterdrückend nahm ich sie an mich. „Und für die Decke.“ Dann trank ich ein paar Schlucke und lehnte mich seufzend wieder zurück. „Wie lange habe ich geschlafen?“

„Etwas mehr als zwei Stunden.“

So lange? Es war mir wie ein kurzer Power-Nap vorgekommen. „Was hast du in der Zwischenzeit gemacht?“, wollte ich wissen und wickelte mich tiefer in die Decke ein. Die Temperaturen waren noch immer eisig, dafür war die Luft frischer geworden, was wir vermutlich dem Generator zu verdanken hatten.

Erklärend hielt Silvan sein Handy hoch. „Mit Diego unsere Flucht geplant. Morgen früh um 4 Uhr warten sie an der Grenze auf uns. Das heißt, wir haben heute Nacht noch mal einen anstrengenden Marsch vor uns. Es muss leider so früh sein, da die *Corvi* mit einer Flucht im Morgengrauen rechnen werden – wir müssen also vorher weg sein.“ Silvan legte das Handy auf den Beistelltisch und fuhr sich müde durch die Haare. „Schlaf lieber noch ein bisschen, damit du wieder zu Kräften kommst.“

Vielleicht sollte er seinen Rat selbst befolgen. „Ich glaube nicht, dass ich noch mal einschlafe“, sagte ich und kam wackelig auf die Beine. „Gibt es hier eine Dusche und warmes Wasser?“

„Hinter den Fässern ist ein Badezimmer. Aber ich warne dich, es ist nicht das sauberste.“

Silvans Beschreibung war die Unterreibung des Jahrhunderts.

Der Boden bestand aus Rost und Schimmel, die Fliesen waren abgeblättert, das Keramikwaschbecken war mehr gelb als weiß und vom Zustand der Toilette wollte ich gar nicht erst anfangen. In die Dusche musste ich nur einen kurzen Blick werfen, um zu entscheiden, dass mich dort keine zehn Pferde reinkriegen würden. Wenigstens gab es Zahnpasta und Shampoo, und so machte ich mich an dem winzigen Waschbecken, meinen Ekel herunterschluckend, frisch. Eine heiße Dusche wäre mir natürlich lieber gewesen. Sie hätte mir zumindest das *Gefühl* gegeben, mir den Schrecken und die grausigen Erinnerungen von der Seele waschen zu können. Aber ich wusste, dass selbst hundert Duschen dazu nicht imstande gewesen wären. Um die traumatischen Ereignisse in der Gasse zu verarbeiten, musste ich mit jemandem darüber reden.

Irgendwann, wenn das alles hier vorbei war.

Als ich zurückkam, schien Silvan eingeschlafen zu sein.

Den Kopf noch immer angelehnt und die Arme auf den Oberschenkeln ruhend saß er mit geschlossenen Augen da und atmete gleichmäßig ein und aus. Leise setzte ich mich wieder auf meinen Platz, bedeckte meinen halbnackten Oberkörper und betrachtete sein schönes Gesicht. Er hatte heute acht Menschen getötet. Ohne sichtbare Anstrengung. Ohne dabei scheinbar etwas zu empfinden. Nur als Cristian mir die Waffe an den Kopf gehalten hatte, da hatte Sorge in seinen Augen gestanden. Aber hatte er sich Sorgen gemacht, weil ich sein neuer Schützling war, weil ich zu seinem Team gehörte? Oder – und der Gedanke ließ mein Herz höher schlagen – aus einem anderen Grund? Mit einem Schwindelgefühl im Bauch dachte ich daran zurück, wie Silvan mich mit seinen Küssen förmlich verschlungen hatte. Empfand er wirklich nur sexuelle Anziehung für mich oder war da mehr? Und falls da mehr war, was bedeutete das für *mich*?

„Sag, was dir auf dem Herzen liegt“, durchschnitt Silvan die Stille. Seine Augen waren noch immer geschlossen, deshalb konnte er eigentlich unmöglich wissen, dass ich ihn beobachtete. „Dein Starren macht mich unruhig.“

„Es ist nichts.“

Da öffnete er die Augen und funkelte mich unter trägen Lidern an. „Was hatte ich dir übers Lügen gesagt? Ich schätzte es nicht sehr.“ Verdammt. Aber was erwartete er jetzt von mir? Als ich unruhig auf meinem Platz herumrutschte, setzte Silvan sich auf. Seine Augen blitzten jetzt wie Rasierklingen in der Dunkelheit. „Dann spreche *ich* es für dich aus: Ich habe vor deinen Augen Leute erschossen und jemandem die Kehle durchgeschnitten. Du hast heute vermutlich zum ersten Mal Menschen sterben sehen, und da ich derjenige bin, der sie getötet hat, betrachtest du mich jetzt mit anderen Augen. Ist es nicht so?“ Der Schmerz in seiner Stimme tat mir selbst weh, aber ich wusste nicht, wie ich das, was ich fühlte, in Worte packen sollte, ohne mich als sein Feind zu outen. „Ich habe es geschafft, dass du noch mehr Angst vor mir hast.“ Das war keine Frage mehr, sondern eine Feststellung. „Dabei hatte ich mir das Gegenteil vorgenommen.“

Silvans Worte brachten mich in eine Zwickmühle. Würde ich sie verneinen, wäre es gelogen, und das wüsste er. Ich wollte sie aber auch nicht bejahen, denn das stimmte genauso wenig. Ja, ich hatte Angst vor ihm, aber nicht vor seiner Person, sondern vor dem, was er mir antun würde, wenn ich seinen Prinzen tötete und er mich in die Finger bekommen sollte.

Allerdings war das die Angst vor dem Kommenden, nicht das, was ich jetzt, in diesem Moment, empfand. Denn die Wahrheit war, dass ich mich mit Silvan an meiner Seite sicher fühlte. Ein irrationales Gefühl, da er mein Feind war, aber er hatte mir garantiert, dass mir hier nichts geschehen würde, und ich glaubte ihm. „Ich habe keine Angst vor dir“, sagte ich nach einem langen Moment des Schweigens. *Nicht direkt.* Da er nicht überzeugt aussah, ging ich mit der Decke kurzerhand zu ihm herüber. Ich brachte es nicht über mich, ihn in dem Glauben zu lassen, ich würde ihn für ein Monster halten. Nicht, nachdem er mir das Leben gerettet hatte.

Als ich mich dicht neben ihn setzte, flackerten Verwirrung und eine ungewohnte Zerstreutheit in seinem Blick auf. Es gab bestimmt nicht vieles, was Silvan aus der Fassung bringen konnte, aber ich glaubte, soeben war es mir gelungen.

„Ich habe keine Angst vor dir", wiederholte ich jetzt so dicht bei ihm, dass ich in seinen dunklen Augen versank. Die Decke zwischen uns drückte mein angewinkeltes Bein gegen seinen Schenkel, und mit einem Mal kam es mir gar nicht mehr so kalt im Raum vor. „Wie könnte ich auch? Du hast mir das Leben gerettet. Hast dich vor mich geworfen, als wir in einem Kugelhagel waren. Glaub mir, bei dir fühle ich mich so sicher wie bei keinem anderen Menschen." Und noch während ich es aussprach, wusste ich, dass ich es nicht nur sagte, um ihn zu besänftigen, sondern weil es schlicht und ergreifend die Wahrheit war.

Silvan sah mich lange an, dann atmete er hörbar aus, legte einen Arm um mich und zog mich an sich. Verblüfft landete ich mit dem Kopf an seiner Schulter. „Normalerweise ist es mir egal, ob die Leute sich vor mir fürchten. In meiner Position ist es sogar von Vorteil, denn wer sich vor mir fürchtet, macht mir meine Stellung nicht streitig, und du kannst dir sicherlich vorstellen, wie begehrt sie ist." Silvan sah auf mich herunter. „Aber bei dir ist es mir nicht egal. Das ist mir neulich schon auf der Treppe klargeworden."

Seine Ehrlichkeit verschlug mir die Sprache, bedeutete sie doch, dass er über rein körperliche Anziehung bereits hinaus war.

Als er mich noch etwas fester an sich zog und ich in den Genuss seines himmlischen Parfüms kam, wusste ich, dass es mir genauso erging. Irgendwann zwischen unserer ersten Begegnung und dem Jetzt hatte ich Gefühle für Silvan entwickelt, aber beunruhigenderweise jagte mir diese Erkenntnis nicht so viel Angst ein, wie sie sollte. Möglicherweise war mein Kontingent an Angstempfinden für heute ja aufgebraucht, überlegte ich. Oder Silvans Nähe und Duft benebelten mir die Sinne. Das würde auch meinen nächsten Gedanken erklären, denn jetzt fragte ich mich, was dagegen sprach, mir eine kleine Auszeit von meinen Ängsten zu gönnen. Für heute Nacht saßen wie hier fest und morgen früh würden noch dieselben Probleme auf mich warten. Warum die Zeit bis dahin in Sorge verbringen, wenn ich sie mit Silvan genießen konnte?

Der Gedanke löste eine Welle der Erregung in mir aus. Mit einem Mal war ich mir meiner Wange an seiner Schulter und meiner Nase an seinem Hals nur allzu bewusst. Tief atmete ich seinen

Duft ein, berauschte mich daran, dann lehnte ich mich mutig vor und drückte meine Lippen auf seine weiche Haut. Silvan erstarrte. An meinen Lippen konnte ich spüren, wie sein Puls rasant anstieg. „Was machst du da?“ Doch von meinen plötzlichen Empfindungen übermannt fühlte ich mich außerstande, ihm zu antworten. Also setzte ich mich auf, sah ihm in die Augen, und bevor ich es mir anders überlegen konnte, küsste ich ihn auf den Mund.

Ich brauchte das jetzt, brauchte seine Umarmung, seinen warmen Körper, seine Leidenschaft. Meine Zunge suchte sich einen Weg zwischen seine Lippen, und ich seufzte innerlich auf, als Silvan den Kuss erwiderte. Neckend stießen unsere Zungen aneinander, einen Atemzug später umfassten seine Hände jedoch mein Gesicht und geboten mir Einhalt. „Du hast heute viel durchgemacht“, sagte er mühsam beherrscht, während in seinen Augen ein wildes Feuer loderte. „Ich verstehe, warum du das jetzt brauchst, aber ich bin mir nicht sicher, ob du das wirklich willst.“

Oh, und wie ich es wollte. Ich hatte das Gefühl, in einen Fluss gesprungen zu sein, dessen reißende Strömung mich nicht mehr freigab. Denn das wollte ich auch nicht. Ich wollte darin ertrinken, mich völlig darin verlieren. Und Silvan konnte mir dieses Gefühl geben. Er dachte, dass ich aus den falschen Gründen heraus handelte, womöglich sogar unter Schock stand, aber ich hatte noch nie so klar wie jetzt gesehen. Das hier war vielleicht unsere letzte, gemeinsame Nacht als Nicht-Feinde, und ich würde den Teufel tun und sie länger mit schlafen vergeuden.

Als ich auf seinen Schoß kletterte und meinen BH öffnete, weiteten sich seine Augen. Achtlos schleuderte ich das Stück Stoff von mir, saß nur noch in Jeans auf ihm, sodass Silvan gar keine andere Wahl hatte, als meine Brüste anzustarren. Ich labte mich an seinem perplexen Gesichtsausdruck.

„Allegra", krächzte er, aber mit einem Finger auf seinem Mund brachte ich ihn zum Schweigen.

„Spar dir die Worte", sagte ich schaudernd, weil die kühle Luft meine Brustwarzen verhärtete. „Ich werde es nicht bereuen." Meine Entschlossenheit brachte seine Zweifel ins Wanken. Ich konnte sehen, wie sie Stück für Stück einem Verlangen wichen, dass er nur mühsam unterdrücken konnte. Vorsichtig, als hätte er Angst, ich wäre aus Glas, umfasste er meine Hüften.

Dann küsste er mich.

Küsste mich, wie er mich im Zimmer geküsst hatte. Sehnsüchtig, genüsslich, als wollte er den Geschmack meiner Lippen für immer in sein Gedächtnis einbrennen. Ich öffnete sie und hieß seine Zunge willkommen. Silvan hatte kapituliert, und jetzt fegte seine Lust wie ein Sturm über mich hinweg. Er hob mich hoch und ließ mich sanft auf das Sofa sinken. Dann kam er über mich, zog eine Spur brennender Küsse meinen Hals hinunter und widmete sich meinen Brüsten. Keuchend bog ich den Rücken durch, als er an meiner rechten Brustwarze knabberte.

Das Sofa war viel zu schmal für uns beide. Silvans Schenkel links und rechts von mir fanden gerade so darauf Platz. Hinzu kam, dass das kalte Leder an meinem Rücken und auf der Seite der Lehne an meinem Arm scheuerte. Nichts davon war in diesem Augenblick von Bedeutung. Auch die Kälte machte mir nichts mehr aus, denn mein Körper stand in Flammen. Genau wie meine Nervenenden, die jede von Silvans Berührungen bis ins kleinste Detail wahrnahmen. Seine feuchte Zunge an meiner Brust, seine kitzelnden Haare auf meiner Haut, seine Hand, die meine andere Brust knetete, und unsere Becken, die auf so lustvolle, quälende Weise aneinander rieben.

Ungeduldig knöpfte ich sein Hemd auf, enthüllte seinen gebräunten Oberkörper mit den Narben. Silvan musste sich aufrichten, um es auszuziehen, und verharrte dann einen Moment reglos über mir, sodass ich ihn ausgiebig bewundern konnte. Da er anstelle des Verbands nur noch ein Pflaster trug, musste seine Wunde inzwischen gut verheilt sein. Meine hatte ich völlig vergessen. Fasziniert zeichnete ich die Muskeln und Wölbungen auf seinem Bauch nach und registrierte mit Zufriedenheit, wie Silvan unter meinen Berührungen erschauderte.

Meine Hände wanderten zu seinem Gürtel. Doch als ich mich daran zu schaffen machen wollte, legte er sich wieder auf mich. „Nicht so schnell“, raunte er mir amüsiert ins Ohr. Aber für meinen Geschmack konnte es nicht schnell genug gehen.

„Doch“, erwiderte ich und versuchte, meine Hände unter sein Becken zu schieben.

Leise lachend packte Silvan meine Handgelenke und drückte sie nach unten. „So ungeduldig“, schnurrte er. „Dabei haben wir noch Stunden, ehe wir losmüssen.“ Genussvoll knabberte er an meinem Ohrläppchen. „Entspann dich.“ Er küsste meine Halsbeuge. „Genieße es.“ Dann glitt seine Hand in meinen Hosenbund und schob meinen Slip beiseite.

Als Silvan mich berührte, explodierte ich innerlich.

Von wegen entspannen! Mein Körper stand unter Strom, und lustvolle Laute brachen aus mir heraus. Silvan absorbierte sie mit einem leidenschaftlichen Kuss, was mich nur noch besinnungsloser machte. Meine Motorik hatte ich längst nicht mehr unter Kontrolle, als sich meine Finger in seinen Rücken krallten. Falls es ihm wehtat, so ließ er sich nichts anmerken, oder er war so konzentriert auf das, was er mit seinen Fingern anstellte.

Es hätte mir peinlich sein sollen, dass Silvan so beherrscht war, während ich wie ein Fisch auf dem Trockenen zappelte. Aber solche Gefühle sparte ich mir für morgen auf. Jetzt wollte ich einfach nur genießen, und vor allem wollte ich nicht mehr nur seine Finger spüren. „Bitte", flehte ich Silvan an, und der heftige Schauer, mit dem sein Körper reagierte, sagte mir, dass er verstanden hatte. Seine Finger zogen sich aus mir zurück, dann entledigte er sich seiner restlichen Kleidung und half mir dabei, meine auszuziehen. Ein paar Atemzüge lang kniete er nackt über mir, schien sich meine Blöße auf der Zunge zergehen zu lassen, dann kam er wieder über mich.

„Verhütest du?", wollte Silvan wissen. Das Gefühl seiner nackten Haut auf meiner raubte mir den Atem. Ich konnte jeden einzelnen Bauchmuskel auf mir arbeiten spüren, die Hitze, die von ihm ausging, aber vor allem, was sich jetzt zwischen meine Beine drängte. Haut lag auf Haut. Hart drückte gegen weich. Zitternd vor Lust bejahte ich, und mehr brauchte Silvan nicht, um in mich einzudringen. Ich krallte mich in seine Arme, die er seitlich von mir auf das Sofa stemmte, und verbiss mich keuchend in seiner Schulter.

Zunächst langsam bewegte er sich immer schneller und härter in mir, aber das reichte mir irgendwann nicht mehr. Ich wollte Silvan noch tiefer in mir spüren, noch intensiver. Also drückte ich ihn von mir herunter und bedeutete ihm, sich zurückzulehnen. Er tat es, ließ zu, dass ich mich auf ihn setzte und positionierte. Silvans Gesichtsausdruck, als ich ihn Zentimeter für Zentimeter in mich aufnahm, war unbezahlbar. Die Intensität, mit der wir in dieser Stellung verschmolzen, zerschmetterte seine eiserne Selbstbeherrschung und zauberte ihm einen teils gequälten, teils benebelten Ausdruck aufs Gesicht. Jetzt konnte auch Silvan ein Stöhnen nicht mehr unterdrücken. Ich bewegte meine Hüften, klammerte mich an seinen Schultern fest und küsste ihn ungestüm. Silvan passte sich meinem Rhythmus an, stieß erst langsam, dann schneller zu, und mit jedem Stoß löste ich mich ein Stück mehr auf.

Das hatte ich gebraucht.

Danach hatte ich mich verzehrt.

Nach dem Gefühl, langsam und genüsslich in seinen Armen zu zerfallen.

Stunden später auf dem Weg zum Anwesen schwebte mein Körper noch immer auf Wolke sieben. Nachdem Silvan und ich erschöpft auf dem Sofa zusammengebrochen waren und ich ihm träge lächelnd versichert hatte, dass ich nichts bereute, war ich noch mal eingeschlafen. In seinen Armen.

Hinterher hatten wir uns dann angezogen – wobei Silvan ein altes, viel zu großes Shirt für mich aufgetrieben hatte –, alles wieder hergerichtet und uns dann auf den zweistündigen Marsch durch die noch schlafende Stadt gemacht. Viel hatten wir nicht geredet, aber ich hatte die Stille zu keiner Zeit als unangenehm empfunden. Ich hatte zu sehr in Erinnerungen geschwelgt, und vielleicht hatte Silvan dasselbe getan.

Am Treffpunkt hatte ein schwarzer Van auf uns gewartet und Silvan hatte sich eine Standpauke von Fabio anhören müssen, weil er seine eigenen Regeln gebrochen hatte. Diese besagten wohl, dass man niemals ohne Verstärkung nach Reggio Calabria durfte.

Daraufhin hatte Silvan auf mich gedeutet und erwidert, dass er die Regeln im Grunde nicht gebrochen hätte, woraufhin Fabio gereizt entgegnet hatte, dass man mich wohl kaum als Verstärkung bezeichnen könnte.

Jetzt waren wir seit knapp 20 Minuten in Richtung Nationalpark unterwegs, und Luigi, der mir auf der langen, gepolsterten Bank gegenüber saß, bedachte mich mit spöttischen Blicken, als wüsste er genau, was zwischen Silvan und mir gelaufen war. War es so offensichtlich oder bildete ich mir das amüsierte Funkeln in seinen Augen nur ein? Neben ihm saßen Fabio und Stefano. Silvan, Dario und ich besetzten die Bank auf der anderen Seite, wobei der Gang zwischen uns gerade so breit war, dass unsere Füße nicht die Schuhspitzen der Gegenübersitzenden berührten. Gurte gab es in dem großen Laderaum keine, aber man konnte sich an den Griffen an der Decke festhalten, was auch nötig war, denn die Straßen waren nicht nur kurvig, sondern auch sehr holprig.

Zu unserer Rettung war nur ein Teil der Mannschaft angerückt – mehr als ein Auto hätte Silvan nach zu viel Aufsehen erregt –, aber so ganz in Schwarz gekleidet und bis an die Zähne bewaffnet wirkte selbst dieser einschüchternd auf mich. Ich hätte ja gern gesagt, dass ich froh war, diesen ausgebildeten Trupp nicht meinen Feind nennen zu müssen, leider war dieser Zustand nur temporär. Sobald ich den Mord begangen hatte, würden dieselben Leute, die mich jetzt wie selbstverständlich in ihrer Mitte sitzen ließen und beschützten, Jagd auf mich machen.

Während Silvan die Ereignisse wiedergab, untersuchte Stefano die Pistole, die Silvan dem Toten abgenommen hatte.

Keine Ahnung, welche Informationen er dadurch gewann, aber er zerlegte sie in ihre Einzelteile und inspizierte jedes Teilstück.

Die anderen lauschten Silvans detailliertem Bericht, hakten hier und da nach und schienen erleichtert zu sein, ihren Kommandanten wieder zu haben. Nur Fabio hüllte sich in beleidigtes Schweigen.

„Wir müssen noch mal unser Personal durchleuchten“, sagte Silvan schließlich. „Besonders die Wachen. Jemand wusste, wo das Safe House ist, und ich vermute, derjenige hat den *Corvi* auch verklickert, dass Allegra und ich in die Stadt fahren. Sie wussten viel zu schnell Bescheid. Der Spitzel von Cristian muss schon explizit nach mir Ausschau gehalten haben, um mich in dieser Verkleidung zu erkennen.“

Er hatte recht! Daran hatte ich noch gar nicht gedacht. Beim Wort *Spitzel* heftete Fabio seinen Blick demonstrativ auf mich, aber ich ließ mich von ihm nicht provozieren.

Er hatte mich seit Beginn auf dem Kieker, aber Silvan hatte ihm nie geglaubt – er würde wohl kaum jetzt, nachdem wir miteinander geschlafen hatten, damit anfangen.

„Ich nehme mir die Wachen noch heute vor“, brach Fabio sein Schweigen und löste endlich den Blick von mir. „Sobald wir zurück sind.“

Silvan nickte, dann ließ er sich von seinen Männern über die Geschehnisse während seiner Abwesenheit informieren.

Kapitel 17

Wir erreichten das Anwesen im Morgengrauen, und schon jetzt brannte die Sonne heiß auf meiner Haut, als Silvan mir beim Aussteigen half. Er hielt mich eine Sekunde länger fest als nötig gewesen wäre und schenkte mir einen bedeutungsvollen Blick, von dem ich nicht genau wusste, was er ausdrücken sollte. Dann nahm Fabio ihn auch schon wieder in Beschlag, und er ging mit seinem Stellvertreter in Richtung Schloss. Luigi und die anderen blieben zurück und luden die schweren Waffen und eine Kiste, auf der *Sprengstoff* stand, aus dem Van. Gänsehaut überzog mich. Offenbar hätten sie sich den Weg zu uns auch freigesprengt, wenn es hätte sein müssen.

Mein Blick ging noch einmal zu Silvan, der es scheinbar für das Beste hielt, unsere Romanze nicht an die große Glocke zu hängen. Ich war absolut dafür, aber die Romantikerin in mir hätte sich einen letzten Kuss oder wenigstens eine Umarmung von ihm gewünscht. *Schluss damit*, schimpfte ich mit mir und wandte den Blick von ihm ab. *Silvan hat dir gegeben, was du in dem Moment gebraucht hast. Zeit, dich wieder den wichtigen Dingen zu widmen.* Denn als hätte ich nicht schon genug Probleme, gesellte sich jetzt ein Neues dazu. Silvans Worte im Auto hatten mich daran erinnert, dass Carlos Stadt videoüberwacht war. Das hieß, dass sie mich früher oder später auf einem entdecken würden, zusammen mit ihrem Erzfeind, und dann könnte Carlo denken, ich wäre zu den *Neros* übergelaufen. Cristian hatte zu seinem treuesten und langjährigsten Gefolge gehört. Wie ich Carlo kannte, würde er rotsehen, sobald er von dessen Tod und meiner Involviertheit erfahren würde.

Das könnte übel für meinen Bruder ausgehen.

Meinen ursprünglichen Plan, ihn anzurufen und mit viel Fingerspitzengefühl auf Ninos Albträume anzusprechen, konnte ich damit knicken. Viel wichtiger war es jetzt, ihn davon zu überzeugen, dass ich noch auf seiner Seite war. Um meinet und um Ninos Willen. Ich überließ die Männer ihren Waffen und ging ins Schloss. Ich musste meine Wunde untersuchen lassen, dann brauchte ich eine Dusche und musste Maria wegen ihres Handys aufsuchen.

An der Treppe erwartete mich eine Überraschung.

Samuele war wieder auf den Beinen. Mit gesunder Gesichtsfarbe und vor Energie nur so strotzend stand er mit Silvan und Fabio am Fuße der Treppe, wo er sie offenbar abgefangen hatte. Ich lächelte, wollte sie aber nicht stören und außen herum gehen. Da entdeckte Samuele mich und kam mit ausgebreiteten Armen zu mir. „Du und Silvan, ihr habt uns einen ganz schönen Schrecken eingejagt." Er zog mich an seine Brust, als wäre er mein großer Bruder. „Nächstes Mal nehmt ihr mich mit, damit ich auf euch aufpassen kann, verstanden?"

Lächelnd erwiderte ich seine Umarmung, die sich so echt und herzlich anfühlte, dass ich ihn am liebsten nie mehr losgelassen hätte. Und wieder erstaunte es mich, wie schnell ich einige hier ins Herz geschlossen hatte. Während ich ihn umarmte, bemerkte ich die Blicke der beiden hinter ihm. Fabio sah mich wie üblich grimmig an, Silvan bedachte mich hingegen mit einer Intensität, die mich in das berauschende Gefühl zurückkatapultierte, dass ich mit ihm vereint empfunden hatte. Schaudernd löste ich mich von Samuele. „Mach ich", versprach ich, dann ging ich ins Krankenzimmer.

Wie üblich, wenn er gerade keine Patienten behandelte, saß Vincent an seinem Schreibtisch. Den Rücken gekrümmt und die stelzenlangen Beine unter dem Tisch ausgestreckt wirkte er wie immer viel zu groß für das Möbel. „Allegra", begrüßte er mich lächelnd und deutete auf die Behandlungsliege, neben der heute ein Ventilator stand und rotierend gegen die schwüle Luft ankämpfte. Der Tag würde heiß und anstrengend werden. „Euer kleines Abenteuer hat sich schnell herumgesprochen.“ Hitze schoss mir in die Wangen, bis ich begriff, dass er nicht unser Liebesabenteuer, sondern die Schießerei in der Gasse meinte. „Hast du was abbekommen?“, wollte er wissen und rollte mit dem Stuhl zu mir heran. Dunkle Schatten lagen wieder unter seinen Augen, als hätte er die ganze Nacht durchgemacht, und auf seinem Schreibtisch standen drei leere Kaffeetassen.

„Nur einen Kratzer.“

Er setzte die Brille auf, dann schob er den Ärmel meines Shirts hoch. „Zeig mal her.“ Vorsichtig löste er das Pflaster und inspizierte die Wunde.

„Silvan hat den Schnitt erstversorgt“, erklärte ich das Offensichtliche.

Vincent nickte, dann zog er eine Packung Pflaster aus der Schublade neben sich. „Sieht nicht so aus, als müsste ich da noch etwas machen. Silvan hat gute Arbeit geleistet. Ich gebe dir ein neues Pflaster, aber das war‘s auch schon. Achte nur darauf, dass die nächsten drei Tage kein Wasser an die Wunde kommt.“

Ich musterte Vincent, der ein Pflaster von der Rolle abzog. Seitdem Sofia mir eine Waffe an den Kopf gehalten hatte, war ich nicht mehr dazu gekommen, mit ihm zu reden. Es ging mich natürlich nichts an, aber die Sache beschäftigte mich schon seit Tagen und ließ mir einfach keine Ruhe.

„Du, sag mal", pirschte ich mich vorsichtig heran. „Konnten du und Sofia das klären?"

Ein trauriges Lächeln erschien auf seinen Lippen. Er sah mich nicht an. „Sofia und ich … das ist kompliziert. Sagen wir, wir konnten uns halbwegs einigen. Sie ist immer noch nicht begeistert, dass sie hier weg muss, aber wenn sie geht, werde ich sie begleiten und wir werden uns gemeinsam um unser Kind kümmern."

„Das freut mich", sagte ich erleichtert. Vielleicht fanden die beiden durch diese gemeinsame Aufgabe ja wieder zusammen. Ich würde es mir für ihn wünschen. Und überraschenderweise auch für Sofia.

Behutsam legte Vincent mir das Pflaster an. „Ja, mich auch. Ich kann es immer noch nicht glauben, dass ich Vater werde. Nur für Silvan tut's mir leid, er wird ungern auf mich verzichten. Aber keine Sorge", fügte er amüsiert hinzu, als er mein zerknirschtes Gesicht bemerkte. „Ich suche euch vorher passenden Ersatz."

„Niemand könnte dich ersetzen."

Schmunzelnd und ein bisschen verlegen kniff Vincent mich in die Wange. „Lass das Pflaster noch ein paar Tage drauf, dann kannst du es abnehmen. Brauchst du Schmerztabletten?"

Ich schüttelte den Kopf. Es tat nicht mehr so weh wie gestern. Vielleicht hemmten die Glückshormone, die noch in meinem Körper herumschwirrten, meine Schmerzen. Was meine Gedanken wieder in Richtung Silvan lenkte, von dem ich keine Ahnung hatte, was ihm die vergangene Nacht bedeutete.

Im Zimmer ließ ich mich in den Sessel gegenüber vom Bett plumpsen, als Augenblicke später eine aufgeregte Maria in den Raum platzte. Offenbar hatte sie mich im Flur gesehen. Den Putzwagen vor der Tür stehen lassend kam sie zu mir, beugte sich hinunter und umarmte mich. „Geht's dir gut? Die Schießerei muss schrecklich gewesen sein!"

Perplex erwiderte ich ihre Umarmung und fragte, nachdem sie wieder hochgekommen war: „Woher weißt du davon?

„Diego. Als ich gestern Abend nach dir sehen wollte, warst du nicht da, deshalb bin ich in den Kontrollraum gegangen, um nachzufragen, ob ihr schon aus der Stadt zurück seid. Er meinte, dass ich dort jederzeit vorbeikommen könnte, aber dieser Fabio war da und hat mich angeschnauzt, dass ich dort nichts zu suchen hätte", warf sie abfällig ein. „Diego hat dann eine Pause gemacht und ist mit mir spazieren gegangen. Da hat er es mir erzählt." Maria umarmte mich noch einmal. „Ich hab' mir solche Sorgen um dich gemacht! Genau deswegen wollte ich nicht, dass du zum Spezialteam gehst! Ist wirklich alles in Ordnung?"

„Ja, alles gut. Danke." Ich musterte Maria, weil ich fand, dass sie heute anders aussah. So strahlend und erfrischt. Dann sah ich, woran es lag: Maria hatte ihr sonst so naturbelassenes Gesicht mit Wimperntusche, Rouge und Lipgloss aufgewertet. So dezent, dass es im ersten Moment nicht auffiel. „Für wen hast du dich so schick gemacht? Für Diego?"

Ihre Wangen färbten sich rot, wodurch ihre Sommersprossen mehr zur Geltung kamen. „Möglicherweise?"

Ich musste grinsen. „Was läuft da zwischen euch?"

Schwungvoll ließ Maria sich auf mein gemachtes Bett plumpsen und stützte die Arme auf die goldene Tagesdecke. „Ich habe ihm noch nicht die Zunge in den Hals gesteckt, falls du das wissen willst", zog sie mich auf. „Oder er mir. Aber ich habe so im Gefühl, dass er mich bald zu einem Date einladen könnte." Sie drehte den Ring an ihrem Finger. „Jetzt gehöre ich ja offiziell zum Clan, uns würde also nichts im Weg stehen." Mit einem unschuldigen Lächeln nahm sie jetzt eine Locke und zwirbelte sie zwischen den Fingern. „Deshalb dachte ich mir, kann es nicht schaden, wenn ich ein bisschen nachhelfe und meine Vorzüge betone."

Schmunzelnd sagte ich: „Das hast du gar nicht nötig, du bist von Natur aus schön. Aber ich freue mich für dich. Diego ist toll."

Mit ausgestreckten Armen ließ sie sich nach hinten fallen und seufzte. „Toll ist gar kein Ausdruck! Er ist genau die Art von Mann, die ich immer gesucht habe, Allegra. Witzig, gut aussehend, liebenswürdig … Wenn ich so darüber nachdenke, ist er fast *zu* perfekt. Ich frage mich", sie setzte sich wieder auf und tippte mit dem Finger an ihr Kinn, „warum ihn sich hier noch keine andere geschnappt hat."

Ich zuckte mit den Schultern und wollte gerade die Beine auf dem Sessel anwinkeln, als ich mich des fremden Shirts besann, das ich noch trug. Ich ging zum Kleiderschrank und tauschte es gegen ein sauberes aus. „Vielleicht, weil er ständig nur im Kontrollraum hockt und kaum unter Leute kommt. Ihr Reinigungskräfte seid ja die einzigen, die das Spezialteam regelmäßig zu Gesicht kriegen, mit Ausnahme der Küchenleute vielleicht. Wahrscheinlich wissen die meisten Frauen hier gar nicht, was für ein Sahneschnittchen da im Kontrollraum arbeitet."

Marias zustimmendem Nicken nach zu urteilen klang meine Überlegung plausibel. Ich warf das Shirt in den Wäschekorb neben dem Kleiderschrank, als sie fragte: „Und was gibt's Neues an der Silvan-Front? Und sag jetzt nicht *nichts*, ihr wart immerhin eine ganze Nacht zusammen."

Ich konnte das Grinsen nicht unterdrücken, als ich zum Sessel zurückkehrte, und erzählte ihr von unserer Nacht. Innerlich schalt ich mich für die Gefühlsduselei, denn die Sache würde ein einmaliges Erlebnis bleiben. Das *musste* sie, alles andere wäre fatal.

Meinen Körper interessierte das allerdings wenig, der schüttete fleißig Endorphine aus, während ich Maria berichtete, und ließ mich gefühlsmäßig auf Wolke sieben schweben.

Zu Marias großem Bedauern, denn sie hätte mich gern noch über die Nacht ausgequetscht, musste sie kurz darauf weiter, denn es gab bald Frühstück und vorher musste sie noch ein Zimmer putzen.

Nachdem sie gegangen war, sprang ich unter die Dusche. Geraume Zeit später stand ich sauber und angezogen in meinem Zimmer, und mir fiel ein, dass ich sie gar nicht nach ihrem Handy gefragt hatte.

Verdammt, aber das musste jetzt bis nach dem Frühstück warten.

Später, als Silvan die Ereignisse im Esszimmer vor versammelter Mannschaft wiedergab, fühlte ich mich, als säße ich auf dem Präsentierteller. Samuele saß wieder am Tisch, Sofia ebenfalls, und Fabio schien sich auch wieder eingekriegt zu haben.

Obwohl nicht ich es war, die das Spezialkommando unterrichtete, waren die meisten Blicke auf mich gerichtet. Von Neugierde, über Spott und Missgunst war alles dabei.

Es war, als hätte ich mir die Worte *Heiße Nacht mit Silvan* auf die Stirn tätowiert. Als würden sie mich jetzt mit anderen Augen sehen, oder als hätte mich die Tatsache, mit dem Teamleiter ins Bett zu steigen, in der Hierarchie ein paar Plätze nach oben katapultiert.

Leicht genervt ignorierte ich mein ungebetenes Publikum, aß meine Hörnchen und nippte gelegentlich an meinem Kaffee. Dankbarerweise benahmen sich nicht alle so komisch. Samuele und Diego behandelten mich ganz normal.

Als das Frühstück sich dem Ende näherte, informierte Silvan uns darüber, dass wir uns in einer Stunde wieder hier versammeln und über den nächsten Einsatz sprechen würden. In Sachen

Lagerhalle gab es wohl Neuigkeiten und die wollte er uns mitteilen. Hatte ich zumindest geglaubt. Denn als ich den Saal verlassen und Maria aufsuchen wollte, nahm Silvan mich mit den Worten zur Seite, dass ich mir heute freinehmen konnte. Er hatte sich umgezogen und steckte wieder in eleganten, figurbetonten Sachen. Ein dunkelgraues Shirt mit Rundausschnitt und eine schwarze Jeans zierten seinen Körper. Mein Blick fiel auf seine nackten, definierten Arme, dann auf seine tätowierten Hände, und ich war machtlos dagegen, als das Kopfkino einsetzte.

„Was ist mit der Einsatzbesprechung?", fragte ich und sah ihm wieder ins Gesicht. Was nicht unbedingt besser war, denn jetzt hatte ich diese verboten weichen Lippen vor mir.

„Du wirst nicht daran teilnehmen."

Seine Worte verpassten meiner Verzückung einen Dämpfer. Erschüttert fragte ich: „Schmeißt du mich raus?"

Silvan schmunzelte. „Wie kommst du denn darauf? Nein, du wirst bei dem Einsatz nur nicht dabei sein, deshalb ist deine Anwesenheit bei der Besprechung nicht nötig. Gönn dir ein paar Tage Auszeit."

Und dann begriff ich. „Silvan, mir geht's gut. Du musst das nicht tun."

Da verschwand sein Lächeln, und so etwas wie Reue lag in seinem Blick. „Ich denke doch. Wir alle hatten unseren ersten Einsatz. Das gestern war zwar keiner, aber das Ergebnis ist dasselbe. Du hast Menschen sterben sehen. Nimm dir ein paar Tage, um das zu verarbeiten."

Ich wollte aber nichts verarbeiten. Ich wollte verdammt noch mal herausfinden, wer der Nachtprinz war, jetzt, da Nino in noch größerer Gefahr schwebte, dringender denn je! Das würde allerdings nicht geschehen, wenn Silvan mich von den Sitzungen, denen der Prinz meistens beiwohnte, ausschloss.

„Bitte, ich …"

„Das ist ein Befehl, Allegra", fiel er mir unerwartet harsch und mit einem kurzen Blick über meine Schulter ins Wort. „Darüber wird nicht verhandelt."

Als ich Silvan perplex anstarrte, seufzte er und fügte leise, sodass nur ich ihn verstehen konnte, hinzu: „Tu mir bitte den Gefallen. Danach wirst du dich besser fühlen, glaub mir."

Alles andere als begeistert von meiner Zwangspause durchstreifte ich das Schloss nach Maria. Leider war es nicht so einfach, sie in dem gemauerten Labyrinth ausfindig zu machen. Abgesehen von den Schlafsälen in der dritten Etage putzte sie auch andere Räume im Schloss, und die variierten von Tag zu Tag – sie könnte überall sein. Nachdem ich in den oberen Etagen keinen

Erfolg gehabt hatte, versuchte ich es im Keller, aber dort traf ich nur Kolleginnen von ihr an, die mir rieten, dass ich es mal in der Bibliothek versuchen sollte.

Gesagt, getan, aber dort war sie auch nicht.

Ich wollte die Suche schon aufgeben und es beim Mittagessen versuchen, denn da würde ich sie garantiert in der Kantine finden, als sie mir aus heiterem Himmel über den Weg lief. Genau genommen schob sie gerade den Putzwagen aus der Toilette, in der ich neulich von Sofias Schwangerschaft erfahren hatte, sodass ich fast in sie hineingelaufen wäre. „Na endlich!“, sagte ich erleichtert und bremste noch rechtzeitig vor ihr ab. „Ich such dich schon überall.“

„Hey, das nenne ich mal gutes Timing.“ Sie stellte den Glasreiniger, der bei ihrem abrupten Stopp umgefallen war, wieder aufrecht hin. „Ich wollte gerade zur Pause.“

„Toll, sag mal, ähm, kannst du mir dein Handy leihen? Ich finde meins nicht und müsste mal dringend telefonieren.“

„Oh, tut mir leid. Meins hat vorhin endgültig den Geist aufgegeben. Muss irgendwas mit dem Akku sein. Ich wollte es heute Abend Diego geben, damit er es sich mal ansieht.“ Meine Mundwinkel sackten betroffen nach unten. Wo sollte ich denn jetzt Ersatz herkriegen? Ich musste Carlo unbedingt heute noch anrufen und das klären.

„Da ist er ja", sagte Maria plötzlich und deutete hinter mich. „Du kannst ihn fragen."

Ich drehte mich um und sah, wie Diego die große Treppe herunterkam. Offenbar machte er jetzt auch Pause. Maria hatte schon den Mund geöffnet, um ihn zu rufen, als ich ihr wild gestikulierend Einhalt gebot.

„Nein, nein, schon gut", sagte ich hastig. „Dann … suche ich mir einfach jemand anderen."

Stirnrunzelnd sah Maria wieder zu mir. „Das ergibt doch überhaupt keinen Sinn. Diego leiht dir seins bestimmt. Er mag dich." Sie hatte recht. Meine Reaktion ergab wirklich keinen Sinn. „Diego, hier", rief sie über meine Schulter hinweg und winkte strahlend. Mein Herz zog sich panisch zusammen. Der Technikspezialist war der Letzte, von dessen Handy aus ich Carlo anrufen durfte! Er und Giovanni überwachten die Telefonate einiger *Corvi*. Das hatte ich neulich bei einem Gespräch der beiden mitgehört. Ich wusste zwar nicht, ob Carlo auch dabei war, aber sie hatten etwas von einflussreichen Strippenziehern erzählt – das Risiko war zu groß. Diego könnte die Nummer spielend leicht zurückverfolgen. Als Technik-Crack vermutlich auch dann, wenn ich sie aus seinem Verlauf löschen würde.

„Weißt du was?", sagte ich eilig, als Diego schon auf dem Weg zu uns war. „So dringend ist es eigentlich nicht. Genieß du lieber deine Pause mit ihm." Unter ihrem perplexen Blick nahm ich den Putzwagen an mich. „Und ich bringe den hier für dich weg."

Blinzelnd sah Maria mich an. „Danke, das ist aber nett."

„So bin ich halt", meinte ich augenzwinkernd und nahm ihr auch die Schürze ab. „Jetzt geh und amüsiere dich."

Und – zack – waren jegliche Gedanken an das Handy vergessen. Maria grinste mich dankbar an, dann fing sie Diego ab, hakte sich bei ihm ein und schlenderte mit ihm davon. Ich hielt mein Lächeln so lange aufrecht, bis die beiden um die Ecke waren, dann fiel es in sich zusammen. Schöne Scheiße!

Jetzt musste ich mir das Handy von jemand anderem besorgen, und da kamen nur noch zwei Personen infrage: Roberta und Elisa. Sie waren meine letzte Hoffnung, denn Carlo hatte bestimmt schon von Cristians Tod erfahren.

In Gedanken an die mögliche Bestrafung, die meinen kleinen Bruder erwarten könnte, schob ich den Wagen in den Abstellraum nahe der Treppe. Jede Etage hatte einen.

Dort wurden die Reinigungswagen, Putzmittel und Unmengen von Wäschebergen aufbewahrt, die bei so vielen Clanmitgliedern anfielen. So mussten die Reinigungskräfte ihre Hilfsmittel nicht die Etagen rauf- und runterschleppen.

Der überraschend große Raum duftete nach meinem Lieblingswaschmittel und war auf der linken Seite mit schwarzen Regalen bestückt, in denen sich Bettbezüge, Handtücher, Lappen, kanisterweise Reinigungsmittel, Müllbeutel, Putzeimer, Toilettenpapier und Haushaltshandschuhe stapelten. Waschmaschinen und Trockner standen auf der rechten Seite, in die Ecken hatte man die Besen, Staubsauger und Reinigungswagen verbannt. Ich brachte Marias Wagen dort unter und war schon auf dem Weg zur Tür, als etwas Schwarzes meine Aufmerksamkeit erregte.

Ich näherte mich dem Objekt und konnte mein Glück kaum fassen.

In dem Regal lag ein Handy!

Bitte kein Passwort, bitte kein Passwort, betete ich und nahm das Telefon in die Hand. Mit steigendem Puls tippte ich den Bildschirm an, wischte zur Seite und hätte beinahe einen Jubelschrei ausgestoßen. Das Glück war mir heute ausnahmsweise hold, es war nicht gesperrt! Allerdings hing es an einem Ladegerät, die Gefahr war also groß, dass der Besitzer jederzeit hier hereinschneien könnte. Ich musste mich beeilen. Nervös tippte ich Carlos Nummer ein und dachte nur: *Bitte geh ran! Bitte hab meinem Bruder nichts angetan!*

In dem Moment ging die Tür auf.

Mein Herz blieb vor Schreck stehen.

Ich unterbrach den Anruf, versteckte das Handy hinter meinem Rücken … und traute meinen Augen nicht, als Claudio, mein unheimlicher Schatten, die Kammer betrat.

„Was machst du da?“, wollte er wissen und schloss die Tür hinter sich. Seine kratzige Stimme kroch mir unangenehm unter die Haut. Ich hätte mit jedem gerechnet, aber musste das Handy ausgerechnet ihm gehören?!

„Ich … gar nichts. Ich wollte nur …“ *Verflucht, reiß dich zusammen! Noch verdächtiger kann man sich ja nicht verhalten!* Aber da war Claudio schon bei mir, griff hinter mich und zog meine Hand mit dem Handy hervor. Sein Griff war schonungslos, genau wie sein Blick.

„Woher zum Teufel hast du das? Wolltest du etwa Carlo anrufen?“

Alles in mir erstarrte. Verdattert blickte ich in seine leblosen, dunklen Augen. „C… Carlo?“

Als er entnervt die Augen rollte, war das die menschlichste Reaktion, die ich je bei ihm gesehen hatte. Was mir diesen Mann nur noch suspekter machte. „Ja, Carlo! Du weißt doch noch, für wen wir arbeiten, oder?“

Ich fiel aus allen Wolken. Claudio war der Spitzel?! Derjenige, wegen dem Samuele fast gestorben wäre, weil er unseren Leuten einen Wink gegeben hatte, wo die Operation stattfindet? Und das gestern musste Claudio auch gewesen sein. Er hatte am Tor Wache gestanden, als Silvan und ich in dem Fiat davongefahren waren. Wegen ihm wären wir fast erschossen worden! Aber er ließ mich nicht zu Wort kommen, sondern erklärte ungeduldig: „Ich gehöre zum *Corvi*-Clan. Ich bin ein Spion, verstanden? Und jetzt sag mir, was das hier werden soll?“ Auffordernd hielt er meine Hand mit dem Handy hoch. Fahrig versuchte ich, mich seinem schmerzhaften Griff zu entwinden, aber er lag enger an als ein Schraubstock.

„Ich will meinen Bruder sprechen“, sagte ich zerstreut. „Ich muss wissen, ob es ihm gutgeht.“

Claudio schnaubte. „Es geht ihm gut. *Noch.*“

Schlagartig hielt ich inne, vermutlich kreidebleich. „Was soll das heißen?“

Da verzog er gehässig das Gesicht. „Dass du Scheiße gebaut hast, Allegra. Cristian war ein hochrangiges Clanmitglied. Was glaubst du denn, würde passieren, wenn Silvan ihn umbringt und du dabei bist? Carlo ist außer sich vor Wut. Deshalb bin ich hier.“ Endlich gab er mich frei, und ich rieb mir das malträtierte Handgelenk. „Seit du und Silvan heute Morgen durch das Tor gekommen seid, versuche ich, dich allein zu erwischen, was gar nicht so einfach ist, seit du bei der Elite bist. Dann habe ich gesehen, wie du in den Raum hier gegangen bist. Carlo will dich sprechen." Jetzt riss er mir das Handy aus den Fingern und schüttelte abfällig den Kopf. „Aber sicher nicht über das Telefon eines Wachmanns! Wie dämlich bist du eigentlich? Die Handys der Wachen werden am gründlichsten von allen kontrolliert. Sobald ein Anruf von hier nach Reggio Calabria geht, schlagen die im Kontrollraum Alarm!"

Das hatte ich nicht gewusst. Kaltes Grauen packte mich, als ich mir vorstellte, wie die Kammer in wenigen Sekunden umstellt gewesen wäre. Ich wäre aufgeflogen und in diesem ominösen Keller wahrscheinlich zu Tode gefoltert worden. Und meine Familie hätte auf der anderen Seite wohl dasselbe Schicksal erwartet.

„Du wirst meins nehmen", entschied Claudio. „Es ist sicher. Ich habe es vor einem halben Jahr …"

Aber er kam nicht dazu, den Satz zu beenden, denn die Kammertür wurde geöffnet und ein weiterer Wachmann kam herein. Der Besitzer des Telefons.

Kapitel 18

Er dachte wohl, er hätte uns beim Rummachen erwischt, denn als er Claudio und mich nahe beieinanderstehen stehen sah, hob er verteidigend die Hände und sagte peinlich berührt: „Sorry, Leute. Ich wollte nicht stören, ich …“ Sein Blick fiel auf das Telefon in Claudios Hand und wanderte dann stirnrunzelnd zum Ladekabel, das vom Regal baumelte. „Das ist mein Handy!“

„Oh, tut uns leid.“ Ich entriss Claudio das Telefon und brachte es dem Mann. „Ich dachte, es wäre seins und wollte es für ihn holen, aber dann habe ich meinen Irrtum bemerkt“, brabbelte ich und schob ein versöhnliches Lächeln hinterher, in der Hoffnung, er würde es dabei bewenden lassen. Leider war Claudios schauspielerisches Talent weniger ausgereift. Steif wie ein Brett stand er da und starrte den Neuankömmling an. *Verdammt, spiel mit!*, rief ich ihm stumm zu.

Der braunhaarige Typ war einen Kopf kleiner als Claudio und von schlanker Statur. Ich schätzte ihn auf Ende 20. Als er das Handy nahm, sah ich vorwurfsvoll zu meinem grimmigen Begleiter, der zum Zerreißen angespannt wirkte. Konnte er sich vielleicht *noch* verdächtiger benehmen?!

„Kein Problem.“ Der Mann lächelte mich an. „Ich lege es hier immer ab, weil … na ja, ihr wisst schon. Während der Schicht dürfen wir keine Handys bei uns haben. Ihr verratet mich doch nicht, oder?“

Mein Lächeln fühlte sich so falsch an, dass ich mir sicher war, er würde es durchschauen. Noch nie war ich mir so verlogen vorgekommen. Ein Grund mehr, den Kerl so schnell wie möglich loszuwerden. „Machen wir nicht. Nicht wahr, Claudio?“

Ich drehte mich zu dem Angesprochenen um und spießte ihn mit Blicken förmlich auf. Da erwachte er endlich aus seiner Starre und nickte stumm. Mehr Mithilfe konnte ich von ihm wohl nicht erwarten.

„Danke euch.“ Der Mann ging zum Ladegerät und steckte sein Handy wieder an, als er an Claudio gewandt sagte: „Wir Wachleute müssen schließlich zusammenhalten, nicht wahr? Besonders jetzt, da sie wieder verschärfte Kontrollen durchführen.“

Durch Claudio ging ein Ruck. „Verschärfte Kontrollen?“, wiederholte er, und zum ersten Mal hörte ich so etwas wie Furcht in seiner Stimme.

Stirnrunzelnd wandte der Mann sich ihm zu. „Hast du es noch nicht mitgekriegt? Seit heute Morgen werden die Wachen einzeln verhört, unsere Zimmer durchkämmen sie auch wie verrückt. Wo warst du den halben Tag, Mann?“ Das konnte ich ihm sagen. Er hatte mir aufgelauert und einen Weg gesucht, mich allein zu sprechen. „Andererseits gehörst du zu den Höherrangigen, deshalb kommst du vermutlich erst zuletzt dran. Aber stell dich darauf ein, dass du spätestens heute Abend auch durchsucht wirst. Wenn du also was zu verbergen hast …“ Er wackelte spöttisch mit den Brauen, doch Claudio reagierte nicht. Wenn möglich, war er noch regloser geworden. „Wie dem auch sei. Ich muss wieder weg, bevor ich vermisst werde. Viel Spaß bei, in was auch immer ich da reingeplatzt bin. Und schön die Finger von meinem Handy lassen.“ Er winkte uns zum Abschied und wollte gerade zur Tür gehen, als Claudio einen Satz auf ihn zu machte … und seinen Kopf mit voller Wucht gegen das Regal schmetterte.

Ich war so erschüttert, dass ich keinen Ton herausbrachte.

Benommen sackte der Typ zusammen. Blut floss aus einer üblen Wunde an seinem Kopf.

„Was macht du denn da?“, rief ich entsetzt, als ich meine Stimme wiedergefunden hatte, aber Claudio beachtete mich nicht. Mit zusammengebissenen Zähnen drehte er den benommenen

Mann herum, stellte sich hinter ihn und nahm ihn in den Würgegriff.

„Claudio!“

„Halt dein verfluchtes Maul!“, zischte er und erhöhte den Druck, als der Mann in seinen Armen zu strampeln anfing. „Oder willst du, dass sie uns töten?! Ich muss das hier tun.“

Was zum Teufel redete er da? Ich hörte nicht auf ihn und ging auf ihn los. „Lass … sofort … den Mann los!“ Als ich an seinem Arm rüttelte, boxte er mich in den Magen, und ich ging rücklings zu Boden. Der Wachmann, den er dafür losgelassen hatte, sackte auf die Knie und schnappte panisch und verstört nach Luft. Sofort nahm Claudio ihn wieder in den Schwitzkasten.

„Hör auf damit!“, krächzte ich atemlos und rappelte mich wieder auf. „Du kannst ihn doch nicht umbringen!“

„Verstehst du es nicht? Er ist die perfekte Ablenkung. Wir werden ihn als Spion darstellen und die *Neros* auf eine falsche Fährte locken. Sie werden denken, dass sie den Spitzel losgeworden sind und ihre Aufmerksamkeit wieder anderen Dingen widmen.

Der Typ ist das Beste, was uns passieren konnte!“ Der Mann hatte keine Chance gegen ihn. Claudio war erheblich stärker als er. Außerdem hatte ihn die Begegnung mit dem Regal dermaßen ausgeknockt, dass er kaum Gegenwehr leistete.

Nüchtern betrachtet ergab Claudios kranke Logik Sinn, aber ich hatte gestern schon genug Menschen sterben sehen. Und selbst wenn nicht, würde ich kaum untätig daneben stehen, während er einen Menschen tötete. Ich stürzte mich auf ihn und zwang Claudio abermals, von seinem Opfer abzulassen. Allerdings radierten der Schock und das Entsetzen über seine Tat sämtliche Kampftechniken aus meinem Kopf. Scheinbar mühelos wehrte Claudio meinen Schlag ab, dann packte er mich am Hals und drängte mich gegen das Regal. Die Brutalität, mit der er vorging, erschütterte mich bis in die Knochen.

„Du begreifst es nicht, oder?!“, knurrte er jetzt mit wildem Blick. „Es gibt keinen anderen Weg! Wenn die *Neros* mein Handy einkassieren, habe ich keinerlei Verbindung mehr zu Carlo! Außerdem wissen wir nicht, ob der Typ den Vorfall nicht gemeldet hätte.“ Verbissen versuchte ich, mich freizukämpfen, aber er war zu stark. Seine Hand drückte mir die Luft ab.

„Willst du das riskieren? Willst du, dass Nino stirbt? Oder deine Mutter? Denn das werden sie, wenn du nicht mitspielst, das garantiere ich dir! Du kennst Carlo. Er hat für Nichtsnutze keine Verwendung, und der einzige Nutzen, den dein Bruder für ihn hat, ist, dich dazu zu bringen, den Nachtprinzen zu töten! Also entscheide dich: Deine Familie oder der Typ da?!“

Er ließ mich los, und ich sackte hustend und schluchzend zu Boden. Wie Claudio dem Mann seinen letzten Atemzug nahm, wollte ich nicht sehen. Mit tränenüberströmtem Gesicht kroch ich in die hinterste Ecke, kauerte mich zusammen und weinte.

Weil ein unschuldiger Mann meinetwegen sterben musste.

Und weil ich das Gefühl hatte, in der Hölle gelandet zu sein.

Irgendwann wurde es still, und Claudio kam zu mir. Alles andere als sanft drehte er mich zu sich um und hockte sich vor mich. Als er mein verheultes Gesicht sah, schnalzte er angewidert mit der Zunge. „Jetzt hör mir zu", verlangte er so nüchtern, als hätte er nicht gerade jemanden umgebracht. „Ich wurde vor neun Monaten hier eingeschleust, um den Nachtprinzen zu töten, aber ich habe es nicht in sein Team geschafft und hatte somit nie die Gelegenheit dazu. Carlo ließ mich als Spion hier, damit ich ihn wenigstens mit brauchbaren Informationen füttern kann. Seitdem du im Schloss bist, beobachte ich dich und wache über jeden deiner Schritte. Du solltest jetzt eigentlich mit ihm telefonieren, aber das Gespräch müssen wir verschieben." Grübelnd massierte er sein unrasiertes Kinn, dann sagte er: „Wir werden es so drehen, dass der Typ uns angegriffen hat, aber dafür brauchen wir eine wasserdichte Story. Was könnte es für einen plausiblen Grund geben, weshalb du in diesen Raum gegangen bist?"

In meinem Kopf drehte sich alles. Ich starrte das Blut an seinen Händen und an seinem Shirt an und wollte mich übergeben. Oder in Ohnmacht fallen. Am besten beides. Da ließ eine schallende Ohrfeige meinen Kopf zur Seite fliegen. „Hey!" Ruppig packte er meinen Unterkiefer und zwang mich, ihn anzusehen. Rotz und Tränen liefen mir übers Kinn, aber das war mir egal. „Konzentriere dich gefälligst! *Was* könntest du hier gewollt haben?"

Da ich befürchtete, dass er mir mit seinem Schraubstockgriff sonst den Kiefer zerquetschen würde, sagte ich zittrig: „Ich … habe Marias Putzwagen weggebracht, damit sie … mit Diego Pause machen kann. Es war Zufall, dass ich das Handy hier gefunden habe. Das … das war nicht geplant gewesen."

Seine Miene hellte sich auf, soweit das bei seinen finsteren Gesichtszügen möglich war. „Ist das wahr?", fragte er mich eindringlich. Ich ertrug den Anblick seiner albtraumhaften Augen nicht länger und fixierte seinen Hals, an dem Spuren vom Blut des Toten hafteten. Dann nickte ich. „Hm." Er ließ mich los und warf einen Blick zur Leiche.

„Das ist gut. Dann kannst du sagen, dass du den Mann telefonieren und mit einem Carlo reden gehört hast."

Ganz langsam fing mein Verstand wieder an, zu arbeiten. „Und was soll das beweisen? Es gibt viele Carlos!"

„Dann sag, dass er sich verdächtig verhalten hat. Carlo wird nicht gefallen, dass er seine Nummer wieder ändern muss, aber ich werde ihn vom Handy des Toten aus anrufen, damit es so aussieht als ob. Du wirst sagen, dass der Typ die Nerven verloren hat und auf dich losgegangen ist." Während er sprach, zog Claudio ein Messer aus seinem schwarzen Stiefel. Ich verkrampfte mich. „Ich werde dann bestätigen, dass ich dich schreien gehört habe, und sagen, dass ich dir zur Hilfe gekommen bin. Gleich nebenan ist das Männer-Klo, ich werde behaupten, von dort gekommen zu sein. Aber wir müssen schwerer verletzt sein, damit die Tötung gerechtfertigt ist." Ich wollte ihn gerade fragen, wo er denn gedachte, mich zu verletzen, als Schmerz in meiner linken Schulter explodierte. Er hatte mich ohne Vorwarnung geschnitten.

Ich schrie auf, aber Claudio war darauf vorbereitet gewesen und erstickte meinen Schrei mit der Hand. Wimmernd ließ ich mich auf die Seite fallen und drückte meine Wunde ab, aber das Blut sickerte durch meine zitternden Finger.

Als er wohl sicher war, dass ich nicht mehr schreien würde, gab er meinen Mund frei und stand auf. Mein Atem ging stoßweise. Das Gesicht vor Schmerzen verzerrt stemmte ich mich auf den rechten Ellenbogen und bemühte mich, gleichmäßig durch die Nase ein- und auszuatmen. Ich sah nicht hin, aber ich hörte sein tiefes Grunzen, als er sich seine Wunde zufügte. Blut tropfte von seinem Körper auf den Boden und benetzte seine Schuhe. Er kam noch einmal zu mir und blieb breitbeinig vor mir stehen. Langsam wanderte mein Blick nach oben, und ich konnte es nicht fassen, als Claudio auf mich herunterlächelte. Es war dasselbe heimtückische Lächeln, das er mir bei meiner Einweihungszeremonie geschenkt hatte.

„Schön weiter so verheult aussehen“, sagte er, dann kehrte er mir den Rücken zu und begann mit seiner Inszenierung.

Die nächste Stunde erlebte ich wie in einem Traum. Um den Tatort mehr nach einem Zweikampf aussehen zu lassen, warf Claudio Putzmittel und Regale um, änderte die Position der Leiche und rief dann vom Handy seines Opfers aus Carlo an. Sie telefonierten kurz miteinander, und er erklärte unserem Boss die Lage, dann warf er es achtlos auf den Boden, zusammen mit dem blutverschmierten Messer, riss die Tür auf und brüllte um Hilfe. Augenblicke später stürmten Männer in den Raum, und Claudio spielte den Erschütterten, der stammelnd die Geschehnisse wiedergab. Ich kauerte stumm auf dem Boden und nahm nur am Rande wahr, wie meine Tränen und das Blut aus meiner Wunde flossen. Irgendwie landete ich dann im Krankenzimmer, wo Vincent den tiefen Schnitt nähte und mir irgendwelche Tabletten verabreichte. Er legte mir eine Schulterbandage um, damit ich den Arm so wenig wie möglich bewegte, und redete dabei auf mich ein, aber ich reagierte auf kein Wort.

„Sie hat einen Schock", hörte ich ihn zu Silvan sagen, der irgendwann dazugekommen war. Dann ließ Silvan sich von Claudio, der direkt neben mir verarztet wurde, die angeblichen Geschehnisse noch einmal ausführlich beschreiben. Ohne die Tabletten hätte ich in dieser Nacht wohl kein Auge zugekriegt, aber sie wirkten fast unmittelbar und zogen mich in einen traumlosen, langen Schlaf.

Als ich erwachte, lag ich in meinem Zimmer und draußen funkelten die Sterne. Wie war ich hierhergekommen? Wie lange hatte ich geschlafen? Mein Kopf war wie mit Watte gefüllt und zugleich bleiern. Auf dem Nachttisch entdeckte ich ein Glas Wasser und einen Teller mit zwei duftenden Hörnchen. Mit staubtrockenem Mund machte ich mich zuerst über das Wasser her, bevor ich die mit Vanillecreme gefüllten Cornettos verschlang. Ich sollte mich schlecht fühlen, weil ich hier saß und Hörnchen verspeiste, während der tote Mann nie wieder essen würde, aber das Gefühl war weit entfernt, nicht wirklich greifbar, und außerdem war ich am Verhungern.

Die Dosis, die Vincent mir an Beruhigungsmitteln verabreicht hatte, musste für einen ausgewachsenen Elefanten gedacht gewesen sein, denn kurz darauf döste ich wieder ein und erwachte erst am nächsten Morgen, und das auch nur, weil mich jemand weckte. Es war der Doc höchstpersönlich, der an meinem Bett saß und meine Stirn betastete. „Wie geht's dir?", fragte er mich lächelnd.

Vorwurfsvoll sah ich zu ihm hoch. „Wie soll es mir schon gehen, nachdem du mich ins künstliche Koma versetzt hast!"

Sein Lächeln verrutschte etwas. „Das war leider notwendig." Dann fragte er stirnrunzelnd: „Kannst du dich nicht mehr erinnern?"

Mit einem mulmigen Gefühl schüttelte ich den Kopf. „Woran?"

Anstatt zu antworten nahm er mein leeres Glas, ging ins Badezimmer und füllte es mit Wasser auf. Wieder an meinem Bett drückte er es mir in die Hand, aber ich trank nicht, ich sah ihn abwartend an. „Du hattest eine starke Panikattacke. Dein Herzrasen war kritisch, und du hast mit Atemnot gekämpft." Panikattacke? Atemnot? Warum wusste ich nichts mehr davon? „Wir konnten dich mit nichts beruhigen, deshalb das Sedativum." Er nahm wieder auf der Kante meines Bettes Platz und untersuchte meine Pupillen. „Du fühlst dich vermutlich noch etwas betäubt, aber das klingt im Laufe des Tages ab. Wenn du ordentlich isst, geht es schneller."

Ich leerte das Glas, dann fragte ich: „Wo ist Silvan?"

Vincent nahm es mir ab und stellte es auf den Nachttisch. „Der hat alle Hände voll zu tun. Das Team hatte gestern eine Art Krisensitzung bis tief in die Nacht, heute schaffen sie die Leiche weg. Also." Er klatschte sich auf die Oberschenkel und stand auf. „Ich muss noch nach deinem Schutzengel Claudio sehen, er hat ordentlich was abbekommen. Du kannst von Glück sagen, dass er in der Nähe war. Der Prinz überlegt sogar, ob er ihn zum Dank mit einem Platz in seiner Elite ehrt." In mir zog sich alles zusammen, aber ich brachte keinen Ton heraus.

Zu viele Gedanken jagten durch meinen Kopf, ich musste sie erst ordnen. „Ich schicke ein Küchenmädchen, damit es dir Frühstück bringt, und dann solltest du an die frische Luft, dich ein bisschen bewegen. Hier hast du noch Schmerztabletten." Er zog eine Packung aus seiner Hosentasche und legte sie mir auf den Schoß. „Nimm eine, sobald die Schmerzen einsetzen."

Mit diesen Worten und einem ganzen Berg wirrer Gedanken ließ er mich zurück.

Eine Weile starrte ich an die Decke und wühlte in meinem Inneren nach Gefühlen, aber die Tabletten leisteten ganze Arbeit, ich fühlte weder Schmerzen in der Schulter noch im Herzen. Schließlich wälzte ich mich umständlich aus dem Bett und riss die Fenster auf, um frische Luft hereinzulassen. Die Temperaturen waren nicht so brütend heiß wie gestern, aber es schien, als wäre die Luft vom Vortag noch aufgewärmt. Ich nahm ein paar Atemzüge, dann ging ich ins Bad und ließ mir, da ich mit der Bandage nicht duschen konnte, ein heißes Bad ein. Wenn ich ehrlich sein sollte, war ich froh über die starken Beruhigungsmittel. Sie drängten das Erlebte und die damit verbundenen Emotionen in weite Ferne und ließen mich die Geschehnisse nüchtern betrachten.

Claudio hatte den *Neros* den perfekten Übeltäter serviert, und wie es aussah, würde er großzügig dafür belohnt werden. Jeder hier träumte davon, zum Eliteteam zu gehören. Nur, dass es in Claudios Fall so wäre, als würde man ein langsam wirkendes Gift einnehmen. Er würde den Clan gemächlich von innen heraus zerstören.

Der Gedanke ließ tief in mir etwas aufbegehren. Wenn ich mir vorstellte, wen er alles auf dieselbe brutale Weise umbringen könnte ... Diego. Sofia. Silvan! Aber so schlimm der Gedanke auch war, ich durfte und konnte nichts dagegen unternehmen. Ich musste an meine Familie denken und sie endlich aus Carlos Fängen befreien. Was mit den anderen hier geschehen würde, kümmerte mich nicht. Es *durfte* mich nicht kümmern.

Wie versprochen wurde mir mein Frühstück gebracht. Roberta und Elisa ließen es sich jedoch nicht nehmen, beide zu kommen. Nach einer Runde Gruppenumarmung setzten sie sich zu mir aufs Bett und fütterten mich mit Leckereien, die es zum Frühstück normalerweise nicht gab. Minitörtchen, eine Schüssel mit geschnittenem Obst, frisch gepresster Orangensaft, Bruschetta und Caprese.

Entweder hatte Fillippo ihnen erlaubt, das Vorratslager zu plündern, oder sie hatten all diese Dinge extra für mich zubereitet. Ihre Fürsorge rührte mich. Außerdem schätzte ich an ihnen, dass sie mir ihre Anteilnahme ausdrückten, ohne mir das Gefühl zu geben, bemitleidenswert zu sein.

Schnell fanden sie zu ihrer neckenden Art zurück und brachten mich sogar zum Lachen. Danach gingen Roberta und ich in den Garten, Elisa musste wieder zurück und Luca in der Küche unterstützen. Wie ich an den mitleidigen Blicken erkennen konnte, die mich auf unserem Weg dorthin verfolgten, waren die jüngsten Ereignisse schon bis in die hintersten Winkel des Schlosses vorgedrungen. Dabei hatte der tote Wachmann ihr Mitleid verdient, nicht ich. Sein einziges Verbrechen war es gewesen, nach seinem Handy zu schauen, und nun würde er seinem Clan für alle Zeit als Feind im Gedächtnis bleiben.

Der gedämpfte Stich, den ich verspürte, sagte mir, dass das Medikament nachließ. Enttäuscht fasste ich mir an die Brust. Wie gern hätte ich noch eine Weile in diesem herrlich gleichgültigen Zustand geschwebt, aber mit dem Festmahl, das ich unter Robertas und Elisas prüfenden Blicken hatte zu mir nehmen müssen, hatte ich den Abbau des Arzneimittels stark beschleunigt.

Um die Mittagszeit herum wurde es betriebsamer im Schloss. Es war Siesta. Viele trafen sich jetzt mit ihren Kollegen, gingen spazieren, machten Sport oder hingen in den Gemeinschaftsräumen ab. Feige wie ich war, zog ich mich in mein Zimmer zurück, auch das Mittagessen im Speisesaal ließ ich ausfallen. Ich bat Roberta, jemanden aus dem Team zu informieren, wohlwissend, dass sie sich jede Minute, die ich mich länger hier oben verkroch, mehr Sorgen um mich machen würden. Aber ich brachte es nicht über mich, ihnen unter die Augen zu treten. Sie würden die Falschheit in meinen Blicken und Worten erkennen. Würden mir ansehen, dass ich eine Lügnerin war.

Jedoch hatte ich unterschätzt, wie viel ich manchen Leuten inzwischen wohl bedeutete. Als ich nicht zu ihnen kam, kamen sie kurzerhand zu mir. In gefühlt Zehn-Minuten-Abständen spazierten erst Samuele, dann Diego, Luigi, Valentina und sogar Luca in mein Zimmer, um nach mir zu sehen. Ich kam mir vor wie im Krankenhaus. Zu meinem Leidwesen wallten mit jedem Besuch mehr Emotionen in mir auf, bis ich mich wieder so elend fühlte wie in dem Moment, als ich in der Kammer resigniert zusammengesackt war, weil ich gewusst hatte, dass Claudio recht hatte. Es hatte kein Zurück mehr gegeben. Der Mann hatte sterben müssen.

Als Letztes kam Maria. Schluchzend und um Verzeihung bittend fiel sie mir um den Hals, und ich musste ihr mehrmals versichern, dass sie keine Schuld traf, dass es meine Entscheidung gewesen war, den Wagen für sie wegzubringen. Leider redete ich, was das betraf, gegen eine Wand. Irgendwann hatte ich sie soweit beruhigt, dass sie mich zumindest nicht mehr mit ihrer Umarmung erdrückte und auf dem Sessel Platz nahm, den

Samuele vorhin ans Bett geschoben hatte. „Trotzdem!“, sagte sie und wischte sich das Gesicht trocken. „Ich kriege das einfach nicht mehr aus dem Kopf.“

„Denkst du, ich würde mich besser fühlen, wenn *du* an meiner Stelle angegriffen worden wärst?“, fragte ich sie und hielt mir die schmerzende Schulter. Seit die Betäubung abgeklungen war, hatte das unangenehme Stechen wieder eingesetzt – ich musste eine Schmerztablette nehmen. Die verlogenen Worte brannten wie ätzende Säure auf meiner Zunge, aber sie waren notwendig. „Der Mann hätte dich töten können, Maria! Glaub mir, ich bereue es keine Sekunde, an deiner Stelle in den Raum gegangen zu sein.“

Meine Worte verklangen, und eine Weile war es still, dann lächelte sie auf einmal gequält. „Du hast recht. Ich werde nie eine Kämpferin sein wie du.“ Was? Irritiert blinzelte ich sie an. So hatte ich das nicht gemeint. „Aber vielleicht schadet es nicht, wenn du mir ein paar Griffe beibringst, sobald du wieder gesund bist. Ich würde mich gern verteidigen können. Dann könnten wir unsere Feinde nächstes Mal gemeinsam fertigmachen.“ *Ich bin keine Kämpferin*, dachte ich und erwiderte ihr Lächeln nur mühsam. Emilio hatte es mir zwar beigebracht, aber spätestens seit heute wusste ich, dass mehr dazu gehörte, als nur die Technik zu beherrschen.

Was Claudio getan hatte, war abscheulich. Unentschuldbar. Aber man musste ihm lassen, dass er Ehrgeiz hatte. Er kämpfte für seine Sache und nahm dafür jedes Opfer in Kauf. War ich wirklich bereit, dasselbe zu tun? Könnte ich, wenn es so weit war, den Nachtprinzen töten? Wie gern hätte ich Maria um Rat gebeten, sie gefragt, was sie an meiner Stelle tun würde. Aber meine Lippen blieben versiegelt. Die offizielle Version lautete, dass Claudio und ich den Mann gemeinsam ausgeschaltet hatten. Das hatten mir einige meiner Besucher vorhin mit Gratulationen bestätigt. Deshalb sah Maria in mir jetzt eine Kämpferin.

Vor Selbstekel hätte ich mich aus dem Fenster stürzen können.

„Ach ja“, unterbrach sie meine Gedanken und zog einen Briefumschlag aus ihrer Schürze, den sie mir reichte. „Claudio war vorhin hier und hat den für dich abgegeben.“

„Claudio?“, wiederholte ich und nahm den Brief perplex entgegen. In der dritten Etage?

„Er wollte sehen, wie es dir geht, aber du warst nicht da.“ *Ganz bestimmt!*, dachte ich verächtlich. Es gefiel mir nicht, dass Claudio so einfach Zugang zur dritten Etage bekommen hatte. Andererseits war ich der perfekte Vorwand für ihn. Niemand würde meinem *Retter* verwehren, nach mir zu sehen. Ich öffnete den Brief und zog einen Zettel heraus.

Seine Geduld ist am Ende.

Such mich morgen auf.

Mein Puls geriet ins Stolpern. Es war nicht schwer, zu erraten, wer damit gemeint war. Aber ich las auch das, was zwischen den Zeilen stand. Dass ich bis dahin besser Ergebnisse haben sollte. Carlo würde mir keinen weiteren Aufschub mehr gewähren. Wenn ich bis morgen nicht den Nachtprinzen getötet hatte, würde mein Bruder dafür bezahlen! Ich erzählte Maria, dass Claudio mir gute Besserung wünschte, dann zerknüllte ich den Zettel und schickte sie unter dem Vorwand weg, dass die Tabletten wieder wirkten und mich schläfrig machten. In Wahrheit war das Gegenteil der Fall: Das Brennen in meiner Schulter brachte mich fast um. Aber Maria lächelte verständnisvoll und ließ mich allein.

Kapitel 19

Die restlichen Stunden des Tages grübelte ich darüber nach, wie ich Silvan die Wahrheit am subtilsten entlocken könnte.

Aber wie ich es auch drehte und wendete, am Ende würde die Frage lauten: *Wer ist der Nachtprinz?* Und wenn ich ehrlich war, fürchtete ich mich vor dem Moment. Silvan war der Einzige hier, dem ich nahe genug stand, um ihm diese Frage stellen zu können. Er war aber auch der Gefährlichste.

Inzwischen wusste ich, dass er immer erst spät schlafen ging. Meistens um Mitternacht herum. Als ich hörte, wie seine Zimmertür zufiel, ließ ich noch eine geschlagene Stunde verstreichen, dann warf ich mir einen Morgenmantel über und klopfte an seine Tür. Es dauerte einen Augenblick, bis er mich hereinrief.

„Allegra“, sagte er überrascht und setzte sich in dem riesigen Himmelbett auf. Sein Oberkörper war nackt, die Decke auf seine Hüften heruntergerutscht. Wie es aussah, hatte Silvan schon geschlafen. Darauf hatte ich gehofft.

„Kann ich mich zu dir legen?“, fragte ich.

Wäre die Lage nicht so ernst gewesen, hätte ich über seinen verblüfften Gesichtsausdruck gelacht. „Ähm, natürlich, komm her.“ Ich schloss die Tür hinter mir, dann ging ich, den Mantel eng um mich geschlungen, über den seidenen Teppich zum Bett. Die schweren Vorhänge vor den Fenstern waren zugezogen, die einzige Lichtquelle kam von seiner Nachttischlampe. „Ich wusste nicht, dass du noch wach bist“, sagte er entschuldigend und schlug die Decke für mich zurück. „Aber spätestens morgen früh wäre ich zu dir gekommen.“ Es war falsch und unvernünftig, das zu fühlen, aber seine Worte erwärmten mein Herz auf eine Weise, wie es alle Umarmungen meiner Kollegen heute zusammen nicht vermocht hatten.

„Das macht nichts. Vincent hat mir schon gesagt, wie schwer du beschäftigt warst.“ Vorsichtig, da ich nur einen Arm benutzen konnte, kletterte ich zu ihm ins Bett und zog die schwere Decke über meine nackten Beine. Dank der Schmerztablette war aus dem Brennen wieder ein erträgliches Pochen geworden. „Habe ich dich geweckt?“

Silvan verneinte, aber seine zerzausten Haare sprachen eine andere Sprache. Mehrere Atemzüge lang saßen wir schweigend nebeneinander, ich spürte seinen Blick wie ein Gewicht auf mir. Dann rutschte er zu mir heran und legte einen Arm um mich. Als Silvan mich an seine nackte, warme Brust zog, wären mir vor Freude fast die Tränen gekommen. Seine Umarmung tat so gut, dass es fast schon wieder eine Qual war. Aber dann sagte er: „Tut mir leid, dass du das durchmachen musstest. Ich wünschte, ich wäre da gewesen, um dem Schwein persönlich den Hals umzudrehen." Prompt überrollten mich Bilder des blutüberströmten Mannes und Claudios hämischer Fratze, und ich musste noch verbissener gegen die Tränen ankämpfen. Silvan legte sein Kinn auf meinen Kopf, nicht ahnend, in was für einen Gefühlskonflikt er mich stürzte. Reue wegen des Toten und Zufriedenheit wegen seiner wohltuenden Umarmung lieferten sich ein Tauziehen in mir.

Aber mir war klar, dass die Zufriedenheit nur vorübergehend war.

Seit wir aus Reggio Calabria zurückgekehrt waren, hatten wir keine gemeinsame Minute mehr gehabt. Daher waren wir auch nicht dazu gekommen, über das zu reden, was im Safe House zwischen uns vorgefallen war. Ich spürte, dass diese unausgesprochenen Dinge jetzt zwischen uns hingen, doch niemand von uns sagte etwas. Silvans Gründe kannte ich nicht, aber *ich* würde morgen Abend höchstwahrscheinlich nicht mehr hier sein. Entweder hatte ich bis dahin herausgefunden, wer der Nachtprinz war und ihn getötet, oder Carlo würde meinem Bruder etwas antun, und dann gab es keinen Grund mehr für mich, hierzubleiben. So oder so, im Laufe des morgigen Tages würde ich für immer von hier fortgehen.

Eine Aussprache würde daran nichts ändern.

Nicht einmal, wenn Silvan mir hier und jetzt seine Liebe gestehen würde. Tief atmete ich seinen Duft ein, und in diesem Moment, dicht an ihn gekuschelt, eingelullt von seiner Wärme, wurde mir klar, dass mich ein solches Geständnis dennoch glücklich machen würde. So unsagbar glücklich, dass ich mich erschüttert fragte, wie es nur so weit hatte kommen können. Ich hatte mit allem gerechnet, als ich den Mordauftrag damals angenommen hatte. Ich hatte erwartet, mein Seelenheil zu verlieren, meinen Stolz, vielleicht sogar mein Leben. Aber ich hätte nicht im Traum damit gerechnet, hinter den feindlichen Mauern mein Herz zu verlieren.

Arm in Arm schliefen wir ein. Zumindest gaukelte ich Silvan das vor. Tatsächlich hätte ich nicht einmal dann ein Auge zubekommen, wenn ich *wirklich* müde gewesen wäre. Aber ich war so aufgeregt, dass ich zwischenzeitlich befürchtete, mein

Herz würde mir davongaloppieren. Dass Silvan, der sonst so ein gutes Gespür hatte, nichts von meiner Angespanntheit merkte, sagte viel über seine Erschöpfung aus.

„Silvan?", fragte ich, als ich mir sicher war, dass er tief und fest schlief.

Es dauerte einen Moment, ehe er reagierte: „Hm?"

Ich kratzte all meinen Mut zusammen und holte tief Luft. „Wer ist der Nachtprinz?"

Stille folgte. So lange, dass ich schon dachte, er hätte meine Frage nicht gehört oder wäre wieder eingeschlafen. Dann fragte er: „Warum willst du das wissen?" Er klang nicht alarmiert, nur neugierig.

„Ich bin heute fast gestorben", spielte ich meinen wohlüberlegten Trumpf aus. „Und ich weiß nicht einmal, für wen. Wenn ich mein Leben auch weiterhin aufs Spiel setzen soll, will ich sein Gesicht kennen."

In Silvan kam Bewegung. Langsam setzte er sich auf, sodass ich von ihm runtergehen musste, dann schaltete er die Nachttischlampe ein und betrachtete mich aus verschlafenen, dunklen Augen. Ich sagte nichts mehr, drängte ihn nicht weiter, sondern ließ ihn selbst entscheiden, ob er es mir erzählte. Aber ich glaubte schon zu wissen, wie er entscheiden würde. Silvan war kein Unmensch. Er hatte einen knallharten Ruf, aber ich hatte einen Blick hinter seine Fassade erhascht. Deshalb war ich mir jetzt sicher, dass er mir die Antwort nicht verwehren würde. Nicht nachdem, was ich heute durchgemacht hatte. Ich fühlte mich schrecklich, weil ich mit seinem Mitgefühl spielte, und konnte förmlich hören, wie es hinter seiner Stirn arbeitete. Schließlich sagte er: „Du hast recht." Mit einem Mal mischte sich Belustigung in seinen ernsten Blick. „Was denkst du denn, wer es ist?"

„Ich habe keine Ahnung. Ehrlich gesagt habe ich schon so oft darüber nachgedacht, dass jeder für mich schon mal infrage kam. Außer Sofia vielleicht. Aber jedes Mal, wenn ich denke, ich weiß es, sehe ich denjenigen im Beisein des Prinzen und bin wieder am Anfang."

„Genau das ist der Sinn dahinter." Erregung funkelte jetzt in seinen Augen, als er den Oberkörper zu mir drehte. „Los, rate. Du hast drei Versuche."

Obwohl ich so angespannt wie ein Flitzbogen war, musste ich schmunzeln. Es war zu köstlich, wie sehr er sich auf einmal freute. Es schien, als würde Silvan sich jetzt, da er entschieden hatte, mich einzuweihen, erleichtert fühlen.

„Ich weiß es nicht, ehrlich", sagte ich.

„Rate."

Resigniert holte ich Luft und fragte mit hämmerndem Herzen: „Fabio?"

Ein amüsiertes Kopfschütteln.

„Lorenzo?"

„Du kommst eh nie drauf."

Ich versteckte meine Hände unter der Decke, damit er nicht sah, wie sehr sie zitterten. Plötzlich zog sich alles in mir zusammen. Was, wenn die Antwort so offensichtlich war, dass ich sie deshalb nie in Betracht gezogen hatte? Der Nachtprinz war jemand aus dem Eliteteam, und wer führte das Team an?

Alle vorgetäuschte Gelassenheit verschwand aus meinem Gesicht, als ich fragte: „Du?"

In Silvans Augen leuchtete es auf. „Nein."

„Nein?" Vor Erleichterung wurde mir ganz schwindelig.

„Ich sagte doch, du kommst nicht drauf", meinte er grinsend. Dann legte er den Kopf schräg: „Willst du wissen, wer der Nachtprinz ist?" Mein Atem setzte aus, und mein Körper war zum Zerreißen angespannt, als ich nickte. „Wir alle."

Verständnislos blinzelte ich ihn an. „Was meinst du damit, wir alle?"

Silvan ergötzte sich an meiner Verblüfftheit. Seine Müdigkeit schien wie weggeblasen zu sein. „Wir, das Eliteteam.

Wir alle sind der Nachtprinz."

„Das verstehe ich nicht“, sagte ich kopfschüttelnd.

„Natürlich nicht, wie solltest du auch?“ Schmunzelnd legte er sich wieder hin, verschränkte einen Arm hinter dem Kopf und legte den anderen in einer stummen Aufforderung, mich wieder zu sich zu legen, um mich.

Widerwillig kam ich dem nach, weil ich befürchtete, er würde sonst nicht weiterreden, und Silvan erklärte: „Jeder Clan braucht einen Anführer, und mir war von Anfang an klar, dass sich unsere Feinde auf diesen konzentrieren würden. Will man ein Rudel zerstören, tötet man zuerst das Alphatier. Also haben wir jemanden erfunden. Den Nachtprinzen.“

Ich setzte mich wieder auf und starrte ihn ungläubig an. „Aber … ich habe ihn doch gesehen! Er hat mir persönlich den Ring an den Finger gesteckt!“

Silvan lächelte wölfisch. „Das war Lorenzo. Und am Tag eurer Befreiung Luigi. Verstehst du? Jedes Mal schlüpft ein anderer von uns in die Rolle des Prinzen. So verwirren wir unsere Feinde, und niemand kommt hinter seine wahre Identität.“

Ich konnte nicht glauben, was ich da hörte. Wenn es keinen Nachtprinzen gab, wessen Kopf sollte ich Carlo dann bringen, um meinen Bruder zu retten?! „Aber immer, wenn ihr von dem Prinzen gesprochen habt, wenn ihr gesagt habt, dass ihr ihn fragen müsst …"

„Dann meinten wir damit das Team. Wir entscheiden alle gemeinsam über die Schritte, die wir machen, und als Synonym oder auch Codewort, wenn du so willst, verwenden wir das Wort *Nachtprinz*."

Fassungslos fuhr ich mir durch die Haare, beinahe hätte ich bitter aufgelacht. Silvan hatte recht: Darauf wäre ich im Leben nicht gekommen! „Okay, aber es muss einen Anführer geben. Jemanden, der den Clan gegründet hat."

Als Silvan mit funkelnden Augen auf sich deutete, zersplitterte mein Herz in tausend Scherben. Nein! Nicht er! „Wie gesagt. So gesehen ist das ganze Team der Nachtprinz, aber wenn du wissen willst, wer den *Nero*-Clan gegründet hat … der sitzt vor dir. Nun ja, fairnesshalber sollte ich ergänzen, dass Fabio in gewisser Weise auch dazu gehört. Er war der Erste, den ich angeworben habe und der mit mir alles aufgebaut hat."

Silvans Worte setzten so einen Gefühlssturm in mir frei, dass ich mich konzentrieren musste, um ihm noch zu folgen. „Als mein Bruder starb, kam ich nach Kalabrien, um mich an seinem Mörder zu rächen", sprach Silvan weiter. „Aber mir wurde schnell klar, dass ich keine Chance gegen die Mafia habe. Nicht mit den Gesetzen, an die ich gebunden bin. Ich musste meinen eigenen Clan gründen, und dafür brauchte ich ein Team, Leute, denen ich vertrauen konnte. Fabio und Samuele haben mit mir in der Armee gedient, und sie kannten meinen Bruder. Sie waren schnell überzeugt. Später kamen Luigi, Dario und Lorenzo dazu. Und mit den Jahren wurden wir größer, organisierter und kauften schließlich das Anwesen hier."

Ich sah mich um, als sähe ich sein prächtiges Zimmer zum ersten Mal. „Wie habt ihr das alles finanziert?"

Silvans Grinsen nahm teuflische Züge an. „Mit dem Geld unserer Feinde natürlich. Es fing mit kleineren Überfällen auf ihre Drogenumschlagplätze an. Zuvor hatten wir ein paar ihrer Laufburschen geschmiert, um an Informationen zu kommen. Es war ihre eigene Arroganz, die es uns ermöglicht hatte, so schnell zu wachsen. Die *Corvi* waren es gewohnt, an der Spitze der Nahrungskette zu stehen, die einzige Mafia in Kalabrien zu sein. Nie wäre ihnen in den Sinn gekommen, dass ihnen jemand Konkurrenz machen könnte. Bis es zu spät war. Nur zwei Jahre nach unserer Gründung hatten wir uns ein kleines Imperium aufgebaut, das ihnen ernsthafte Konkurrenz gemacht hat. Wir gaben uns als Gangster aus, um unsere Familien zu schützen. Verbreiteten Angst und Schrecken unter unseren Feinden und stiegen ins Drogengeschäft und in die Geldwäsche ein. Aber alles nur zum Schein. In Wahrheit bestehlen wir einzig und allein unsere Feinde, nicht die Bevölkerung, so wie sie es tun." Zufrieden sah Silvan mich an. „Jetzt kennst du die Wahrheit. Der Nachtprinz existiert nicht. Er ist nichts weiter als ein Name, den wir erfunden haben, um unseren Feinden ein Hassobjekt zu liefern. Du hast dich nicht dem Prinzen, sondern der Gerechtigkeit verpflichtet."

Ich hörte Silvan zu, vernahm seine Worte, aber ich wollte sie nicht begreifen.

Er war der Anführer.

Er war im Grunde der Nachtprinz!

Der Mann, den ich töten musste.

Vogelgesang und ein penetranter Sonnenstrahl, der mich auf der Wange kitzelte, weckten mich. Erschrocken riss ich die Hand vors Gesicht, und bekam sofort die Rechnung dafür, indem meine verletzte Schulter mit einem fiesen Stechen antwortete. Waren die Vorhänge gestern nicht zugezogen gewesen? Stöhnend drehte ich den Kopf und sah, dass ich allein in Silvans riesigem Bett lag. Seine Decke war zurückgeschlagen, und ein Hauch seines Parfüms hing noch in der Luft. Als ich mich vorsichtig aufsetzte, vernahm ich Wasserrauschen aus dem Bad – er duschte offenbar.

Mit meinem Bewusstsein kehrten auch die Erinnerungen an gestern Abend zurück, an all die Dinge, die ich erfahren und die mich bis ins Mark erschüttert hatten.

Silvan war der Anführer des *Nero*-Clans!

Von Anfang an war er mein Mordziel gewesen!

Ich merkte, wie mir die Tränen kamen, die ich gestern Abend so mühsam unterdrückt hatte, und vergrub das Gesicht in den Händen. Dass ich vor Silvan nicht zusammengebrochen war, hatte ich meiner jahrelangen Arbeit als Zirkusartistin zu verdanken. Den Leuten gute Laune vorzugaukeln, war mein Beruf gewesen. Er hatte mir zwar angesehen, dass mich etwas beschäftigt hatte, es aber auf den angeblichen Angriff auf mich geschoben. Natürlich. Wer erwartete hinter diesem unschuldigen Gesicht schon eine eiskalte Mörderin? Besonders, nachdem er mit ihr geschlafen hatte?

Als ich hörte, wie das Wasser abgestellt wurde, wischte ich mir die Tränen und auch gleich jegliche Emotionen aus dem Gesicht. Ich durfte mich von ihnen nicht überrollen lassen. Ein kleiner Riss in meiner Fassade und der ganze Damm könnte brechen, und ich würde Silvan vermutlich alles beichten – was den Tod meines Bruders nach sich ziehen würde. Mit einem Handtuch um die Hüften geschlungen kam Silvan aus dem Bad, was mir einen Blick aus erster Reihe auf seinen wohlgeformten Oberkörper verschaffte. Als wollte er mir noch einmal unter die Nase reiben, was ich aufgeben, nein, was ich *verraten* würde.

„Hey“, sagte er, und die Matratze gab nach, als er auf das Bett stieg. „Hast du gut geschlafen?“

Ich erwiderte sein Lächeln. „Ja, wunderbar. Danke, dass ich hierbleiben durfte.“

Leise lachend legte er sich zu mir und strich mit den Fingern über meinen nackten Arm. Ich war in dem Morgenmantel eingeschlafen, hatte ihn mir über Nacht aber abgestreift, weil mir zu heiß gewesen war, deshalb trug ich jetzt nur ein kurzes Nachtkleid. „Ist ja nicht so, als hätte ich mich dazu groß überwinden müssen.“ Sein Blick glitt noch einen Moment genießerisch über meine Haut, dann wurde er wieder ernst und sah mir in die Augen. „Fühlst du dich besser?“

Ein Nicken war alles, was ich zustande brachte. Es machte mich fertig, dass er sich so aufrichtig um mich sorgte und wie sehr ich mich nach Berührungen dieser Art von ihm verzehrte. Wer hätte gedacht, dass der Albtraum aller *Corvi* ein fürsorglicher Mann war, mit dem man kuscheln und reden konnte? Aber wir alle hatten unsere verborgenen Seiten, nicht wahr?

Sanft hob er mein Kinn an, dann sah er mir kurz in die Augen und küsste mich. Der Kuss war beinahe vorsichtig, fragend. Sein Atem roch nach frischer Minze. Dass meiner es nicht tat, schien ihn nicht zu stören. Überwältigt von plötzlichen

Glücksgefühlen zog ich Silvan an mich, wühlte in seinem feuchten, duftenden Haar und ertrank in seinem Kuss, der sich so herzzerreißend und doch so süß anfühlte. Als er gegen meine Schulter stieß und ich zusammenzuckte, löste Silvan sich entschuldigend von mir.

Ein tiefes Seufzen kam über seine Lippen, und sein Blick glitt anzüglich über mich. „Dass du verletzt bist, passt mir gerade gar nicht, weißt du das?" Ich konnte nicht anders und musste lächeln. Wenn Silvan mich so ansah, konnte ich all die schrecklichen Dinge um uns herum fast vergessen. Ich zog ihn wieder zu mir heran, wollte ein letztes Mal seine Lippen schmecken und mich an seiner Nähe berauschen. Vorsichtig legte Silvan sich jetzt auf mich, wobei er sich auf der Seite meiner verletzten Schulter mit dem Arm abstützte, dann küsste er mich wieder. Küsste mich, als wollte er mich mit Haut und Haaren verschlingen.

Als er meinen Mund freigab, raste mein Herz.

Ich schaffe das nicht, dachte ich, während er mir mit einem besitzergreifenden Lächeln die Haare aus dem Gesicht strich und mich sein Gewicht in die Matratze drückte. *Ich kann ihm nicht in die Augen sehen und ihn töten. Nicht einmal hinterrücks.* Ich würde mit Carlo einen anderen Plan aushandeln. Vielleicht konnte ich Silvan unter einem Vorwand noch mal in die Stadt locken oder woanders hin, aber in diesem Moment, als wir uns so innig ansahen, wusste ich, dass ich es nicht selbst tun konnte. Niemals.

Nach dem Frühstück begab ich mich unter dem Vorwand, mit Roberta verabredet zu sein, in den Keller, wo ich Claudio im Gemeinschaftsraum traf. Zuvor hatte ich eine Wache gebeten, ihn dorthin zu bestellen, und da ich zur Elite gehörte, war er meinem Ersuchen bedenkenlos nachgekommen. Ich wartete fast zehn Minuten auf Claudio, genügend Zeit, um mir ins Gedächtnis zu rufen, was ich gestern noch alles von Silvan erfahren hatte. Nachdem ich die Wahrheit um seine Identität halbwegs verdaut hatte, waren die Fragen nur so aus mir herausgesprudelt. Unter anderem, wem das angebliche Schlafzimmer und der Hund gehörten, wenn der Prinz doch gar nicht existierte.

Seine Antwort war gewesen, dass das Zimmer überwiegend leer stand und nur zur Anschauung diente. Das Steak, das ich damals hochgebracht hatte, war in Wahrheit für Silvan gewesen, und der Dobermann gehörte Samuele. Diese Ausgeklügelheit beeindruckte mich, machte mich aber auch fassungslos, denn ich hätte hier noch Jahre verschwendet, hinter das Geheimnis des Nachtprinzen zu kommen, wenn Carlo nicht so ungeduldig gewesen wäre.

Die Tür wurde geöffnet, und Claudio betrat den gemütlichen Raum mit seinen zusammengewürfelten Sofas, dem Brettspiele-Regal und dem Billardtisch. Ganz in Schwarz gekleidet, wie es sich für eine Wache gehörte, wirkte Claudio hier vollkommen fehl am Platz. Der Gemeinschaftraum strahlte Gemütlichkeit, Freude und Wärme aus – Claudio das exakte Gegenteil.

Mit seinen dunklen Klamotten, den kurzgeschorenen Haaren und dem Mörderblick verkörperte er die Bosheit höchstpersönlich. Aufmerksam sah er sich in dem Raum um, dann schloss er die Tür hinter sich und kam zu mir. An seiner steifen Haltung konnte ich erkennen, dass ihm das Gehen Schwierigkeiten bereitete, vermutlich auch Schmerzen. Mitleid hatte ich keines mit ihm. Stattdessen zog sich bei seinem Anblick alles in mir zusammen. Schon vorher hatten in seiner Gegenwart bei mir sämtliche Alarmglocken geläutet. Seit er den Mann getötet hatte, hatte sich meine Angst vor ihm vervielfacht.

Meine Angst, aber vor allem mein Hass.

„Bist du sicher, dass uns hier niemand stören wird?“, fragte er kühl wie immer.

„Der Aufenthaltsraum wird nur während der Siesta genutzt.“ Dass er das nicht wusste, wunderte mich nicht. Die Wachleute hielten sich wohl für etwas Besseres, denn sie blieben die meiste Zeit über draußen unter sich.

„Gut.“ Er rückte mir dicht auf die Pelle, dann zog er ein Handy aus seiner Hosentasche und wählte eine Nummer. Er stellte auf Lautsprecher, damit er das Gespräch verfolgen konnte, dann knackte es einmal, und eine vertraute Stimme meldete sich.

„Allegra.“ Carlo sagte nur meinen Namen, und ich bekam sofort eine Gänsehaut. Regelmäßig verfolgte mich diese Stimme in meinen Albträumen, aber noch nie waren die Träume so furchtbar wie letzte Nacht gewesen. Ich hatte eine Waffe auf Silvan gerichtet. Während Carlo daneben gestanden und meinem Bruder eine scharfe Klinge an die Kehle gehalten hatte.

Er hatte gelacht, uns beide verhöhnt, Silvan und mich. Dann hatte ich abgedrückt, aber mein Unterbewusstsein hatte mich nicht erlöst und aufwachen lassen. Nein, es hatte mich in diesem buchstäblichen Albtraum gefangen gehalten und mich gefühlt stundenlang um Silvan weinen lassen.

„Ich mache es kurz, denn meine Geduld ist am Ende“, holte Carlo mich ins Hier und Jetzt zurück. Sein schwerer, heiserer Atem strapazierte meine Nerven. Er litt an Kurzatmigkeit, und je mehr er sich aufregte, desto schlimmer wurden die

Symptome. „Hast du den Nachtprinzen getötet oder nicht?"

Er kannte die Antwort. Hätte ich es getan, würde ich jetzt nicht mit ihm telefonieren, sondern wäre auf der Flucht nach Reggio Calabria. „Nein", sagte ich und schluckte angestrengt.

„Nein", wiederholte er leise, beinahe verständnisvoll. Ich begegnete Claudios Blick. Wie ich Carlo kannte, hatte er seinem Spion den Auftrag gegeben, mich an Ort und Stelle auszuschalten, sollte ich ihm die falsche Antwort geben. Das würde unserem Boss eine Menge Ärger ersparen und ihm garantieren, dass ich nicht kurzerhand zu den *Neros* überlief. Verstohlen sah ich an Claudio herunter. Er hatte sich eine Bauchwunde zugefügt und trug unter dem Shirt einen mehrschichtigen Verband, der sich darunter abzeichnete. Waffen entdeckte ich auf den ersten Blick keine, aber wie ich ja mit eigenen Augen gesehen hatte, brauchte er nur seine Hände, um jemanden zu töten.

„Aber ich weiß inzwischen, wer es ist."

Mit einem Mal war es mucksmäuschenstill. Selbst Claudio schien den Atem angehalten zu haben. Die nächsten Worte wogen schwer wie Blei auf meiner Zunge. Ich wusste, dass ich damit sein Todesurteil unterschrieb, aber ich hatte keine andere Wahl. „Es ist Silvan." Die Worte kamen wie ferngesteuert aus meinem Mund. In diesem Augenblick fühlte ich mich wieder, als hätte ich

Beruhigungspillen geschluckt. Emotionslos und leer.

„Silvan? Sein Wachhund?“, fragte Carlo ungläubig.

„Er ist nicht sein Wachhund. Er tarnt sich nur als solcher, damit niemand *ihn* verdächtigt. So kann er sich frei im Schloss bewegen, ohne Gefahr zu laufen, hinterrücks ermordet zu werden.“ Dass es im Grunde keinen Nachtprinzen gab, behielt ich für mich. Auch alle anderen Details, die Silvan in Bezug auf seinen Clan erwähnt hatte. Meine Treue galt schon lange nicht mehr Carlo, und wenn ich die *Neros* schon verraten musste, wollte ich den Schaden für sie so gering wie möglich halten.

Vor mir blinzelte Claudio verblüfft. Wahrscheinlich ging er im Kopf gerade alle Gelegenheiten durch, bei denen er Silvan hätte töten können, wenn er das gewusst hätte. Carlo dagegen knurrte.

„Du willst mir also sagen, dass der Mann, den du schon in mein Territorium gebracht hattest und der einen meiner besten Männer getötet hat, der verfluchte Nachtprinz ist?!“

Oh, Gott, er hatte recht! Daran hatte ich gar nicht mehr gedacht. Nackte Panik überflutete mich, und mein Blick zuckte wieder zu Claudio. Ein falsches Wort und ich war vermutlich tot. „Da wusste ich es noch nicht. Er hat mich begleitet, weil ich aus meiner WG geflogen bin und er mir beim Umzug helfen wollte. Wer er ist, hat er mir erst gestern Abend gesagt, das schwöre ich."

Carlo lachte schallend. „Der Nachtprinz hat dir beim Umzug geholfen, hör sich das einer an!" Dann wurde er schlagartig wieder ernst und seine Stimme lauernd. „Ist das wirklich wahr, was du mir hier erzählst? Denn wenn nicht, verspreche ich dir, dass erst du und dann deine Familie leiden wird."

„Ich schwöre es beim Leben meines Bruders. Silvan ist der Anführer des *Nero*-Clans."

„Warum hast du ihn dann noch nicht getötet?", wollte Claudio von mir wissen. Ich blickte in seine schwarzen Abgründe, die er Augen nannte.

„Das würde mich auch interessieren", sagte Carlo.

„Ich … ich kann es nicht", murmelte ich. „Ich kann ihn nicht töten."

„Was soll das heißen, du kannst es nicht?! Claudio hat mir erzählt, dass du ihm näherstehst als sonst jemandem aus dem Team!", donnerte mein Boss.

„Genau das ist es ja. Ich stehe ihm mittlerweile *zu* nahe. Aber ich möchte dir einen Vorschlag machen", sagte ich bebend.

Als Carlo lachte, lief es mir eiskalt den Rücken herunter. „Du willst mir einen Vorschlag machen?

Du wagst es tatsächlich, die Bedingungen unseres Vertrages zu ändern?"

„Ich bringe Silvan zu dir." Ich musste die Hände zu Fäusten ballen, so schwer fielen mir die Worte. „Allein und unbewaffnet."

Stille. So lange, dass ich schon Sorge hatte, Carlo hätte aufgelegt. Dann: „Wie willst du das anstellen?"

„Er vertraut mir. Ich werde ihn rauslocken. Ihn direkt zu dir bringen."

Einen Augenblick lang waren nur Carlos schwere Atemzüge zu hören. Jetzt, da er die Identität des Nachtprinzen kannte, brauchte er mich im Grunde nicht mehr. Als gefeierter Held des *Nero*-Clans würde es Claudio bestimmt nicht schwerfallen, an Silvan heranzukommen, und er wäre deutlich weniger zimperlich als ich. Aber die Aussicht, seinen Erzfeind lebendig schnappen zu können, schien zu verlockend für Carlo zu sein, denn er sagte: „Einverstanden. Ich gebe dir drei Tage."

Das war's. Ich hatte es getan. Ich hatte Silvan zum Tode verurteilt.

Kapitel 20

Ich schöpfte die Frist bis zum Letzten aus und überwand mich erst am dritten Tag dazu, Silvan aufzusuchen. Mein Entsetzen über meine Tat hatte mich kurzfristig gelähmt, da hatte es auch nicht geholfen, zu wissen, dass ich das alles nur für meinen Bruder tat. Man konnte ein Menschenleben nicht gegen ein anderes eintauschen und mit einem reinen Gewissen weiterleben – egal, um wen es sich bei dem Geretteten handelte. Einen Tag und eine Nacht lang hatte ich gebraucht, um mir einen plausiblen Grund zu überlegen, wie ich Silvan noch einmal nach Reggio Calabria locken könnte. Und dann noch mal einen halben, um mich mental dafür zu wappnen, vor ihm nicht in Tränen auszubrechen.

Nach dem Mittagessen ließ ich noch zwei Stunden verstreichen. Um 16 Uhr suchte ich Silvan dann in der Sporthalle auf, wo er mit dem Rest des Teams trainierte. Wegen meiner Verletzung konnte ich weder am Kraft- noch am Ausdauer- oder Schießtraining teilnehmen, deshalb hatte er mir die Woche *frei* gegeben. Aber ich wusste, dass das nicht der eigentliche Grund war. Der Angriff des Wachmanns hatte mich zu sehr mitgenommen, und da er den wahren Hintergrund dafür nicht kannte, machte er sich sicher große Sorgen. Wahrscheinlich dachten er und die anderen sogar, dass ich der Aufgabe nicht gewachsen wäre, dass, wenn mich so ein *kleiner* Angriff schon so aus der Bahn warf, ich vielleicht doch besser in der Küche aufgehoben wäre.

Aber das alles war nicht mehr von Belang.

Ich bat Silvan um ein privates Gespräch in der Umkleidekabine, und er folgte mir dorthin. Verschwitzt und außer Atem wollte er wissen, was los war.

„Es geht um meinen Bruder“, eröffnete ich, und zum ersten Mal musste ich meine Gefühle ihn bezüglich nicht verbergen, sondern konnte meiner Angst um ihn freien Lauf lassen.

„Was ist mit ihm?“, fragte Silvan stirnrunzelnd.

„Er hat … Probleme. Hat sich mit den falschen Leuten angelegt, und die verlangen jetzt Geld von ihm.“

„Moment, warte. Was für Leute? Welches Geld?“

„Im Grunde sind es nur Jugendliche, aber die haben es faustdick hinter den Ohren. Er hat mir vorhin gebeichtet, dass er sich mit ihnen eingelassen hat, dass er wohl seit einer Weile Drogen für sie vertickt. Und jetzt ist ein Päckchen verlorengegangen, und sie verlangen, dass er es ihnen auf der Stelle bezahlt."

„Wo ist er jetzt?", wollte Silvan wissen.

„In dem Jugendclub, in den wir früher immer gegangen sind. Sie halten ihn dort fest, aber er durfte mich anrufen. Ich schätze, ihnen ist egal, woher sie ihr Geld kriegen."

„Gut, gib mir die Adresse, dann schicke ich jemanden hin. Ich habe gerade zwei Spitzel in der Stadt. Die könnten sich der Sache annehmen."

„Nein, das … geht nicht. Ich muss selbst dorthin. Ich muss das persönlich klären."

Silvan starrte mich entgeistert an. „Du willst nach Reggio Calabria? Nach allem, was dort passiert ist? Vielleicht ist dir das nicht klar, aber nachdem man dich mit mir gesehen hat, stehst du genauso auf deren Abschussliste wie der Rest von uns. Die haben dort überall Kameras. Du kannst nicht mehr einfach so in deine Heimatstadt spazieren, das ist zu gefährlich."

„Deshalb wollte ich ja auch mit dir reden." Mein Blick wurde eindringlich. „Ich möchte, dass du mich dorthin begleitest, denn ich befürchte, dass sie sich von einer halben Portion wie mir nicht einschüchtern lassen. Nimm dir diese Jugendlichen vor und sorge dafür, dass sie meinen

Bruder nie wieder belästigen. Würdest du das für mich tun?"

Silvans Gesichtsausdruck wurde immer ungläubiger. „Was denn, etwa *jetzt*?!" Er musterte mich, als hätte ich den Verstand verloren. „Allegra, es wird bald dunkel!"

„Ist das nicht sogar von Vorteil?", fragte ich. „Wenn es dunkel ist und wir uns verkleiden, erkennt uns doch niemand." Er war noch nicht überzeugt, ich sah es an seinem Blick. Daher blieb mir keine andere Wahl, ich musste mein grausames Ass ausspielen. „Bitte, Silvan! Mein Bruder ist 13 Jahre alt, und mit diesen Kids ist nicht zu spaßen! Viele von denen sind Kinder von *Corvi*. Ich habe Angst, dass er so endet wie dein Bruder! Getötet von der Mafia!"

Nie hätte ich für möglich gehalten, so grausam sein zu können. Nicht nur, dass ich Silvan in den sicheren Tod lockte, nein, ich benutzte auch noch seinen toten Bruder, um ihn anzutreiben. Aber meine Worte trafen ins Schwarze. In Silvans Blick zersplitterte etwas. Fast konnte ich sehen, wie er das Bild seines toten Bruders aufrief, der nur drei Jahre älter als meiner gewesen war, als man ihm das Leben genommen hatte. Silvan blinzelte, dann fuhr er sich durch die unordentliche Frisur und sagte: „Okay, fahren wir."

Eine halbe Stunde später rollten wir verkleidet und in einem weißen Opel vom Grundstück. Ich trug einen stylischen Sonnenhut und ein knielanges, bunt gemustertes Kleid. Dazu Sandalen und eine geflochtene Umhängetasche. Kleider waren nicht so mein Ding.

Ich war eher der Spaghetti-Top-Jeans-Typ, aber es passte zum warmen Wetter, und außerdem war es das exakte Gegenteil von dem, was ich bei unserem letzten Ausflug getragen hatte. Silvan schien zu gefallen, war er sah, denn er konnte seine Blicke kaum von mir lassen und machte auch keinen Hehl daraus.

Statt bauarbeitermäßig trat er heute überraschend normal auf, mit einer Jeans und einem weißen Shirt.

Sicher hing es damit zusammen, dass wir die Stadt um Sonnenuntergang herum erreichen würden. Am Abend war es auf den Straßen zwar gefährlicher, man wurde aber auch schwerer von seinen Feinden erkannt.

„Ich hätte nicht gedacht, dass die anderen dich so einfach gehen lassen, nachdem, was beim letzten Mal passiert ist." Ich wollte witzig klingen, aber meine Stimmbänder spielten nicht mit. Seitdem wir losgefahren waren, raste mein Herz, was sich in meiner zitternden Stimme widerspiegelte.

Silvan lächelte trotzdem und warf mir einen knappen Blick zu. „Hätten sie auch nicht … deshalb habe ich ihnen nichts hiervon gesagt. Sie denken, dass ich in meinem Zimmer ein Nickerchen halte. Fabio wird ausrasten, wenn er herausfindet, dass wir uns davongestohlen haben. Ich schätze, uns bleiben drei, höchstens vier Stunden, bevor mein Handy sturmklingelt." Jetzt grinste er. „Ein Glück für mich, dass ich der Anführer dieses Haufens bin und er mir nichts anhaben kann. Fabio kann beängstigend sein, wenn er auf einen wütend ist."

Ich ermahnte mich, zu lächeln, aber es fühlte sich an, als würde man mir mit Schmirgelpapier über die Haut kratzen. Zwei Stunden würden wir bis zur Stadt brauchen. Zwei qualvolle, lange Stunden, in denen ich Konversation mit dem Mann betreiben musste, den ich geradewegs in den Tod führte. Tränen sammelten sich in meinen Augen.

Ich musste mehrmals unauffällig tief durchatmen, um sie zurückzudrängen. Der ausladende Hut war ein Segen für mich, denn es brauchte nur ein leichtes Kopfneigen, um mein Gesicht vollständig vor Silvan zu verbergen. So quälte ich mich durch die Stunden. Lachte, wenn es angebracht war, gab trockene Bemerkungen von mir und kämpfte immer wieder gegen meine emporsteigenden Gefühle an.

Nur meine zitternden Hände konnte ich nicht unter Kontrolle bringen, die ich deshalb unter der Tasche auf meinem Schoß versteckte. Als ich die kleine Wasserflasche herausholen wollte, um davon zu trinken, hätte ich sie beinahe fallengelassen.

„Hey", sagte Silvan sanft. Er sah zu mir herüber und drückte meine Hand. „Alles wird gut, du musst dir keine Sorgen machen. Beim Militär habe ich ein Jahr lang Rekruten ausgebildet. Die meisten von denen waren noch halbe Kinder und dieselbe Sorte Mensch wie die, mit denen dein Bruder sich herumschlägt. Ich weiß, wie ich mit ihnen umgehen muss. Sobald ich sie mir vorgeknöpft habe, werden sie Nino in Ruhe lassen, versprochen."

Eine halbe Stunde später fuhren wir auf einen spärlich belegten Parkplatz, und Silvan stellte den Motor ab.

„Hast du eine Waffe dabei?", fragte ich ihn.

„Natürlich." Er hob das Shirt und zeigte sie mir.

„Kannst du mir einen Gefallen tun und sie im Auto lassen?"

Silvan hatte sich abgeschnallt und hielt stirnrunzelnd inne. „Was?!"

„Bitte. Ich will nicht, dass das böse endet. Das sind immerhin Teenager, keine Erwachsenen.“

„Keine Sorge, ich habe nicht vor, sie zu erschießen“, schnaubte Silvan. „Aber wir sind hier immer noch auf feindlichem Gebiet.“

Trotzdem. Ich hatte Carlo versprochen, dass ich ihm Silvan unbewaffnet bringen würde. Zudem fürchtete ich um mein eigenes Leben, sollte ich ihn da bewaffnet reinschicken und er es irgendwie lebend wieder herausschaffen. Beim letzten Mal hatte er ganz allein sechs Männer ausgeschaltet.

„Bitte“, wiederholte ich und hielt ihn zurück, als er aussteigen wollte. „Ich würde mich wirklich besser fühlen. Meinetwegen gib sie *mir*, wenn du dich dann besser fühlst.“

Wenig angetan von meinem Wunsch sah Silvan mich an, dann nahm er unsere Umgebung in Augenschein, über die sich allmählich der Abend legte. In wenigen Minuten würde der Himmel dunkel sein, die Straßenlaternen waren schon angesprungen. Tief atmete er durch, dann zog er brummend seine Waffe aus dem Holster und legte sie auf das Armaturenbrett. „Deinetwegen krepieren wir hier noch!“

Mein Herz fiel bei seinen Worten in sich zusammen. Zum Glück stieg er in dem Moment aus, sodass ihm der Schmerz in meinen Augen entging. Eilig sperrte ich die aufkeimende Trauer in meinen inneren Safe und schob einen massiven Riegel davor. Dann holte ich tief Luft, setzte den Hut ab und stieg aus.

„Welches davon ist es?“, wollte Silvan wissen und deutete auf die Gebäude vor uns.

„Das kleine, rote dort.“

Bestimmt scannte er unsere Umgebung nach Fluchtmöglichkeiten und denkbaren Bedrohungen. Aber ich wusste, die größte Bedrohung wartete im Inneren des Gebäudes. Zusammen mit meinem Bruder. Meine Schritte fühlten sich wackelig an, als würde ich auf Stelzen laufen. Mittlerweile fiel mir auch das Atmen schwer, da sich ein Knoten in meiner Brust gebildet hatte, der kontinuierlich zu wachsen schien. „Sie werden im Sportraum sein“, brachte ich heraus und deutete auf die Lichter, die durch die heruntergelassenen Rollos blitzten.

„Hat der Jugendclub um diese Uhrzeit überhaupt noch geöffnet?“, fragte Silvan skeptisch. Hatte er nicht, aber ich nickte. Um Punkt 19 Uhr schloss er gewöhnlich seine Pforten, aber wir hatten es hier mit den *Corvi* zu tun. Es wird ein Kinderspiel für sie gewesen sein, sich den Schlüssel zu beschaffen.

Wir hatten die Eingangstür erreicht, und Silvan öffnete sie für mich, aber anstatt einzutreten, waren meine Füße auf einmal wie festgewachsen. „Silvan? Ich muss dir etwas sagen.“

Amüsiert legte er den Kopf schräg, nicht ahnend, dass um die Ecke sein größter Widersacher wartete. „Kommt jetzt der Teil, an dem wir uns unsere schmutzigen Geheimnisse erzählen? Falls ja, ist der Ort ein wenig unpassend gewählt, findest du nicht?"

Ich lächelte gequält. „Nein, ich … ich wollte dir danken. Für alles, was du für mich getan hast. Und ich … ich möchte, dass du weißt, dass ich dich sehr mag."

Den Arm gegen die offene Tür gestemmt sah er belustigt und verwirrt auf mich herunter. „Ich mag dich auch sehr. Aber warum sagst du mir das?"

Unsere Blicke verkeilten sich. Ich wollte ihm zurufen, dass er rennen sollte, dass er geradewegs in sein Verderben lief, wenn er weiterging, aber die Angst um Nino lähmte meine Zunge. Hastig schüttelte ich den Kopf. „Ich wollte nur, dass du es weißt. Wollen wir?"

Bevor ich es mir anders überlegen konnte, ging ich ins Gebäude. Silvan folgte mir. Einem Impuls folgend nahm ich seine Hand, drückte sie fest in meiner.

Hätte ich es nicht getan, ich glaube, dann hätte ich die nächsten Schritte nicht geschafft. Dabei war es mir egal, ob Carlo oder jemand anderes uns so sehen würde. Ich musste Silvan ein letztes Mal berühren, auch wenn es bedeutete, dass meine sorgsam errichteten Mauern dadurch massiv ins Wanken gerieten.

Wir hatten den Hauptraum erreicht, der von einer Reihe zusammengewürfelter Lampen erhellt wurde, die unterschiedlich starkes Licht ausstrahlten. Auch die Möbel, von denen ich wusste, dass sie von Spenden und dem Sperrmüll stammten, waren wild zusammengewürfelt. Das machte den Charme dieses Jugendclubs aus. Die Stühle hatte man umgekehrt auf die Tische gestellt, und der Boden war gefegt. Ein deutliches Zeichen dafür, dass schon längst niemand mehr im Gebäude war.

Das würde auch Silvan jeden Moment bemerken.

Die Zeit war gekommen.

Ich stellte mich vor ihn, legte eine Hand auf seine Wange und küsste ihn. Überrascht erwiderte Silvan den Kuss und murmelte an meinen Lippen: „Was machst du?"

Es tut mir leid, schrie ich ihm in Gedanken zu, während ich den Kuss verzweifelt auskostete. Ich nahm seinen Geschmack in mich auf, seinen Geruch, das wunderbare Gefühl seiner weichen Lippen auf meinen.

Dann ertönte ein Klicken, und ich trat von ihm zurück.

Emilio war aus einer Tür hinter Silvan aufgetaucht, die Waffe auf seinen Kopf gerichtet.

Silvan wirbelte zu ihm herum, wollte seine Waffe ziehen … und erstarrte, als er ins Leere griff. Langsam wie in Zeitlupe drehte er sich zu mir um, und ich konnte dabei zusehen, wie der Schreck erst von Unglaube, dann von Erkenntnis und schließlich von Erschütterung abgelöst wurde.

„Was … soll das?", hauchte er fassungslos. Die Frage war an mich gerichtet, aber es war mein Boss, der jetzt hinter Emilio in den Raum trat, der ihm antwortete.

„Hach ja, die Frauen!", seufzte er theatralisch. „Findest du nicht auch, dass, je hübscher und unschuldiger sie aussehen, desto gefährlicher sind sie?" Eine Hand hinter dem Rücken verschränkt schlenderte er in seinem maßgeschneiderten Anzug durch den Raum. Mein Boss war um die 60, hatte schwarzgefärbtes, strähniges Haar, eine lange Hakennase und war nur wenige Zentimeter kleiner als Silvan. Obwohl er an Kurzatmigkeit litt, rauchte er bestimmt eine Schachtel Zigaretten am Tag, was man seiner kratzigen Stimme auch anhörte. Auch jetzt qualmte eine Zigarette in seiner

Hand, als er sich, ganz ohne Furcht vor Silvan, zu uns stellte. „Du hast mich Abermillionen Euro, unzählige Nerven und dutzende Männer gekostet, *Nachtprinz*“, säuselte Carlo, sichtlich erheitert über Silvans Gesichtsausdruck. Man könnte denken, er wäre hier, um das Kriegsbeil mit ihm zu begraben, aber nein, Carlo suhlte sich nur in Silvans Hilflosigkeit. „Aber du hast eine große Schwäche, die selbst deinen Erzfeinden bekannt ist.“ Er sah zu mir. „Und das sind die Frauen.“

Hasserfüllt starrte Silvan ihn an, aber dann kehrte sein Blick zu mir zurück, als würde er magisch von mir angezogen. Das war der Moment, in dem mein mühsam errichteter Damm unter der Gefühlsflut einbrach. Tränen strömten mir über die Wangen, meinen Hals hinunter, und benetzten mein Dekolleté. Ich versuchte erst gar nicht, sie wegzuwischen oder aufzuhalten. „Es tut mir leid“, schluchzte ich. „Es tut mir so leid.“

Weitere Männer kamen jetzt in den Raum, mindestens zehn. Alle zielten mit ihren Waffen auf Silvan, hielten aber, wie Emilio, gebührend Abstand zu ihm.

„Ich wusste, dass du meiner hübschen Allegra nicht widerstehen kannst.“ Grinsend legte Carlo einen Arm um mich, so vertraut, als wären wir Vater und Tochter. Ich biss die Zähne zusammen, als er meine verletzte Schulter tätschelte und Ekel regte sich in mir, da diese vertraute Geste nur dazu diente, Silvan zu verspotten. Salz in seine Wunde zu reiben. „Diesem umwerfenden Lächeln und durchtrainierten Körper. Ich muss sagen, ich bin zum Ende hin ungeduldig geworden, aber letztlich hat sie ihren Auftrag erfüllt.

Besser noch, sie sollte dich eigentlich im Schloss ermorden, kam dann aber auf die fantastische Idee, dich mir lebendig auszuhändigen, damit ich meinen Spaß mit dir haben kann, bevor ich dich ins Jenseits schicke. Ist das nicht herrlich grausam?", lachte er.

Der Schmerz in Silvans Augen bohrte sich tief in mein Herz. Oder in den Klumpen, der noch davon übrig war. „Warum? Allegra?" Er beachtete Carlo und die Männer um uns herum nicht. Er machte auch keine Anstalten, sich zu verteidigen. Silvan wusste, dass es kein Entkommen gab. Er wollte nur noch Antworten von mir. Wollte wissen, warum ich ihn den Wölfen zum Fraß vorgeworfen hatte.

Vielleicht würde er es sogar verstehen. Vielleicht würde er mir vergeben, wenn er den Grund hörte. Aber gerade als ich den Mund öffnen wollte, sagte Carlo neben mir: „Du antwortest ihm nicht!" Jegliche Heiterkeit war aus seiner Stimme verschwunden. Jetzt klang er wieder gnadenlos und berechnend, wie man ihn kannte.

Fassungslos befreite ich mich von seinem Arm. „Was soll das?"

Carlo richtete seine kalten Augen auf mich und lächelte grausam. „Silvan, oder besser gesagt der Nachtprinz, wird mit der Gewissheit sterben, dass du ihn verraten hast, aber mit der Unwissenheit, wofür. Du kannst gehen, Allegra. Deine Schuld ist beglichen.“

Ich fühlte mich wie von einem Laster überrollt. „Das kannst du nicht machen! Bitte lass mich ihm wenigstens …“

„Du gehst jetzt“, wiederholte er, und ich spürte, wie die Temperatur im Raum sank. „Deine Belohnung wartet draußen.“ Meine Belohnung? Meinte er damit meinen Bruder? Carlo musste seinen Männern einen Befehl gegeben haben, denn aus dem Augenwinkel sah ich, wie sich mir jemand von der Seite näherte.

Ein letztes Mal sah ich Silvan in die Augen. Sah den Schmerz, den Unglauben und den Hass darin. Jede dieser Emotionen galt mir. Sie loderten in seinem Blick wie eine hochschießende Flamme und verbrannten meine Seele. „Verzeih mir“, sagte ich erstickt, dann wurde ich grob am Arm gepackt und aus dem Raum gezogen. Die Tür knallte hinter uns zu, und wir durchquerten den schmalen Flur, der zum Ausgang führte. Bei jedem Schritt dachte ich *gleich erschießt er ihn*, *gleich höre ich den Schuss!* Aber nein, so schnell würde Carlo es nicht gehen lassen. Er war ein Genießer. Er würde Silvan stundenlang foltern, sich seine

Schmerzensschreie genüsslich auf der Zunge zergehen lassen. Und erst wenn er den Nachtprinzen gebrochen hatte, wenn dieser nicht mehr als ein Häufchen Elend zu seinen Füßen war, würde er sein Leben beenden.

So machte er es mit all seinen Feinden.

Hätte man mich vor zwei Monaten gefragt, wer das größte Monster auf dieser Halbinsel war, wäre meine Antwort ganz klar Carlo gewesen. Jetzt wusste ich es besser. Ich hatte den Mann, für den ich etwas empfand, gegen meinen Bruder eingetauscht. Und mit dieser Entscheidung würde ich den Rest meiner Tage leben müssen.

Letzten Endes war ich ein Monster geworden.

Genau wie Carlo.

Du willst keine Neuerscheinungen und Preisaktionen mehr verpassen? Dann folge mir jetzt auf

INSTAGRAM

@mirandajfox

www.mirandajfox.com

L.A. Love Affair - Mike

Eine unüberlegte Tat zwingt Alison Harvey, in einem Ghetto Unterschlupf zu suchen. So unauffällig wie möglich versucht sie, in den gefährlichen Straßen L.A's zu leben, bis die 24-jährige in einen Bandenkrieg gerät, aus dem nur einer sie wieder herausholen kann: Mike Blanket – auch der Henker genannt – ein Mann, der so dunkel und undurchdringlich ist wie die Nacht. Schon bei ihrer ersten Begegnung weiß Ally, dass sie sich von ihm fernhalten sollte, doch die Nacht kann so schrecklich faszinierend sein…

Zwei Brüder, plus ich, gleich Chaos

Als die neunzehnjährige Allie mit ihrer Mutter nach Houston zieht, lernt sie noch am selben Tag die Jackson-Brüder kennen. Zwei Jungs, die unterschiedlicher nicht sein könnten und sie jeder auf seine Weise faszinieren. Da wäre Oliver, der charmante Sonnyboy, der im selben Jahrgang wie Allie studiert, und auf der anderen Seite Ethan, ein anmaßender, ungenießbarer Einzelgänger, der sich jeden Freitagabend aus dem Haus stiehlt und am nächsten Tag von blauen Flecken übersät ist. Als Allie zwischen die Fronten der rivalisierenden Brüder gerät, ist schnell klar, dass sie Ethan besser aus dem Weg gehen sollte. Leider lässt seine Nähe sie nicht so kalt, wie sie es gern hätte ...

College Princess

Mein Name ist Zoe Davis. Ich bin 19 Jahre alt und frischgebackene Studentin am Dawson-Elite-College. Wenn das kein Jackpot ist. Aber Moment, wo sind die hilfsbereiten, fleißigen Studenten abgeblieben, von denen man immer hört? Partys, Alkohol und Intrigen beherrschen den Alltag von Londons renommiertester Lehranstalt. Als ich in die Obhut eines gewissen Dorian gegeben werde, der sich als anmaßender, aber leider zum Sterben gut aussehender Neffe des Direktors entpuppt, will ich nur noch eins: Mich von ihm abkapseln und in Ruhe lernen. Leider habe ich ein ausgesprochenes Talent dafür, in Schwierigkeiten zu geraten, und für meine gibt es sogar einen Namen: Dorian Wilde!

Schokolade zum Verzaubern

Jeremy Benner hat nicht nur die ozeanblausten Augen, die Grace jemals gesehen hat, er ist vor allem wohlhabend, begehrt und legt eine aufstrebende Karriere als Arzt hin. Natürlich ahnt die 28-Jährige davon noch nichts, als sie ihm in einer Bar begegnet und sich – betrunken – ein Wortgefecht mit ihm liefert. Oder davon, dass sie sich am nächsten Morgen in seinem Bett wiederfinden wird. In der Hoffnung, ihn nie wiedersehen zu müssen, schleicht sie sich unbemerkt aus seinem Haus ... und trifft Jeremy Tage später auf ihrer neuen Arbeitsstelle, dem örtlichen Krankenhaus, wieder.

Oder soll sie ihn von nun an *Doktor* Benner nennen?

Der beste Freund meines Bruders

Die 17-jährige Ariana hat alles, was man sich wünschen kann. Gute Noten, tolle Freunde und einen verständnisvollen großen Bruder. Nur mit der Liebe will es nicht so recht klappen und daran ist nur Caleb Ferguson schuld. Der beste Freund ihres Bruders ist genauso gutaussehend wie unerreichbar. Zumindest solange, bis er eine spontane Entscheidung trifft und Ariana damit zur Zielscheibe der ganzen Schule macht. Doch den besten Freund seines Bruders sollte man nicht zu oft um Hilfe bitten …

Der letzte Versuch

Carrie ist Single und steht kurz vor ihrem dreißigsten Geburtstag: ein persönlicher Albtraum. Besonders, da ihre gescheiterten Beziehungen ihr ein paar hartnäckige Extrapfunde auf der Waage beschert haben. Ein Fitnessstudio muss her, damit sich Carrie für das große Dating-Event fit machen kann, auf dem sie hoffentlich endlich ihren Traummann finden wird. Blöd nur, dass ihr im Studio ein Missgeschick nach dem anderen unterläuft und sich ausgerechnet ihr Fitnesstrainer Wesley mit seinem stahlharten Waschbrettbauch und den türkisgrünen Augen als wahrer Traummann entpuppt.

Der letzte Tag - Lucan

Als die 17-Jährige Elena ein halbes Jahr nach ihrem Unfall an die Schule zurückkehrt, hat sich nicht nur ihr Leben verändert, sie hat auch einen neuen Klassenkameraden bekommen. Lucan. Ein Schüler, der nicht nur unheimlich attraktiv ist, sondern auch reifer und düsterer scheint als die anderen. Was Elena jedoch nicht ahnt: Lucan ist kein gewöhnlicher Junge und ehe er sich versieht, hat er ihr schon zweimal das Leben gerettet.

Dabei gibt es eine Regel: Misch dich niemals ein.

Printed in Germany
by Amazon Distribution
GmbH, Leipzig

18805052R00240